10
18

12, AVENUE D'ITALIE. PARIS XIIIe

Sur l'auteur

Grigori Chalvovitch Tchkhartichvili, alias Boris Akounine, est né en 1956 en Géorgie. Dès 1986, il entre à la prestigieuse revue *Inostrannaïa Literatoura* (« Littérature étrangère »), dont il devient rédacteur en chef adjoint en 1993. Il y publie de nombreux auteurs étrangers (Kundera, Perec, Sollers ou Houellebecq). En octobre 2000, il quitte la revue pour se consacrer à l'écriture. Auteur de nombreuses traductions de l'anglais et du japonais (Mishima, Inoué), il supervise, depuis 1996, la publication d'une anthologie en vingt volumes consacrée à la littérature japonaise.

L'année de ses quarante ans, il publie un important essai intitulé *L'Écrivain et le suicide*, et c'est pour se reposer de ce travail long et « démoralisant », selon ses propres dires, qu'il décide d'écrire un roman policier visant à toucher un large public : *Azazel*. Publié sous le pseudonyme de Boris Akounine, ce titre s'impose comme le premier d'une série qui en comptera douze et qui relate le parcours du jeune Eraste Pétrovitch Fandorine au sein de la police secrète. Il a publié depuis *Altyn Tolobas,* le premier roman d'un nouveau cycle, dont le héros n'est autre que le petit-fils d'Eraste Pétrovitch Fandorine, et *Pélagie et le bouledogue blanc* (Presses de la Cité, 2005) et *Pélagie et le moine noir* (Presses de la Cité, 2006), les deux premiers volets d'une trilogie policière dont l'héroïne est une jeune nonne orthodoxe vivant dans une province perdue de la Russie à la fin du XIXe siècle.

BORIS AKOUNINE

AZAZEL

Traduit du russe
par Odette CHEVALOT

10
18

« Grands Détectives »

dirigé par Jean-Claude Zylberstein

PRESSES DE LA CITÉ

Du même auteur
aux Éditions 10/18

Titre original :
Azazel

ISBN 2-264-03551-X

Chapitre premier,

où il est question d'une cynique extravagance

Le lundi 13 mai 1876, vers trois heures de l'après-midi, par une journée où la fraîcheur printanière se mêlait à une chaleur estivale, dans le jardin Alexandre, sous les yeux de nombreux témoins, eut lieu un événement aussi révoltant qu'insensé.

Le long des allées, au milieu des bosquets de lilas en fleur et des parterres de tulipes d'un rouge flamboyant, se promenait un public élégant – dames sous des ombrelles de dentelle (pour éviter les taches de rousseur), gouvernantes accompagnant des enfants en charmants costumes marins, jeunes gens à la mine lasse portant qui des redingotes de cheviotte à la dernière mode, qui des vestes courtes à la manière anglaise. Rien ne laissait présager quelque désagrément que ce fût, et dans l'air rempli des arômes du printemps dans sa maturité se répandaient à la fois un bien-être indolent et un doux ennui. Le soleil chauffait pour de bon, et les bancs situés à l'ombre étaient tous occupés.

Sur l'un d'eux, non loin de la Grotte, face à la grille derrière laquelle commençait la rue Néglinnaïa et d'où l'on apercevait le mur jaune du Manège, deux dames étaient assises. La première, toute jeune (peut-être bien une demoiselle et non une dame), lisait un livre relié en maroquin tout en jetant de temps à autre des regards autour d'elle avec une curiosité distraite. La seconde, beaucoup plus âgée, vêtue d'une solide robe de laine bleu marine et portant de confortables chaussures montantes à lacets, était concentrée sur son tricot, quelque chose d'un rose criard, croisant ses aiguilles d'un mouvement rythmé. Cela, toutefois, ne l'empêchait pas de tourner la tête, parfois à droite, parfois à gauche, et son regard vif était à ce point pénétrant que rien d'un tant soit peu notable ne pouvait sans doute lui échapper.

Le jeune homme en étroits pantalons à carreaux, redingote négligemment ouverte sur un gilet blanc et chapeau melon retint immédiatement l'attention de la dame – il est vrai que sa façon d'avancer dans l'allée était fort étrange : tantôt il s'arrêtait, observant quelqu'un parmi les promeneurs, tantôt il faisait quelques pas brusques pour de nouveau s'immobiliser sur place. Soudain, l'inconstant personnage posa son regard sur nos dames et, comme mû par une subite résolution, il se dirigea vers elles à grands pas. Il s'arrêta devant leur banc, puis, s'adressant à la jeune demoiselle, il s'écria d'une ridicule voix de fausset :

— Madame ! Quelqu'un vous a-t-il déjà dit que vous étiez d'une insoutenable beauté ?

La demoiselle, qui était en effet prodigieusement belle, fixa l'insolent du regard, tandis que ses lèvres couleur de fraise restaient légèrement entrouvertes en une expression d'effroi. Même son accompagnatrice, pourtant d'âge mûr, ne put que rester bouche bée devant une impertinence aussi inouïe.

— J'ai succombé au premier regard ! bouffonna l'inconnu, jeune homme au demeurant d'apparence tout à fait présentable (cheveux aux tempes taillés à la mode, front haut et pâle, yeux bruns brillant d'exaltation). Permettez-moi d'apposer sur votre front innocent un baiser fraternel, plus innocent encore.

Reprenant ses esprits, la dame au tricot intervint :

— Monsieur, mais fous êtes soûl ! dit-elle, révélant un accent allemand caractéristique.

— Je suis exclusivement soûl d'amour, lui assura l'impudent jeune homme, avant d'implorer de la même voix anormalement stridente : Un baiser, un seul, ou je mets sur-le-champ fin à mes jours !

La demoiselle se pressa contre le dossier du banc, son ravissant minois tourné vers sa protectrice. Celle-ci, nonobstant tout ce que la situation avait d'alarmant, fit preuve d'une entière présence d'esprit :

— Partez d'ici immédiatement ! Fous êtes fou ! dit-elle en élevant la voix et en poussant en avant son tricot dont les aiguilles pointaient agressivement. Ch'appelle le serchent de fille !

C'est alors qu'eut lieu quelque chose de complètement incongru.

— Ah, c'est ainsi ! On me repousse ! hurla le jeune homme sur un ton de faux désespoir, se couvrant les yeux de la main dans un geste théâtral et tirant brusquement de sa poche intérieure un petit revolver à l'acier noir étincelant. A quoi bon vivre après cela ? Un seul mot de votre bouche, et je vis ! Un seul mot, et je tombe mort ! lança-t-il à la demoiselle, elle-même plus morte que vive. Vous vous taisez ? Alors adieu !

La vue de l'homme brandissant son arme ne pouvait manquer d'attirer l'attention des promeneurs. Parmi celles qui se trouvaient non loin, quelques personnes – une grosse dame tenant un éventail, un imposant monsieur arborant à son cou la croix de Sainte-Anne, deux collégiennes semblablement vêtues de méchantes robes à pèlerine marron – se figèrent sur place, et, de l'autre côté de la grille, sur le trottoir, un étudiant s'arrêta. En un mot, on pouvait espérer qu'un terme rapide allait être mis à cette scène indécente.

Mais la suite se déroula si vite que personne n'eut le temps d'intervenir.

— A la grâce de Dieu ! cria le jeune homme ivre (et peut-être fou).

Puis, sans que l'on sût pourquoi, il leva son revolver très haut au-dessus de sa tête, fit tourner le barillet et pressa le canon contre sa tempe.

— Clown ! Espèce de pitre ! maugréa la courageuse Allemande, montrant au passage une indéniable connaissance du russe parlé.

Déjà pâle, le visage du jeune homme vira au gris puis au vert. Il se mordit la lèvre inférieure et plissa les paupières. La demoiselle, à tout hasard, ferma les yeux à son tour.

Et elle fit bien. Cela lui épargna une vision de cauchemar : en une fraction de seconde, en même temps qu'éclatait le coup de feu, la tête du suicidé se projeta violemment de côté, transpercée de part en part, et, d'un orifice situé juste au-dessus de l'oreille gauche, jaillit un filet de liquide rougeâtre.

Commença alors une scène indescriptible. L'Allemande lança autour d'elle des regards indignés, comme pour prendre chacun à témoin d'un scandale aussi indicible, puis elle se mit à glapir, joignant sa voix aux hurlements des deux collégiennes et de la grosse dame qui, depuis quelques secondes déjà, émettaient des cris perçants. La demoiselle gisait sans connaissance – après avoir à peine entrouvert les yeux, elle s'était lentement affaissée. Des gens accouraient de partout. A l'inverse, l'étudiant posté derrière la grille – une nature sensible – s'élança à travers la chaussée pour filer en direction de la rue Mokhovaïa.

* * *

Ksavéri Féofilaktovitch Grouchine, commissaire principal à la Direction de la police judiciaire, près le grand maître de la police de Moscou, poussa un soupir de soulagement et posa à sa gauche, sur la pile « vu », le condensé des délits importants relevés au cours de la journée précédente. Durant les dernières vingt-quatre heures, à savoir la journée du 13 mai, rien de notable n'était survenu dans aucun des vingt-quatre secteurs de police de la ville, laquelle comptait pas moins de six cent mille âmes. Rien du moins qui nécessitât l'intervention de la police judiciaire. Un homicide consécutif à une rixe entre ouvriers d'atelier pris de boisson (le meurtrier avait été appréhendé sur place), deux cochers détroussés (que les commissariats de quartier s'en débrouillent), la disparition de sept mille huit cent cinquante-trois roubles et quarante-sept kopecks des caisses de la banque Russo-Asiatique (cela était directement du ressort d'Anton Sémionovitch, du département des délits commerciaux). Grâce à Dieu, on avait cessé d'adresser à la Direction toutes sortes d'informations insignifiantes concernant les vols à la tire, les bonnes qui se pendaient ou les nouveau-nés abandonnés – pour cela, il existait maintenant le *Bulletin policier des événements urbains*, qui était diffusé dans l'après-midi aux différents départements.

Ksavéri Féofilaktovitch eut un bâillement d'aise et, par-dessus son pince-nez d'écaille, il lança un coup d'œil au jeune secrétaire, fonctionnaire de quatorzième classe[1], Eraste Pétrovitch Fandorine, qui, pour la troisième fois, recopiait le rapport hebdomadaire destiné à monsieur le grand maître de la police. Bah ! pensa Grouchine, qu'il en profite tant qu'il est jeune pour apprendre le travail soigné, plus tard, il sera le premier à m'en remercier. Voyez-vous ça, maintenant c'est la nouvelle mode, gribouiller avec une plume d'acier, même pour s'adresser à la haute direction. Non, mon petit, toi, continue sans te presser, comme au bon vieux temps, au moyen d'une belle plume d'oie, avec tous les pleins et les déliés. Son Excellence en personne a grandi sous l'empereur Nicolas Pavlovitch, elle sait ce que signifient l'ordre et le respect de la hiérarchie.

Ksavéri Féofilaktovitch souhaitait sincèrement du bien au garçon ; il avait pour lui une compassion toute paternelle. Il faut dire que le destin s'était montré cruel envers le secrétaire frais émoulu. A l'âge de dix-neuf ans, il s'était retrouvé orphelin – il n'avait pour ainsi dire pas connu sa mère, et son père, une tête brûlée, avait investi sa fortune dans des projets oiseux, avant de tirer sa révérence. Il s'était enrichi dans la fièvre des chemins de fer et s'était ruiné dans la fièvre bancaire. Quand, l'année passée, les banques étaient tombées en déconfiture les unes après les autres, beaucoup de gens respectables avaient été

---

1. Pour les rangs et les titres, se reporter à la table p. 319. (*N.d.T.*)

réduits à la mendicité. Les titres les plus fiables s'étaient transformés en papier de chiffon, en rien. Et, presque aussitôt, monsieur Fandorine, lieutenant à la retraite, était décédé d'une embolie cérébrale, sans rien laisser d'autre à son fils que des reconnaissances de dettes. Le garçon aurait dû terminer le collège et entrer à l'université, au lieu de quoi il avait été prié de quitter le domicile familial et contraint de gagner son pain. Ksavéri Féofilaktovitch poussa un soupir désolé. L'orphelin avait aisément satisfait à l'examen de registrateur de collège, ce qui d'ailleurs n'était pas bien difficile pour ce jeune homme de bonne éducation, mais quel hasard avait bien pu l'amener dans la police ? Il aurait pu servir tranquillement dans la statistique ou bien même le secteur judiciaire. Nous avons tous la tête remplie d'idées romantiques, nous rêvons tous d'attraper de mystérieux Cadoudals. Mais chez nous, mon cher, des Cadoudals, il n'y en a pas (Ksavéri Féofilaktovitch eut un hochement de tête réprobateur), nous usons plutôt nos fonds de culotte à écrire des procès-verbaux sur la façon dont le bourgeois Golopousov, en état d'ivresse, a occis à coups de hache son épouse légitime et ses trois enfants en bas âge.

Cela ferait bientôt trois semaines que le jeune monsieur Fandorine avait pris ses fonctions à la police judiciaire, mais Ksavéri Féofilaktovitch, limier expérimenté et rusé matois, avait déjà acquis la ferme conviction qu'il n'y avait pas grand-chose à attendre du garçon. Bien trop sensible, bien trop raffiné. Une fois, au cours de sa première semaine, Grouchine l'avait emmené sur les lieux d'un crime (c'était lorsqu'on avait égorgé Kroupnova, une femme de marchand). Fandorine avait regardé la morte, puis il était devenu tout vert et avait dû sortir en se tenant aux murs. Il fallait reconnaître que la vue de la femme n'était guère appétissante – gorge tranchée d'une oreille à l'autre, langue pendante, yeux exorbités, tout cela, naturellement, au milieu d'une mare de sang. Résultat : Ksavéri Féofilaktovitch avait dû lui-même mener l'enquête et dresser le procès-verbal. A vrai dire, l'affaire s'était révélée assez simple. Le portier Kousykine avait des petits yeux tellement fuyants que Ksavéri Féofilaktovitch avait immédiatement ordonné au sergent de ville d'attraper l'homme par le collet et de le flanquer au violon. Kousykine était sous les verrous depuis deux semaines. Il niait, mais peu importait, il finirait par reconnaître les faits ; nul autre que lui n'avait intérêt à assassiner la marchande – en trente ans de service, le commissaire s'était forgé un flair infaillible. Quant à Fandorine, il serait très utile dans un bureau. Il était consciencieux, écrivait sans fautes, connaissait les langues, était intelligent et d'un commerce agréable – pas comme ce fieffé ivrogne de Trofimov, passé le mois dernier de secrétaire à second assistant du commissaire de police de Khitrovka. Qu'il continue à se soûler là-bas et à répondre avec impertinence à ses chefs.

Grouchine se mit à tambouriner avec irritation sur la table recouverte du triste drap de l'administration, sortit sa montre du gousset de son gilet (oh, il restait encore pas mal de temps avant le déjeuner) puis, d'un geste résolu, tira vers lui le numéro du jour de *La Gazette de Moscou*.

— Eh bien, voyons ce qu'ils ont trouvé pour nous étonner aujourd'hui, prononça-t-il à haute voix, tandis que le jeune secrétaire s'empressait de reposer son exécrable plume d'oie, sachant que son supérieur allait se mettre à lire les titres et toutes sortes d'autres choses, agrémentant sa lecture de commentaires – telle était l'habitude de Ksavéri Féofilaktovitch. Regardez un peu, Eraste Pétrovitch, en première page, à l'endroit le plus visible !

Corset américain dernier cri
« Lord Byron »

en baleine très solide,
pour les hommes désireux de paraître sveltes.
Taille fine et belle carrure !

» Et voyez-moi ces caractères ! Hauts d'une archine ! Et en dessous, en tout petit :

Le souverain part pour Ems

» Evidemment, le souverain n'est pas grand-chose comparé à « Lord Byron » !

Le grommellement du brave Ksavéri Féofilaktovitch produisit sur le secrétaire un effet étonnant. Pour une raison connue de lui seul, il se troubla, ses joues s'empourprèrent, et ses longs cils de jeune fille frémirent comme s'il était pris en faute. Et puisque nous en sommes aux cils, il paraît opportun de décrire plus en détail l'apparence d'Eraste Pétrovitch, car il est destiné à jouer un rôle clé dans les événements aussi saisissants qu'effroyables qui vont bientôt suivre. C'était un gracieux jeune homme aux cheveux noirs (dont il était secrètement fier) et aux yeux bleus (hélas, il eût été mieux qu'ils fussent également noirs), d'une taille respectable et à la peau très claire, si ce n'était cette maudite rougeur qui s'éternisait sur ses joues. Dévoilons au passage la raison du profond trouble qui avait saisi le registrateur de collège. Le fait est que, l'avant-veille, il avait dépensé le tiers de ses premiers émoluments mensuels à l'achat du corset dépeint de manière si alléchante. C'était le deuxième jour qu'il portait un « Lord Byron », endurant d'atroces douleurs au nom de la beauté. Or, maintenant, il soupçonnait (sans aucun fondement) le perspicace Ksavéri Féofilaktovitch d'avoir deviné d'où venait le port de chevalier de son subordonné et d'avoir voulu se moquer de lui.

Mais le commissaire était déjà passé à autre chose.

Atrocités commises par les bachi-bouzouks en Bulgarie

» Bon, cela n'est pas une lecture d'avant déjeuner...

Explosion à Ligovka

Notre correspondant à Saint-Pétersbourg nous informe qu'hier à 6 h 30, rue Znamenskaïa, dans l'immeuble de rapport du conseiller de commerce Vartanov, s'est produite une explosion qui a fait voler en éclats l'appartement du troisième étage. Arrivée sur les lieux, la police a découvert les restes d'un jeune homme défiguré au point d'être méconnaissable. L'appartement était loué par un certain monsieur P., professeur agrégé, dont tout porte à croire que c'est le corps qui a été découvert. A en juger par l'agencement des lieux, le logement abritait une sorte de laboratoire clandestin. Le conseiller d'Etat Brilling, chargé de l'enquête, suppose que dans l'appartement étaient fabriquées des machines infernales destinées à une organisation terroriste de nihilistes. L'enquête suit son cours.

» Mouais, Dieu soit loué, ici ce n'est pas Piter.

A en juger par l'éclat de ses yeux, le jeune Fandorine était sur ce dernier point d'un avis différent. Tout dans son attitude disait avec éloquence : au moins, dans la capitale, les gens ont de quoi s'occuper, ils traquent les poseurs de bombes au lieu de recopier dix fois les mêmes paperasses, dans lesquelles, au demeurant, il n'y a absolument rien d'intéressant.

— Bien, reprit Ksavéri Féofilaktovitch dans un froissement de journal, voyons ce que nous réserve la page locale.

Un premier esthernat à Moscou

La célèbre bienfaitrice anglaise, la baronne Esther, grâce à qui, dans différents pays, ont été ouvertes des institutions nommées « esthernats », refuges modèles pour jeunes orphelins, a annoncé à notre correspondant que, dans notre ville aux coupoles dorées, un premier établissement de ce type venait enfin d'ouvrir ses portes. Lady Esther, dont l'activité en Russie date seulement d'un an et qui a déjà réussi à ouvrir un esthernat à Pétersbourg, a décidé de combler à leur tour de ses bienfaits les orphelins de Moscou...

» M-m-m...

Sincère gratitude de tous les Moscovites... Où sont nos Owen et nos Esther ?

» ... Parfait, grand bien leur fasse, à ces orphelins. Et ici, qu'avons-nous de beau ?

Une cynique extravagance

» Hum, curieux.

Hier, au jardin Alexandre, a eu lieu un événement affligeant, tout à fait dans l'esprit des mœurs cyniques de la jeunesse d'aujourd'hui. Sous les yeux des promeneurs, un beau gaillard de vingt-trois ans, étudiant à l'université de Moscou, unique héritier d'une fortune considérable, a mis fin à ses jours d'un coup de revolver.

» Tiens donc !

Selon les témoins, avant d'accomplir ce geste insensé, N*** a fanfaronné devant le public en agitant son arme. Les témoins ont d'abord cru à une bravade d'homme ivre, mais, loin de plaisanter, N*** s'est tiré une balle dans la tête, dont il est mort sur le coup. Dans la poche du suicidé a été trouvé un billet au contenu d'un athéisme révoltant, d'où il ressort que le geste de N*** n'était pas le fait d'un accès de delirium tremens. Ainsi, l'épidémie actuelle de suicides gratuits, qui était jusque-là le fléau de la seule Pétropole, a gagné les murs de notre mère Moscou. O temps ! O mœurs ! Quel degré d'incroyance et de nihilisme a atteint notre jeunesse dorée pour aller jusqu'à faire de sa mort une bouffonnerie. Si telle est l'attitude de nos Brutus à l'égard de leur propre existence, faut-il s'étonner qu'ils fassent si peu de cas de la vie d'autres personnes ô combien plus estimables ? Comme viennent à propos ces paroles de notre très estimé Fiodor Mikhaïlovitch Dostoïevski, lorsqu'il dit dans son fascicule de mai du *Journal d'un écrivain* : « Vous qui êtes gentils, bons, honnêtes (il y a tout cela en vous !), où donc vous en allez-vous, pourquoi cette sombre, sourde tombe vous est-elle devenue si chère ? Regardez, dans le ciel brille l'éclatant soleil du printemps, les arbres s'épanouissent, alors que vous êtes las avant d'avoir vécu. »

Emu aux larmes, Ksavéri Féofilaktovitch renifla et jeta un regard en biais à son jeune assistant, se demandant si celui-ci avait remarqué son trouble, puis il reprit sa lecture sur un ton sensiblement plus sec.

— Et ainsi de suite, et ainsi de suite. Mais les temps n'y sont pour rien, en vérité. Tout cela est vieux comme le monde ! Des riches qui ne savent pas quoi faire de leur peau, on en a toujours eu en Russie. « La graisse leur monte à la tête », comme on dit. Une fortune considérable ? Qui cela peut-il bien être ? Et ces fripouilles de commissaires d'arrondissements qui rapportent toutes sortes de détails sans intérêt mais qui omettent le plus important. Et maintenant, il n'y a plus qu'à attendre le *Bulletin des événements urbains* ! Quoique l'affaire soit évidente ; il s'est tué sous les yeux de plusieurs témoins... Mais tout de même, c'est curieux. Le jardin Alexandre, cela va dépendre de l'arrondissement de Gorodskaïa, deuxième secteur. Tenez, Eraste Pétrovitch, comme ça, par amitié, faites donc un saut chez eux, rue Mokhovaïa. Dites que c'est à titre de contrôle ou autre chose de ce genre. Trouvez le moyen de savoir qui est ce N***. Et surtout, mon petit, recopiez sans faute le billet d'adieu. Dès ce soir, je le montrerai à mon Evdokia Andréievna, elle aime toutes ces choses qui vous chavirent l'âme. Et ne nous faites pas languir, revenez vite.

Les dernières paroles avaient été prononcées alors que le registrateur de collège avait déjà le dos tourné, tellement pressé de quitter sa sinistre table recouverte d'une toile cirée qu'il faillit en oublier sa casquette.

* * *

Au commissariat de quartier, on conduisit le jeune fonctionnaire de la police judiciaire auprès du commissaire en personne, mais celui-ci, voyant qu'on ne lui avait pas envoyé Dieu sait quel gros poisson, décida de ne pas perdre son temps en explications et appela son assistant.

— Voilà, je vous confie à Ivan Prokofiévitch, dit aimablement le commissaire (pour être du menu fretin, le garçon n'en venait pas moins de la Direction). Il va tout vous montrer et tout vous raconter. C'est justement lui qui hier est allé à l'appartement du défunt. Et mes humbles respects à Ksavéri Féofilaktovitch.

On fit asseoir Fandorine derrière un haut pupitre, puis on lui apporta le maigre dossier d'enquête. Eraste Pétrovitch en lut l'intitulé :

ENQUÊTE relative au suicide

du citoyen notable héréditaire Piotr Alexandrovitch KOKORINE, 23 ans, étudiant à la faculté de droit de l'université impériale de Moscou.
Ouverte le 13 du mois de mai de l'année 1876
Fermée le... du mois de... de l'année 18..

Et, les doigts tremblant d'une impatience fébrile, il dénoua les cordons de ficelle.

— Le père du suicidé, Alexandre Artamonovitch Kokorine, expliqua Ivan Prokofiévitch, un grand échalas à la figure chiffonnée comme si une vache l'avait ruminée, était un homme extrêmement riche. Un industriel. Voilà trois ans qu'il est décédé. Il a tout légué à son fils. On peut dire qu'il avait la belle vie, l'étudiant. On se demande ce qu'il faut de plus aux gens ?

Eraste Pétrovitch acquiesça d'un signe de tête, faute de savoir que répondre, et se plongea dans la lecture des témoignages. Les procès-verbaux étaient nombreux, une dizaine, le plus détaillé étant celui établi d'après les dires de la fille d'un conseiller privé actuel, Elisabeth von Evert-Kolokoltseva, dix-sept ans, et ceux de sa gouvernante, la demoiselle Emma Pful, quarante-huit ans, avec lesquelles le suicidé avait discuté dans les instants précédant le coup de feu. Toutefois, Eraste Pétrovitch ne tira des procès-verbaux aucune information autre que celles déjà connues du lecteur – tous les témoins répétaient plus ou moins la même chose, ne se différenciant les uns des autres que par leur degré de perspicacité : les uns disaient que l'apparence du jeune homme avait immédiatement éveillé en eux un funeste pressentiment (« Sitôt que j'ai vu ses yeux déments, tout en moi s'est glacé d'effroi », témoignait l'épouse d'un conseiller titulaire, madame Khokhriakova, avant de déclarer un peu plus loin qu'elle n'avait vu le jeune homme que de dos) ; d'autres, à l'inverse, évoquaient un coup de tonnerre dans un ciel serein.

Le dernier document du dossier était le billet froissé – quelques lignes sur un papier bleu ciel orné d'un monogramme. Eraste Pétrovitch se mit à dévorer des yeux les lignes irrégulières (sans doute le fruit d'une profonde émotion).

Messieurs, à vous qui me survivrez !

Si vous lisez cette lettre, cela signifie que je vous ai déjà quittés et que je connais le secret de la mort, qui vous est inaccessible. Je suis libre, tandis que vous devez continuer de vivre et d'endurer bien des tourments. Je fais cependant le pari que là où je suis et d'où, comme disait le prince de Danemark, aucun voyageur n'est encore jamais revenu, il n'y a rien, absolument rien. Que celui qui n'est pas d'accord avec moi vienne vérifier, il est le bienvenu. D'ailleurs, je me soucie de vous comme d'une guigne, j'écris ce message afin que ne germe pas dans votre esprit l'idée que j'aurais pu attenter à ma vie pour quelque lamentable niaiserie. Votre monde me dégoûte et, à vrai dire, cette raison est amplement suffisante. Quant au fait que je ne sois pas un gredin fini, le buvard de cuir l'atteste.

Piotr Kokorine

Non, il n'y a guère d'émotion là-dedans, telle fut la première pensée qui vint à Eraste Pétrovitch.

— Que veut-il dire à propos du buvard ? interrogea-t-il.

L'assistant du commissaire haussa les épaules :

— Il n'avait aucun buvard sur lui. Que voulez-vous, l'homme n'était plus lui-même. Peut-être s'apprêtait-il à faire quelque chose mais aura-t-il oublié ou changé d'avis. A l'évidence, le monsieur était un écervelé. Vous avez lu la façon dont il a fait tourner le barillet ? A propos de barillet, des six alvéoles, une seule contenait une balle. Pour ma part, je suis d'avis qu'il n'avait pas du tout l'intention de se tuer, mais qu'il voulait se donner des frissons, aiguiser ses sensations, si l'on peut dire. Pour, après, apprécier encore mieux la bonne chère et faire la noce avec encore plus de piquant.

— Une seule balle sur six ? C'est vraiment ce qui s'appelle manquer de chance, compatit Eraste Pétrovitch, que le buvard de cuir continuait de tracasser. Où habite-t-il ? Ou, plutôt, habitait-il...

— Un appartement de huit pièces ultrachic dans un nouvel immeuble de la rue Ostojenka, se mit à expliquer Ivan Prokofiévitch, enchanté de partager ses impressions. Il avait hérité de son père une demeure familiale à Zamoskvoretchié, une propriété avec les dépendances, mais il n'a pas voulu y vivre et a préféré s'installer à l'écart de la corporation des marchands.

— Et alors, là-bas non plus on n'a pas trouvé de buvard ?

— Pourquoi, selon vous nous aurions dû procéder à une perquisition ? Mais comme je vous le disais, c'est un appartement tel qu'il est risqué de laisser des agents se promener d'une pièce à l'autre – mieux vaut ne pas tenter le diable. Et d'ailleurs à quoi bon ? Egor

Nikiforitch, le juge d'instruction du parquet d'arrondissement, a laissé un quart d'heure au valet de chambre du défunt pour plier bagages – et encore, sous la surveillance d'un sergent de ville, pour qu'il n'aille surtout pas chiper quelque chose à son patron – et il m'a ordonné d'apposer un scellé sur la porte. Jusqu'à la notification de la liste des héritiers.

— Et qui sont les héritiers ? s'enquit Eraste Pétrovitch.

— Là est le hic. Le valet de chambre dit que Kokorine n'avait ni frères ni sœurs. Il a bien de lointains cousins, mais il ne les a jamais laissés franchir le seuil de sa porte. Alors, à qui va revenir la grosse galette ? demanda Ivan Prokofiévitch avec un soupir d'envie. C'est terrible rien que d'y penser... Mais cela ne nous regarde pas. L'avocat ou les exécuteurs testamentaires ne vont pas se manifester immédiatement. Il n'y a pas encore vingt-quatre heures que le drame a eu lieu. En attendant, le corps est chez nous, dans la glacière. Peut-être que demain Egor Nikiforitch déclarera l'affaire close. Alors tout se précipitera.

— Mais tout de même, c'est étrange, fit remarquer le jeune secrétaire en plissant le front. Si, dans la lettre qu'il écrit avant de mourir, un homme parle d'un buvard, il doit sûrement avoir une raison. Quant au « gredin fini », je ne comprends pas bien. Et s'il y avait quelque chose d'important dans ce buvard ? Vous, je ne sais pas, mais moi j'aurais à tout prix fouillé l'appartement. J'ai l'impression que ce billet n'a été écrit que pour attirer l'attention sur ce buvard. Il y a un mystère dans tout cela, croyez-moi.

Eraste Pétrovitch rougit, craignant que sa façon de parler de mystère ait pu paraître enfantine, mais l'assistant du commissaire ne perçut rien d'étrange dans sa réflexion.

— Il est vrai qu'il aurait au moins fallu examiner les papiers du bureau, reconnut-il. Mais Egor Nikiforitch est éternellement pressé. Il a une famille nombreuse – huit personnes avec lui –, si bien qu'il a tendance à bâcler les enquêtes pour filer plus vite à la maison. Il est vieux, il ne lui reste plus qu'un an avant la retraite, que voulez-vous... Mais voilà ce que je vous propose, monsieur Fandorine. Que diriez-vous d'y faire un saut nous-mêmes ? Nous pourrons tout examiner ensemble. Quant au scellé, j'en reposerai un autre après, ce n'est pas une bien grande affaire. Egor Nikiforitch ne m'en voudra pas. Au contraire, il me remerciera qu'on ne l'ait pas dérangé une fois de trop. Je lui dirai qu'il y avait une demande de la Direction, d'accord ?

Eraste Pétrovitch eut l'impression que l'assistant du commissaire avait tout simplement envie de regarder d'un peu plus près l'appartement « ultrachic », et pour ce qui était de poser un nouveau scellé, manifestement, il y avait aussi quelque chose qui clochait, mais la tentation était vraiment trop grande. Tout cela avait effectivement un parfum de mystère.

* * *

L'agencement de l'appartement de feu Piotr Kokorine (l'étage d'honneur d'un riche immeuble de rapport, non loin des portes de Pretchistenki) n'impressionna guère Fandorine – à l'époque de la fulgurante fortune de son père, il ne vivait pas moins bien dans leur somptueuse demeure. Pour cette raison, le registrateur de collège ne s'attarda pas dans l'entrée de marbre avec son miroir vénitien de trois archines de haut et ses moulures dorées au plafond. Il passa directement dans le salon – vaste, pourvu de six fenêtres, meublé dans le style russe le plus moderne : coffres décorés de motifs peints, murs lambrissés de chêne sculpté, élégant poêle de faïence.

— C'est bien ce que je vous disais, on vivait dans le *bon ton*, lui murmura dans la nuque son accompagnateur, sans qu'on sût ce qui l'obligeait à parler si bas.

Pour l'heure, Eraste Pétrovitch ressemblait étonnamment à un jeune setter lâché pour la première fois dans la forêt et grisé par l'odeur ô combien alléchante du gibier tout proche. Tournant la tête à droite et à gauche, il demanda, certain de la réponse :

— Là, cette porte, c'est le cabinet de travail ?

— Très exactement.

— Allons-y !

Il ne fut pas nécessaire de chercher longtemps le buvard de cuir : il trônait au milieu d'un bureau massif, entre un nécessaire d'écriture en malachite et un coquillage de nacre faisant office de cendrier. Mais, avant que ses mains impatientes aient effleuré le cuir brun et crissant, le regard de Fandorine tomba sur une photographie ornée d'un cadre d'argent, posée en évidence sur le bureau. Elle représentait un visage à ce point remarquable qu'Eraste Pétrovitch en oublia le buvard : se tenant de profil, une Cléopâtre à la somptueuse chevelure et aux immenses yeux d'un noir mat le regardait. Elle avait un long cou à la courbure fière et une esquisse de cruauté dans la ligne de sa bouche capricieuse. Mais, plus que tout, le registrateur de collège fut ensorcelé par son expression d'autorité calme et assurée, tellement inattendue sur le visage d'une jeune fille (pour quelque raison personnelle, Fandorine voulut absolument qu'il s'agît d'une demoiselle plutôt que d'une dame).

— Ravissante, dit en sifflant Ivan Prokofiévitch. Qui est-elle donc ? Permettez...

Et, sans la moindre hésitation, de sa main sacrilège, il retira le portrait enchanteur de son cadre et le retourna. Là, d'une écriture ample et penchée, était écrit :

A Pierre K.
Et Pierre sortit et pleura amèrement. Si vous aimez,
ne vous reniez pas !
A. B.

— Si elle le compare à l'apôtre Pierre, c'est sans doute qu'elle se prend pour Jésus ? Quelle prétention ! s'exclama l'assistant du commissaire avec un reniflement méprisant. Ne serait-ce pas pour cette personne que notre étudiant a voulu en finir avec la vie, hein ? Tiens, voilà le buvard, nous ne serons pas venus pour rien.

Ouvrant le sous-main de cuir, Ivan Prokofiévitch en sortit une unique feuille du papier bleu qu'Eraste Pétrovitch reconnut aussitôt. Cette fois, cependant, en dessous du texte, figuraient le cachet d'un notaire et plusieurs signatures.

— Parfait, dit le policier avec un hochement de tête satisfait. Nous avons mis la main sur le testament. Tiens... curieux.

Il parcourut le document en une minute, qui sembla une éternité à Eraste Pétrovitch. Mais ce dernier jugeait indigne de lui de lire par-dessus l'épaule de son compagnon.

— Ça, c'est la meilleure ! Il est joli, le cadeau aux cousins ! s'exclama Ivan Prokofiévitch avec une acrimonie hors de propos. Sacré Kokorine, il les a bien tous roulés. C'est bien d'un Russe ! Seulement, dans un sens, c'est antipatriotique. Maintenant, on comprend l'allusion au « gredin fini ».

L'impatience lui faisant perdre tout sens des convenances et de la hiérarchie, Eraste Pétrovitch arracha la feuille des mains de son supérieur en grade et lut ce qui suit :

Testament

Je soussigné, Piotr Alexandrovitch Kokorine, me trouvant en pleine possession de mes facultés mentales et en présence des témoins ci-dessous, fais connaître par le présent document mes dernières volontés quant aux biens qui m'appartiennent.

Je lègue la totalité de mes biens réalisés, dont la liste complète est déposée entre les mains de mon fondé de pouvoir Sémion Efimovitch Bérenzone, à la baronne Margaret Esther, citoyenne britannique, pour qu'elle use de l'intégralité de ces fonds à son entière convenance, pour les besoins de l'éducation et de l'instruction des orphelins. Je suis convaincu que madame Esther disposera de ces moyens financiers de manière plus judicieuse et plus honnête que les gros bonnets qui gèrent nos œuvres de charité.

Ce testament est le dernier en date, et il est définitif. Il a force de loi et remplace mon précédent testament.

Je nomme mes exécuteurs testamentaires : l'avocat Sémion Efimovitch Bérenzone et l'étudiant de l'université de Moscou Nikolaï Stépanovitch Akhtyrtsev.

Le présent testament est établi en deux exemplaires, dont un demeure en ma possession, et le second est déposé à l'étude de maître Bérenzone.

Moscou, le 12 mai 1876

Piotr Kokorine

Chapitre deuxième,

où l'on se contente de discuter

— Comme vous voudrez, Ksavéri Féofilaktovitch, mais c'est tout ce qu'il y a de plus étrange ! répéta Fandorine avec véhémence. Il y a un mystère là-dedans, parole d'honneur ! Exactement, un mystère ! Jugez vous-même. D'abord, il se tire dessus d'une manière absurde, en criant « A la grâce de Dieu ! » alors qu'il n'a qu'une seule balle dans son revolver, comme s'il n'avait pas du tout l'intention de mettre fin à ses jours. Quelle funeste malchance ! Et le billet qu'il écrit avant de mourir, reconnaissez-le, est quelque peu bizarre. On le dirait écrit à la hâte, entre une chose et une autre, alors qu'il aborde un problème extrêmement grave. Un problème qui n'a rien d'une plaisanterie ! (La voix d'Eraste Pétrovitch en vibrait d'émotion.) Mais cela, j'y reviendrai plus tard. En attendant, parlons du testament. Franchement, n'est-il pas suspect ?

— En quoi vous paraît-il particulièrement suspect, mon jeune ami ? demanda Grouchine d'une voix douce, tout en feuilletant sans entrain le *Bulletin policier des événements urbains* relatif aux dernières vingt-quatre heures.

Cette lecture non dénuée d'un certain intérêt informatif avait habituellement lieu l'après-midi, car les affaires vraiment importantes n'y figuraient pas, le *Bulletin* se limitant pour l'essentiel à un ramassis de faits insignifiants et de sottises absolues. Toutefois, s'y glissait de temps à autre quelque événement surprenant. Dans le cas précis, on pouvait y lire une information concernant le suicide qui avait eu lieu la veille, au jardin Alexandre, mais, ainsi que l'avait prévu ce vieux briscard de Ksavéri Féofilaktovitch, sans le moindre détail et, bien entendu, sans le texte du billet trouvé sur le mort.

— En quoi ? Je vais vous le dire ! Kokorine a tiré cette balle comme si cela n'était pas sérieux, et pourtant son testament, en dépit de son ton provocant, a été établi parfaitement dans les formes, avec cachet du notaire, signatures des témoins, indication des exécuteurs testamentaires, expliqua Fandorine en comptant sur ses doigts. Et, effectivement, sa fortune est colossale. Je me suis renseigné : deux fabriques, trois usines, des immeubles dans différentes villes, des chantiers navals à Libau, des titres à la banque d'Etat, pour une valeur d'un demi-million à eux seuls !

— Un demi-million ? s'exclama Ksavéri Féofilaktovitch en s'arrachant à ses papiers. Elle a de la chance, l'Anglaise. Beaucoup de chance.

— Et à propos, expliquez-moi ce que vient faire ici lady Esther ? Pourquoi ce legs lui revient-il, à elle et pas à quelqu'un d'autre ? Quel lien y a-t-il entre elle et Kokorine ? Voilà ce qu'il faudrait élucider !

— Il a lui-même écrit qu'il ne faisait pas confiance à nos dilapidateurs de deniers publics, alors que, depuis des mois, l'Anglaise est portée aux nues par toute la presse. Non, mon cher, dites-moi plutôt une chose. Comment se fait-il que votre génération accorde si peu de prix à la vie ? A la moindre peccadille : pif ! paf !, et avec suffisance encore, avec emphase et mépris pour le monde entier. De quel droit un tel mépris, de quel droit ? s'emporta Grouchine, se souvenant de l'impertinence et de l'irrespect avec lesquels, la veille au soir, lui avait parlé Sachenka, sa fille chérie, une collégienne de seize ans.

Toutefois, la question était avant tout rhétorique. Sur ce point, l'opinion de son jeune secrétaire intéressait peu l'honorable commissaire, raison pour laquelle il se replongea dans la lecture du *Bulletin*.

En revanche, Eraste Pétrovitch s'anima de plus belle :

— C'était justement de ce problème que je voulais parler plus particulièrement. Regardez un homme tel que Kokorine. La vie lui donne tout : la richesse, la liberté, l'éducation, la beauté (pour ce qui était du dernier point, Fandorine l'avait ajouté pour faire bon poids, car il n'avait pas la moindre idée de ce à quoi pût ressembler le défunt). Or il joue avec la mort et finit par se tuer. Vous voulez savoir pourquoi ? Pour nous, les jeunes, votre monde est écœurant. C'est exactement ce dont parle Kokorine, sinon qu'il n'a pas développé son idée. Vos idéaux – la carrière, l'argent, les honneurs – pour beaucoup d'entre nous n'ont aucune valeur. Ce n'est plus ce à quoi nous rêvons, désormais. Croyez-vous donc que ce soit sans raison que l'on parle d'une épidémie de suicides ? Parmi la jeunesse cultivée, ce sont les meilleurs qui s'en vont, asphyxiés par le manque d'oxygène spirituel, et vous, les pères de la société, n'en tirez aucune leçon pour vous-mêmes !

De fait, cette déclamation accusatrice s'adressait directement à Ksavéri Féofilaktovitch, étant donné qu'aucun autre « père de la société » ne pouvait être observé à proximité immédiate. Cependant Grouchine ne s'en offusqua nullement et hocha même la tête à plusieurs reprises avec une évidente satisfaction.

— Tiens, fit-il malicieusement en regardant le *Bulletin*, il est justement question du manque d'oxygène spirituel : *Passage Tchikhatchevski, dans le troisième secteur de l'arrondissement de Mechtchanskaïa, à dix heures du matin, a été trouvé le corps sans vie du cordonnier Ivan Eréméev Boudylguine, vingt-sept ans, mort par strangulation volontaire. Selon la déposition du portier Piotr Siline, l'homme s'est suicidé faute de pouvoir se payer un coup pour faire passer sa gueule de bois*. Ainsi, ce sont toujours les meilleurs qui s'en vont. Les seuls à rester sont les vieux imbéciles que nous sommes.

— Vous vous moquez, dit amèrement Eraste Fandorine. Mais à Pétersbourg et à Varsovie, il ne se passe pas un jour que des étudiants, des étudiantes et même des collégiens ne s'empoisonnent, ne se tirent une balle dans la tête, ne se noient. Et vous trouvez cela drôle...

Vous vous en repentirez, Ksavéri Féofilaktovitch, mais il sera trop tard, pensa-t-il avec rancœur, bien que, jusqu'à cet instant, la pensée du suicide ne lui fût encore jamais venue à l'esprit – le jeune homme était d'une nature bien trop vigoureuse pour cela. Le silence s'instaura : Fandorine imaginait une modeste tombe sans croix derrière l'enclos d'une église, tandis que Grouchine tantôt laissait glisser son doigt le long des lignes, tantôt faisait entendre le froissement des pages qu'il tournait.

— Cela étant, voilà effectivement une de ces absurdités dont vous parlez, grommela-t-il. Qu'est-ce qu'ils ont tous, ils sont devenus fous ? Voici deux rapports : l'un qui émane du troisième secteur de l'arrondissement de Miasnitskaïa, page huit ; l'autre du premier secteur de l'arrondissement de Rogojskaïa, page neuf. Ecoutez ça : *A 12 h 35, rue Podkolokolni, près de l'immeuble de la Compagnie moscovite d'assurance contre l'incendie, l'inspecteur de police du quartier a été appelé à la demande d'une propriétaire terrienne de la région de Kalouga, Avdotia Filippovna Spitsina (elle réside temporairement à l'*Hôtel du Boyard*). Madame Spitsina a déclaré que, près de l'entrée d'une librairie, sous ses yeux, un homme bien habillé d'environ vingt-cinq ans avait tenté de mettre fin à ses jours – il a porté un pistolet à sa tempe, mais le coup n'est pas parti et le suicidé manqué s'est éclipsé. Madame Spitsina a demandé à la police de retrouver le jeune homme et de le remette aux autorités ecclésiastiques, afin que l'Eglise lui inflige une pénitence pour le pardon de son âme. Aucune recherche n'a été entreprise faute de délit consommé.*

— Vous voyez, qu'est-ce que je vous disais ! triompha Eraste Pétrovitch avec le sentiment de la vengeance satisfaite.

— Un instant, jeune homme, ce n'est pas tout, l'arrêta le commissaire. Ecoutez la suite. Page neuf. *Le sergent de ville Sémionov* (de Rogojskaïa) *rapporte que, vers onze heures, il a été appelé par le bourgeois Nikolaï Koukine, commis de l'épicerie « Brykine et fils », située face au pont Maly Iaouzski. Koukine a déclaré que, quelques minutes avant, un étudiant était monté sur une des bornes en pierre du pont, avec l'intention manifeste de se tirer une balle dans la tête. Koukine a entendu un petit bruit métallique, mais il n'y a pas eu de coup de feu. Après le déclic, l'étudiant a sauté sur la chaussée et a filé en direction de la rue Iaouzskaïa. Aucun autre témoin n'a été découvert. Koukine réclame l'installation d'un poste de police sur le pont, car l'année passée une jeune fille de mœurs légères s'est noyée au même endroit, ce qui s'est révélé préjudiciable à son commerce.*

— Je ne comprends rien, dit Fandorine, qui en restait pantois. Qu'est-ce que c'est que ce rituel ? Ne serait-ce pas une société secrète de suicidés ?

— Quelle société voulez-vous que ce soit ? prononça lentement Ksavéri Féofilaktovitch, puis, s'animant progressivement, il se mit à parler de plus en plus vite : Il ne s'agit pas de société, mon cher monsieur, tout cela est infiniment plus simple. Si initialement cela ne m'était pas venu à l'esprit, maintenant je comprends ces histoires de revolver. Dans les différents cas, c'est notre Kokorine qui fait des siennes. Venez un peu voir ici.

Il se leva et s'approcha promptement de la carte de Moscou qui pendait au mur, à côté de la porte.

— Voici le pont Maly Iaouzski. De là, il a emprunté la rue Iaouzskaïa, il a baguenaudé environ une heure pour se retrouver à Podkolokolni, à proximité de la compagnie d'assurances. Après avoir flanqué la frousse à madame Spitsina, il s'est éloigné en direction du Kremlin. A trois heures et quelques il est arrivé au jardin Alexandre, où son voyage s'arrête de la manière que nous savons.

— Mais pour quelle raison ? Et qu'est-ce que tout cela signifie ? demanda Eraste Pétrovitch tout en scrutant la carte.

— Ce que cela signifie, ce n'est pas à moi d'en juger. Mais comment les choses se sont passées, je le devine. Notre étudiant huppé, digne représentant de la jeunesse dorée, décide de faire ses adieux à tous. Mais, avant de mourir, il veut se donner des frissons. J'ai lu quelque part qu'on appelait cela la « roulette américaine ». On a inventé ce jeu en Amérique, dans les mines d'or. On met une balle dans son revolver, on tourne et pan ! Si on a de la chance, on fait sauter la banque, si on n'en a pas, adieu la compagnie ! Et notre étudiant part tenter le sort dans un périple à travers Moscou. Il est tout à fait possible qu'il n'ait pas tiré trois fois mais plus. Seulement, les témoins n'appellent pas tous la police. Cette riche propriétaire soucieuse de sauver les âmes, de même que Koukine, mû par ses intérêts privés, ont fait preuve de vigilance, mais combien Kokorine a-t-il réellement fait de tentatives, Dieu seul le sait. Il est aussi possible qu'il se soit lancé un défi : je joue tant de fois avec la mort, et basta. Si j'en réchappe, c'est que mon jour n'était pas arrivé. Mais j'entre là dans le domaine des élucubrations. Quoi qu'il en soit, il n'y a eu aucune malchance fatale au jardin Alexandre, seulement un étudiant qui, aux environs de trois heures, avait épuisé toutes ses chances.

— Ksavéri Féofilaktovitch, vous possédez un réel talent d'analyste, s'extasia sincèrement Fandorine. Maintenant je vois l'enchaînement des événements comme si j'y étais.

Même venant d'un freluquet, le compliment, mérité, fit plaisir à Grouchine.

— Eh oui, eh oui. Même auprès des vieux imbéciles on peut apprendre des choses, prononça-t-il d'un ton docte. Si seulement vous aviez appris le travail d'enquêteur comme je l'ai fait moi-même, non pas à notre époque sophistiquée mais sous l'empereur Nicolas Pavlovitch... En ce temps-là, on ne se demandait pas si telle affaire était ou non du ressort de la police judiciaire, et d'ailleurs notre direction n'existait pas encore à Moscou. Un jour on recherchait des assassins, le lendemain on se postait dans un marché à houspiller les gens et le jour suivant on faisait la tournée des tavernes pour débusquer les sans-passeport. Mais avec ça on acquérait le sens de l'observation, la connaissance des gens, et en plus on se constituait une solide carapace, sans laquelle le travail de policier est impossible, ajouta-t-il allusivement.

Alors qu'il terminait sa phrase, le commissaire remarqua soudain que le secrétaire ne l'écoutait que d'une oreille. Il s'était rembruni, tourmenté par une pensée de toute évidence délicate.

— Bon, qu'est-ce qui vous chagrine encore ? Allez, dites-moi.

— Eh bien voilà, il y a quelque chose qui m'échappe... commença Fandorine en remuant nerveusement ses beaux sourcils en forme de demi-lune. Ce Koukine dit que l'homme qui se trouvait sur le pont était un étudiant...

— Un étudiant, en effet, et alors ?

— Mais comment Koukine pouvait-il savoir que Kokorine était étudiant ? Il était en redingote et chapeau, et au jardin Alexandre aucun des témoins ne l'a pris pour un étudiant... Dans les procès-verbaux, c'est soit « le jeune homme » soit « ce monsieur ». C'est une énigme, non ?

— Vous n'avez que cela dans la tête, des énigmes, répliqua Grouchine en balayant la remarque d'un geste de la main. Votre Koukine est un idiot, ne cherchez pas plus loin. Il voit un jeune monsieur en costume de ville, et il se figure que c'est un étudiant. Mais il se peut aussi que l'épicier ait l'œil exercé – il est vrai que du matin au soir il a affaire à la clientèle.

— Des clients comme Kokorine, Koukine n'en a jamais vu dans son échoppe, objecta Eraste Pétrovitch avec raison.

— Et qu'en déduisez-vous ?

— Qu'il ne serait pas mal d'interroger un peu mieux la propriétaire Spitsina et l'épicier Koukine. Bien sûr, ce n'est pas à quelqu'un comme vous, Ksavéri Féofilaktovitch, de se charger de tâches aussi insignifiantes, mais, si vous y consentiez, je pourrais...

Eraste esquissa même le geste de se lever de sa chaise tant il avait envie que Grouchine lui donne son accord.

Ksavéri Féofilaktovitch s'apprêtait à faire montre de sévérité, mais il se ravisa. Que le garçon aille flairer le travail de terrain, qu'il apprenne à discuter avec les témoins. Après tout, on pourrait peut-être tirer quelque chose de lui.

— Je ne vous l'interdis pas, dit-il gravement, puis, prévenant l'exclamation de joie prête à exploser sur les lèvres du registrateur de collège, il ajouta : Mais, tout d'abord, veuillez terminer le rapport pour Son Excellence. Et, vous savez quoi, mon cher ? Il est déjà trois heures passées. Je ne vais pas tarder à regagner mes pénates. Et vous me raconterez demain d'où l'épicier a sorti son histoire d'étudiant.

Chapitre troisième,

dans lequel surgit un « étutiant foûté »

De la rue Miasnitskaïa, où se situait la Direction de la police judiciaire, jusqu'à l'*Hôtel du Boyard*, où, d'après le *Bulletin*, résidait « temporairement » la propriétaire Spitsina, il y avait environ vingt minutes de marche, et Fandorine, malgré l'impatience qui le dévorait, décida de s'y rendre à pied. Implacable tourmenteur, le « Lord Byron » qui comprimait sans merci les côtes du secrétaire avait creusé un trou si substantiel dans son budget que, selon le principe élémentaire des vases communicants, le coût d'un cocher se serait immanquablement répercuté sur sa ration alimentaire. Tout en mâchant un pâté farci au dos d'esturgeon séché acheté à l'angle de la rue Goussiatnikov (n'oublions pas que, dans la fièvre de l'enquête, Eraste Pétrovitch n'avait pas déjeuné), il longeait d'un pas alerte le boulevard Tchistoproudni, où des vieilles dames d'un autre âge, en longs manteaux à pèlerine et bonnets surannés, distribuaient des miettes de pain à des pigeons aussi gras qu'effrontés. Sur la chaussée pavée filaient à belle allure des fiacres et des phaétons avec lesquels Fandorine ne pouvait en aucun cas rivaliser, et ses pensées prirent un tour acerbe. En réalité, sans une calèche pourvue de bons trotteurs, le travail du limier était impossible. Certes, se trouvant rue Pokrovka, il n'était pas très loin de l'*Hôtel du Boyard*, mais de là il faudrait encore se traîner jusqu'à la Iaouza pour voir l'épicier, ce qui faisait une bonne demi-heure de plus. Un délai qui pourrait se révéler fatal, se désola Eraste Pétrovitch (avec quelque exagération, disons-le franchement), et en attendant monsieur le commissaire aura fait économiser quelques kopecks à l'Etat. Mais pour son attelage personnel, voyez-vous, la Direction dépense quatre-vingts roubles par mois. Voilà bien les privilèges des chefs : pendant que l'un rentre chez lui dans sa propre voiture, l'autre n'a que ses deux jambes pour les besoins du service.

Mais sur la gauche, au-dessus du toit du café *Souchet*, se profilait déjà le clocher de l'église de la Sainte-Trinité, près de laquelle se trouvait l'*Hôtel du Boyard*, et Fandorine accéléra le pas, savourant par avance ses importantes découvertes.

Une demi-heure plus tard, les jambes rompues et la tête basse, il descendait d'un pas traînant le boulevard Pokrovski, où des femmes de marchands, et non plus des dames de la noblesse, nourrissaient des pigeons tout aussi gras et insolents que ceux du boulevard Tchistoproudni.

La discussion avec le témoin se révéla peu réconfortante. Eraste Pétrovitch attrapa de justesse la propriétaire alors qu'elle était sur le point de monter dans un droschki encombré de malles et de paquets, prête à quitter l'ancienne capitale pour rejoindre ses terres de la région de Kalouga. Par souci d'économie, madame Spitsina voyageait comme au bon vieux temps, dans son attelage personnel plutôt qu'en chemin de fer.

Une chance incontestable pour Fandorine, car si la dame s'était hâtée de partir pour la gare, il n'y aurait pas eu de discussion du tout. Ce qui, sur le fond, n'aurait d'ailleurs rien changé au témoignage de la loquace propriétaire, lequel aboutissait à cette conclusion : Ksavéri Féofilaktovitch avait raison, c'était bien Kokorine que madame Spitsina avait vu. Elle mentionna la redingote, le chapeau melon et même des chaussures vernies à boutons, que les témoins du jardin Alexandre n'avaient pas signalées.

Tous les espoirs reposaient maintenant sur Koukine, à propos duquel il était hautement probable que Grouchine eût aussi raison. L'épicier s'était avancé sans réfléchir, et il ne restait maintenant plus qu'à se trimballer à l'autre bout de Moscou à cause de lui, pour finalement se retrouver la risée du commissaire.

La porte vitrée, décorée d'un pain de sucre, de l'épicerie *Brykine et fils* donnait directement sur le quai, et, de là, on voyait parfaitement le pont – Fandorine le nota immédiatement. Il remarqua également que les fenêtres de la boutique étaient grandes ouvertes (sans doute à cause de la chaleur étouffante) et que, par conséquent, Koukine avait fort bien pu entendre le « petit bruit métallique » étant donné que la première borne du pont n'était pas éloignée de plus de quinze pas. Un homme d'une quarantaine d'années, en chemise rouge, gilet de drap noir, pantalons plissés et bottes en forme de bouteilles lança un regard intrigué depuis la porte.

— Quelque chose pour votre service, Votre Noblesse ? demanda-t-il. Vous seriez-vous égaré ?

— Koukine ? demanda sèchement Eraste Pétrovitch, n'attendant rien de bon des explications à venir.

— Pour vous servir, répondit l'épicier, sur ses gardes, en fronçant ses épais sourcils, puis, aussitôt, devinant à qui il avait affaire, il ajouta : Votre Noblesse est sans doute de la police ? Je vous suis très humblement reconnaissant. Je ne m'attendais pas à une aussi rapide marque d'attention. Le monsieur du commissariat de quartier m'avait dit que ses supérieurs allaient examiner l'affaire, mais je ne m'y attendais pas si vite, vraiment pas. Mais qu'est-ce que nous avons à rester là, sur le seuil de la porte ! Entrez donc. Et encore merci, merci mille fois !

Il s'inclina bien bas et entrouvrit la porte en ajoutant un geste d'invite de la main, mais Fandorine resta sur place et dit d'un ton grave :

— Je ne suis pas du commissariat de quartier, Koukine, mais de la police judiciaire. J'ai pour mission de rechercher cet étu... ce monsieur dont vous avez parlé à l'inspecteur.

— Cette espèce d'étudiant ? s'empressa de préciser l'épicier. Bien sûr, je m'en souviens parfaitement. Que Dieu me pardonne, mais quelle frayeur ! Quand je l'ai vu grimper sur la borne et appuyer son arme sur sa tête, mon sang n'a fait qu'un tour. Ça y est, je me suis dit, ça va être comme l'année dernière, tu pourras toujours courir pour attraper un client ! Est-ce que c'est notre faute à nous ? Quelle mouche les a tous piqués de vouloir se suicider justement ici ? Ils n'ont qu'à aller là-bas, sur la Moscova ; c'est plus profond, le pont est plus haut et en plus de ça...

— Taisez-vous, Koukine, l'interrompit Eraste Pétrovitch. Décrivez-moi plutôt l'étudiant. Comment il était habillé, à quoi il ressemblait et, plus généralement, ce qui vous a fait dire que c'était un étudiant.

— On ne pouvait pas faire plus étudiant que lui, Votre Noblesse, répondit l'épicier, visiblement étonné. Avec l'uniforme, les boutons, les verres sur le nez.

Fandorine eut un sursaut.

— Comment cela, l'uniforme ? Il était en uniforme ?

— Et comment vouliez-vous qu'il soit ? demanda Koukine en regardant avec commisération ce fonctionnaire qui ne voulait rien comprendre. Sinon, comment j'aurais pu savoir s'il était ou non étudiant ? Comme si je n'étais pas capable de faire la différence entre l'uniforme d'un étudiant et celui d'un petit fonctionnaire...

Ne trouvant rien à répondre à cette judicieuse remarque, Eraste Pétrovitch tira de sa poche un petit bloc-notes avec un crayon afin d'y noter la déposition du témoin. Fandorine avait acheté ce bloc-notes juste avant de prendre ses fonctions à la police judiciaire, et il le promenait inutilement avec lui depuis trois semaines. C'était seulement aujourd'hui qu'il l'avait ouvert. Depuis le matin, le registrateur de collège avait déjà noirci plusieurs feuillets de sa minuscule écriture.

— Racontez-moi à quoi ressemblait cet homme.

— Un homme comme un autre. Insignifiant, avec quelques boutons sur le visage. Et puis les petits verres dont je vous parlais...

— Quel genre de petits verres ? Des lunettes ou un pince-nez ?

— Vous savez... avec un cordon.

— Un pince-nez, donc, dit Fandorine en faisant courir son crayon. D'autres signes particuliers ?

— Il était très voûté. C'est à peine si le sommet de sa tête dépassait ses épaules... Bref, un étudiant comme tous les étudiants, je vous dis...

Koukine regardait le « petit fonctionnaire » d'un air perplexe, tandis que ce dernier observait une longue pause, clignant des yeux, remuant les lèvres, feuilletant son calepin. De toute évidence, l'homme avait quelque chose en tête.

Uniforme, boutonneux, pince-nez, fortement voûté, inscrivit-il dans son bloc-notes. Bon, légèrement boutonneux, c'est un détail insignifiant. Quant au pince-nez, il n'en est fait aucune mention dans la description des effets personnels de Kokorine. L'aurait-il laissé tomber quelque part ? Possible. Les témoins du jardin Alexandre ne signalent aucun pince-nez, mais on ne les a pas particulièrement interrogés sur l'apparence extérieure du suicidé - pour quelle raison ? Voûté ? Hum. Dans *La Gazette de Moscou,* si je me souviens bien, il est décrit comme un « beau gaillard », mais le reporter n'assistait pas aux événements, il n'a pas vu Kokorine, et a très bien pu inventer le « beau gaillard » pour améliorer son effet. Reste l'uniforme d'étudiant - ce point est en revanche irréfutable. Si c'est bien Kokorine qui se trouvait sur le pont, il en découle qu'entre onze heures et midi et demi il a changé de vêtements pour une raison quelconque. Mais où ? Voilà ce qu'il serait intéressant de savoir. De la Iaouza à la rue Ostojenka, puis, de là, jusqu'à la Compagnie moscovite d'assurance contre l'incendie, cela fait une jolie trotte ; impossible de s'en sortir en une heure et demie.

A ce point de sa réflexion, Fandorine dut admettre, au prix d'une violente crampe d'estomac, qu'il n'avait qu'une solution : attraper l'épicier au collet, le conduire au commissariat de la rue Mokhovaïa, où le corps du suicidé se trouvait à la morgue, enveloppé dans la glace, et procéder à l'identification. Eraste Pétrovitch se figura le crâne défoncé avec une croûte de sang et de cervelle séchée, et, par une association d'idées bien naturelle, il se remémora Kroupnova, la femme de marchand qui avait été égorgée et qui continuait de hanter ses cauchemars. Non, il n'avait vraiment aucune envie d'aller à la « glacière ». Cela étant, entre l'étudiant du pont Maly Iaouzki et le suicidé du jardin Alexandre, il existait un lien qu'il fallait absolument découvrir. Qui était en mesure de dire si Kokorine avait des boutons sur le visage, s'il était voûté et portait un pince-nez ?

En premier lieu, la propriétaire Spitsina, mais à l'heure qu'il était, elle devait être aux abords de la région de Kalouga. En second lieu, le valet de chambre du défunt, comment diable s'appelait-il ? Peu importait, de toute façon le juge d'instruction l'avait chassé de l'appartement et l'on pouvait toujours courir pour remettre la main dessus. Demeuraient les témoins du jardin Alexandre et avant tout les deux dames avec qui Kokorine avait discuté dans les instants qui avaient précédé sa mort. Sans doute l'avaient-elles examiné sous toutes les coutures. Dans le bloc-notes était inscrit : « Fille de conseil. priv. act. Elis. Alexandr-na von Evert-Kolokoltseva, 17 ans – demoiselle Emma Gottlibovna Pful, 48 ans – Malaïa Nikitskaïa, hôt. part. »

Impossible pour le coup de faire l'économie d'une voiture.

* * *

La journée paraissait ne pas vouloir finir. Ne se lassant pas d'illuminer la ville aux coupoles dorées, le vigoureux soleil de mai descendait comme à contrecœur au-dessus des toits quand, moins riche de deux pièces de vingt kopecks, Fandorine descendit du fiacre, devant un élégant hôtel particulier à colonnes doriques, façade sculptée et perron de marbre. Remarquant l'hésitation de son client, le cocher lança :

— C'est bien la maison du général, n'ayez aucun doute. Ce n'est pas la première année que je fais le cocher à Moscou.

Et si on ne me laissait pas entrer ? se dit Fandorine avec un pincement au cœur à l'idée d'un possible affront. Il saisit le marteau de cuivre étincelant et frappa deux fois. La porte massive, ornée de deux têtes de lion en bronze, s'ouvrit immédiatement sur un suisse en riche livrée à galons dorés.

— C'est pour monsieur le baron ? Vous venez de son bureau ? demanda-t-il en employé zélé. Dois-je vous annoncer ou seulement transmettre un billet ? Mais entrez donc.

Le spacieux vestibule généreusement éclairé à la fois par un lustre et par des lampes à gaz acheva d'intimider le visiteur.

— En fait, je désirais voir Elisabeth Alexandrovna, expliqua-t-il. Eraste Pétrovitch Fandorine, de la police judiciaire. Pour affaire urgente.

— De la police judiciaire ? répéta le suisse avec une grimace méprisante. Ne serait-ce pas à propos des événements d'hier ? Dans ce cas, n'y songez pas. Mademoiselle a sangloté durant presque tout l'après-midi et a fort mal dormi cette nuit. Non seulement je ne vous laisserai pas la voir, mais je refuse même de lui faire part de votre présence. Hier, Son Excellence a déjà menacé vos collègues du poste de police de leur arracher la tête pour avoir tourmenté Elisabeth Alexandrovna avec leurs interrogatoires. Dehors, je vous prie, dehors.

Et, de sa bedaine proéminente, le gredin se mit à pousser le visiteur vers la sortie.

— Et la demoiselle Pful ? s'écria Eraste Pétrovitch en désespoir de cause. Emma Gottlibovna, quarante-huit ans ? J'aimerais au moins m'entretenir avec elle. C'est une affaire d'Etat !

Le suisse fit claquer ses lèvres d'un air suffisant.

— Soit, dans ce cas je vous laisse entrer. Ici, sous l'escalier. Longez le corridor, troisième porte à droite. C'est là qu'habite madame la gouvernante.

A peine eut-il frappé à la porte qu'une grande femme osseuse lui ouvrit et, sans un mot, le fixa de ses yeux ronds, marron clair.

— Fandorine, de la police. Vous êtes bien madame Pful ? prononça Eraste Pétrovitch d'un ton hésitant, et, à tout hasard, il réitéra sa question en allemand : *Polizeiamt. Sind sie Fräulein Pful ? Guten Abend.* [1]

— Bonsoir, répondit sèchement la grande femme. Che suis Emma Pful, en effet. Entrez. Asseyez-fous là, sur cette chaise.

Fandorine prit place à l'endroit indiqué – une chaise viennoise au dossier incurvé, posée devant une table de travail sur laquelle étaient soigneusement disposés divers manuels et des piles de papier à écrire. La pièce était belle, claire, mais triste et comme dénuée de vie. Posés sur le rebord de la fenê-

1. Direction de la police. Vous êtes mademoiselle Pful ? Bonsoir.

tre, trois pots de somptueux géraniums en constituaient l'unique tache de couleur.

— Fous fénez à cause de ce stupide cheune homme, qui s'est suicidé ? demanda la demoiselle Pful. Ch'ai déchà répondu hier à toutes les questions du monsieur de la polize, mais si fous désirez m'interrocher de nouveau, che fous en prie. Che comprends très bien que le travail de la polize est une chose très importante. Mon oncle Günter était lui-même *Oberwachtmeister* dans la polize de Zaxe.

— Je suis registrateur de collège, précisa Eraste Pétrovitch, ne voulant pas qu'on sous-estime son grade. Fonctionnaire de quatorzième classe.

— Mais che sais reconnaître les rangs, acquiesça l'Allemande en montrant du doigt la boutonnière de son uniforme. Alors, monsieur le réchistrateur de collèche, che fous écoute.

Au même moment, sans que l'on eût frappé, la porte s'ouvrit et une demoiselle aux cheveux blonds et au charmant visage enflammé entra en coup de vent.

— *Fräulein Pful ! Morgen fahren wir nach Kuntsevo* [1] ! Parole d'honneur ! Papa a donné sa permission ! lança-t-elle depuis le seuil de la porte.

Mais, voyant un étranger, elle se figea et se tut, ce qui n'empêcha pas ses yeux gris de fixer le jeune fonctionnaire avec la plus vive curiosité.

— Les baronnes bien élefées ne courent pas mais marchent, lui dit sa gouvernante avec une sévérité feinte. Surtout à dix-sept ans passés. Si fous marchiez au lieu de courir, fous auriez le temps de noter

1. Mademoiselle Pful ! Demain nous partons à Kuntsevo !

la présence d'un inconnu et de le saluer comme il confient.

— Bonjour, monsieur, murmura la merveilleuse apparition.

Fandorine bondit sur ses jambes et s'inclina, en proie à un sentiment de profond malaise. La jeune fille lui plaisait terriblement, et le pauvre petit secrétaire était effrayé à l'idée de tomber amoureux d'elle au premier regard, chose qu'il convenait surtout de ne pas faire. Même autrefois, au temps de la prospérité paternelle, une semblable princesse lui eût été inaccessible. A plus forte raison maintenant.

— Bonjour, dit-il très sèchement, puis, fronçant les sourcils d'un air sévère, il ajouta mentalement : « Auriez-vous l'idée de me faire jouer un pitoyable rôle, du genre : Il était conseiller titulaire, elle, fille de haut fonctionnaire... ? Non, madame, n'y comptez pas. J'en ai pour des années et des années à servir avant d'atteindre ne serait-ce que ce rang-là. » Registrateur de collège Eraste Pétrovitch Fandorine, Direction de la police judiciaire, se présenta-t-il sur un ton officiel. Je procède à un supplément d'enquête concernant le triste événement qui a eu lieu hier au jardin Alexandre. Il s'est révélé nécessaire de vous poser encore quelques questions. Mais si cela vous est désagréable – j'imagine parfaitement combien vous avez été affectée – je me contenterai de discuter avec la seule madame Pful.

— Oui, cela a été affreux. (Déjà immenses, les yeux de la jeune fille s'agrandirent encore.) Il est vrai, j'ai fermé les yeux et je n'ai presque rien vu, et ensuite j'ai perdu connaissance... Mais cela m'intéresse tant ! *Fräulein* Pful, est-ce que je peux rester ? Oh, s'il vous plaît ! D'ailleurs, après tout, je suis un témoin tout autant que vous !

— Pour ma part, dans l'intérêt de l'enquête, je préférerais aussi que madame la baronne soit présente, dit hypocritement Fandorine.

— L'ordre, c'est l'ordre, acquiesça Emma Gottlibovna. Lizchen, che fous le répète sans cesse : *Ordnung muss sein*[1]. Il faut obéir à la loi. Vous pouvez rester.

Lisanka (car c'était ainsi que, sur le point de succomber définitivement, Fandorine appelait déjà secrètement Elisabeth Alexandrovna) se laissa tomber sur le divan de cuir, regardant notre héros avec la plus grande attention.

Celui-ci se ressaisit et, se tournant vers *Fräulein* Pful, il demanda :

— Veuillez, s'il vous plaît, me décrire ce monsieur.

— Le monsieur qui s'est tiré dessus ? précisa-t-elle. *Na ja*[2]. Yeux marron, cheveux marron, assez grand, ni moustache ni barbe, pas de faforis non plus, visage très cheune, mais pas très beau. Maintenant, les fêtements...

— Les vêtements après, l'interrompit Eraste Pétrovitch. Vous dites que son visage n'était pas beau. Pourquoi ? A cause de boutons ?

— *Pickeln*, traduisit Lisanka en rougissant.

— A *ja*, des boutons, se plut à répéter la gouvernante avant de comprendre le sens réel du mot. Non, ce monsieur n'avait pas de boutons. Il avait une belle peau saine. Mais son visage n'était pas très bien.

— Dans quel sens, pas très bien ?

1. L'ordre doit être respecté.
2. Eh bien, voilà.

— Méchant. Il regardait comme si ce n'était pas lui qu'il foulait tuer mais quelqu'un d'autre. Oh, quel cauchemar ! s'emporta Emma Gottlibovna au souvenir de la scène. Le printemps, un temps ensoleillé, des dames et des messieurs qui se promènent, un merveilleux derrière[1] tout en fleurs !

A ces derniers mots, le rouge monta aux joues d'Eraste Pétrovitch. Il regarda Lisanka à la dérobée, mais celle-ci, visiblement habituée depuis longtemps à la façon très particulière de s'exprimer de sa duègne, ne s'était pas départie de son regard confiant et lumineux.

— Et avait-il un pince-nez ? Peut-être pas sur le nez, mais pointant de sa poche ? Fixé à un ruban de soie ? demanda Fandorine, enchaînant les questions. Et n'avez-vous pas eu l'impression qu'il se tenait voûté ? Et encore une chose. Je sais qu'il portait une redingote, mais n'y avait-il pas dans son aspect quelque chose qui aurait pu suggérer un étudiant – des pantalons d'uniforme par exemple ? Vous n'avez pas remarqué ?

— Che remarque touchours tout, répliqua fièrement l'Allemande. Il portait des pantalons à carreaux, confectionnés dans un coûteux tissu de laine. Il n'avait pas du tout de pince-nez. Et il n'était pas foûté non plus. Ce monsieur avait un beau maintien. (Elle réfléchit et demanda brusquement :) Foûté, pince-nez, étudiant ? Pour quelle raison avez-fous dit cela ?

— Et pourquoi cette question ? demanda Eraste Pétrovitch, sur le qui-vive.

---

1. La gouvernante allemande prononce ici *zad*, « derrière », à la place de *sad*, « jardin ». (*N.d.T.*)

— Etranche. Là-bas il y avait un monsieur. Un étudiant foûté avec un pince-nez.

— Comment cela ! ? Où ! ? s'exclama Fandorine.

— Ch'ai fu ce monsieur... *jenseits*... de l'autre côté de la grille. Il se tenait sur le trottoir et nous regardait. Ch'ai même pensé que ce monsieur étudiant allait nous aider à chasser cet horrible garçon. Et il était très foûté. Che l'ai fu après, quand l'autre monsieur s'était déchà tué. L'étudiant s'est retourné et est parti à toute vitesse. Et ch'ai fu comme il avait le dos rond. Cela arrife quand on n'apprend pas aux enfants à se tenir correctement assis. Il est très important de s'asseoir correctement. Mes élèves s'assoient touchours correctement. Regardez *Fräulein* baronne. Fous foyez comme elle tient son dos ? C'est très choli !

Pour le coup, Elisabeth Alexandrovna rougit, et de façon si charmante que Fandorine en perdit un instant le fil, alors même que l'information que venait de donner la demoiselle Pful était sans conteste d'une importance exceptionnelle.

Chapitre quatrième

où l'on parle de la force dévastatrice de la beauté

Le lendemain à onze heures du matin, Eraste Pétrovitch, avec la bénédiction de son chef et même doté de trois roubles pour ses dépenses extraordinaires, arriva devant le bâtiment jaune de l'université, rue Mokhovaïa. Pour peu compliquée qu'elle fût, sa tâche n'en exigeait pas moins une certaine part de chance : repérer un étudiant au dos rond, au visage insignifiant, partiellement couvert de boutons et portant un pince-nez. Il se pouvait fort bien que le suspect ne fît pas du tout ses études rue Mokhovaïa mais dans un établissement technique supérieur, à l'Académie des eaux et forêts ou autre Institut des géomètres. Toutefois, Ksavéri Féofilaktovitch (après avoir considéré son jeune assistant avec un certain étonnement non dépourvu de joie) s'était montré entièrement d'accord avec la supposition de Fandorine – le plus vraisemblable était qu'à l'instar de feu Kokorine le jeune homme « foûté » étudiât à l'université, et très probablement lui aussi à la faculté de droit.

Habillé en civil, Eraste Pétrovitch grimpa quatre à quatre les marches de fonte usées du perron d'honneur, évita un gardien barbu en livrée verte et prit commodément position dans l'embrasure d'une fenêtre en demi-cercle, d'où l'on voyait parfaitement à la fois le vestibule et le vestiaire, la cour et même les entrées des deux ailes du bâtiment. Pour la première fois depuis que son père était mort et que sa vie de jeune homme avait dévié d'une route jusqu'alors toute tracée, Eraste Pétrovitch regardait les murs sacrés de l'université sans un pincement au cœur à la pensée de ce qui aurait pu être et n'avait pas été. Difficile encore pour lui de savoir quelle existence était la plus passionnante et la plus utile à la société – la vie de l'étudiant soumis à une suite interminable d'apprentissages par cœur ou celle de l'enquêteur aux prises avec une enquête importante et dangereuse. (Sinon dangereuse – soyons raisonnable – du moins secrète et extrêmement lourde de responsabilités.)

Parmi les étudiants tombant dans le champ de vision de notre observateur attentif, environ un quart portaient un pince-nez, dont un grand nombre fixé à un ruban de soie. Un cinquième étaient plus ou moins affligés de boutons. Et bon nombre avaient le dos rond. Cependant, aucun d'entre eux ne semblait vouloir réunir à lui seul ces trois caractéristiques.

A une heure passée, tenaillé par la faim, Fandorine sortit de sa poche un sandwich au saucisson et entreprit de se restaurer, sans toutefois quitter son poste d'observation. Dans l'intervalle, Eraste Pétrovitch avait fait en sorte d'établir les relations les plus cordiales avec le portier barbu, lequel se faisait appeler Mitritch et avait déjà eu le temps de donner au jeune homme quelques judicieux conseils sur la façon de procéder pour entrer à la « niversité ». Fandorine, qui s'était présenté au volubile vieillard comme un provincial rêvant des précieux boutons à l'emblème de l'université, commençait à se demander s'il n'allait pas modifier sa version et interroger directement Mitritch sur l'étudiant au dos rond, lorsque, pour la énième fois, ôtant sa casquette, le portier se précipita pour ouvrir la porte. Mitritch répétait ce rituel dès que passait un professeur ou un riche étudiant, ce qui lui valait de temps à autre une pièce d'un kopeck, parfois même une de cinq. Eraste Pétrovitch tourna la tête et vit, se dirigeant vers la sortie, un étudiant qui venait de retirer au vestiaire un splendide manteau de velours fermé par des agrafes en forme de pattes de lion. Sur le nez du gommeux miroitait un pince-nez et une efflorescence de boutons émaillait son front de taches roses. Fandorine se raidit, essayant de distinguer ce qu'il en était du dos de l'étudiant, mais la maudite pèlerine de son manteau et son col relevé ne permettaient pas de poser un diagnostic.

— Bonsoir, Nikolaï Stépanitch. Doit-on vous appeler un cocher ? demanda le portier en faisant une courbette.

— Eh bien, Mitritch, cette petite pluie a-t-elle cessé ? demanda le boutonneux d'une voix haut perchée. Dans ce cas j'irai à pied, je ne suis que trop resté assis.

Et, de deux doigts gantés de blanc, il laissa tomber une pièce dans la main qu'on lui tendait.

— Qui est-ce ? demanda tout bas Eraste Pétrovitch, scrutant le dos du dandy (n'aurait-on pas dit qu'il était voûté ?).

— Akhtyrtsev Nikolaï Stépanovitch. Un homme extrêmement riche, de sang princier, déclara Mitritch avec dévotion. Il ne me laisse jamais moins de quinze kopecks.

Fandorine fut saisi d'une brusque bouffée de chaleur. Akhtyrtsev ! Un des hommes que Kokorine avait désignés comme exécuteur testamentaire ! Etait-ce possible ?

Mitritch s'inclina une fois de plus devant un enseignant, un professeur de physique au long nez. Mais quand il se retourna une surprise l'attendait : le respectueux provincial avait disparu comme par enchantement.

Le manteau de velours noir se voyait de loin, et Fandorine rattrapa le suspect en moins de deux, sans toutefois se décider à l'interpeller : quelle raison aurait-il pu faire valoir à cet Akhtyrtsev ? Bon, supposons qu'il soit identifié par l'épicier Koukine et la demoiselle Pful (à ce point de sa réflexion, Eraste Pétrovitch poussa un profond soupir comme à chaque fois qu'il songeait à Lisanka). Et alors ? N'était-il pas préférable, conformément à la science du grand Fouché, insurpassable coryphée de l'investigation, de prendre « l'objet » en filature ?

Sitôt dit, sitôt fait. D'autant que l'exercice se révélait des plus simples : loin de se presser, Akhtyrtsev marchait d'un pas de promeneur en direction de la rue Tverskaïa. Il ne se retournait pas, se contentant, de temps à autre, de suivre du regard quelque jolie modiste. Plusieurs fois, s'enhardissant, Eraste Pétrovitch s'approcha tout près, au point qu'il entendit l'étudiant siffler avec insouciance l'air de Smith de *La Jolie Fille de Perth*. De toute évidence, le suicidé manqué (si c'était lui) était d'humeur guillerette. Passant devant le magasin de tabac *Korf*, le jeune homme s'arrêta et étudia longuement les boîtes de cigares présentées en vitrine, sans toutefois entrer.

Dans l'esprit de Fandorine commença alors à se forger la conviction que « l'objet » était en train de tuer le temps dans l'attente d'une heure donnée. Cette conviction se renforça quand Akhtyrtsev sortit sa montre en or, l'ouvrit d'une chiquenaude puis, accélérant sensiblement le pas, remonta le trottoir en passant à l'interprétation du Chœur des gamins, une marche entraînante tirée de *Carmen*, le nouvel opéra à la mode.

Après avoir tourné dans la rue Kamerguerski, l'étudiant cessa de siffler et se mit à marcher si vite qu'Eraste Pétrovitch dut ralentir, sans quoi il risquait fort d'éveiller les soupçons. Heureusement, avant d'arriver à hauteur de *D'Arzance*, une maison de mode pour dames, « l'objet » marqua le pas, pour bientôt s'arrêter complètement. Fandorine traversa la rue et se posta sur le trottoir d'en face, près d'une boulangerie d'où provenaient de délicieuses odeurs de brioche fraîche.

Pendant une dizaine ou peut-être une vingtaine de minutes, Akhtyrtsev, manifestant une nervosité de plus en plus évidente, fit les cent pas devant les portes de chêne sculptées, par lesquelles entraient des dames affairées et sortaient des commissionnaires chargés de jolies boîtes et d'élégants paquets. Le long du trottoir, plusieurs voitures attendaient, dont certaines arboraient même un blason sur leurs portières laquées. A deux heures et dix-sept minutes (Eraste Pétrovitch le nota à l'horloge de la vitrine), l'étudiant tressaillit et s'élança au-devant d'une dame qui sortait du magasin. Grande et svelte, son visage était dissimulé par une voilette. Akhtyrtsev retira sa casquette et se mit à parler en faisant de grands gestes. Affichant un air las, Fandorine traversa la chaussée ; après tout lui aussi pouvait avoir envie de jeter un coup d'œil à *D'Arzance*.

— Je n'ai pas de temps à vous accorder pour le moment, entendit-il prononcer d'une voix cristalline par la dame, vêtue, à la dernière mode de Paris, d'une robe à traîne de moire lilas. Plus tard. Venez vers huit heures comme d'habitude, nous réglerons tout cela là-bas.

Sans un regard de plus au fiévreux jeune homme, elle se dirigea vers un phaéton à deux places.

— Mais Amalia ! Amalia Kazimirovna, permettez ! cria à sa suite l'étudiant. Dans un sens, je comptais sur une explication en tête à tête !

— Plus tard, plus tard ! lança la dame. Pour l'instant je suis pressée !

Une légère brise souleva sa voilette arachnéenne, découvrant son visage, et Eraste Pétrovitch en resta médusé. Il avait déjà vu ces yeux langoureux couleur de jais, cet ovale égyptien, cette courbe capricieuse des lèvres, or un seul regard suffisait pour que jamais l'on n'oublie un tel visage. C'était donc elle, la mystérieuse A. B. qui demandait au malheureux Kokorine de ne pas renier son amour ! Apparemment, l'affaire prenait une tonalité et un sens entièrement nouveaux.

Désemparé, Akhtyrtsev resta figé sur le trottoir, la tête vilainement enfoncée dans les épaules (voûté, résolument voûté, se convainquit Eraste Pétrovitch), tandis que le phaéton prenait sans hâte la direction de Pétrovka, avec à son bord la princesse égyptienne. Il fallait prendre une décision. Jugeant que, de toute façon, il n'irait pas bien loin, Fandorine laissa tomber l'étudiant et courut jusqu'à l'angle de la rue Bolchaïa Dmitrovka, où s'alignait une file de voitures.

— Police, murmura-t-il à un cocher somnolent, en casquette et cafetan ouatiné. Vite, suis cet équipage ! Allez, remue-toi ! Et n'aie pas peur, tu seras grassement payé.

Le cocher se redressa et, avec un empressement excessif, retroussa ses manches, tirailla les rênes puis poussa un braillement. Alors, les sabots du cheval truité se mirent à marteler bruyamment le pavé de la chaussée.

A l'angle de la rue Rojdetsvenska, une charrette chargée de planches se mit en travers de la rue, bouchant entièrement le passage. Au comble de l'énervement, Eraste Pétrovitch bondit sur ses jambes et se dressa sur la pointe des pieds pour suivre des yeux le phaéton, qui, lui, avait réussi à passer. Ce qui lui permit de voir ce dernier tourner dans la rue Bolchaïa Loubianka.

Dieu merci, l'incident fut sans conséquence. Ils rattrapèrent le phaéton à la hauteur de la rue Srétenka – juste à temps, alors qu'il s'engouffrait dans une petite rue étroite et courbe. Les ornières se mirent à cahoter les roues. Fandorine vit le phaéton s'arrêter et donna une tape dans le dos à son cocher.

— Continue, lui dit-il, fais comme si de rien n'était.

Lui-même se détourna à dessein, ce qui ne l'empêcha pas de voir, du coin de l'œil, un homme en livrée, de taille respectable, saluer bien bas la dame en tenue lilas, devant l'entrée d'un coquet petit hôtel particulier en pierre. Après le premier tournant, Eraste Pétrovitch libéra son cocher et, lentement, comme quelqu'un qui flâne, il refit le chemin inverse. Le petit hôtel particulier était juste devant lui. Maintenant, il pouvait l'examiner en détail : mezzanine à toit vert, rideaux aux fenêtres, perron surmonté d'une marquise. Mais apparemment aucune plaque de cuivre sur la porte.

En revanche, assis sur un banc près du mur, un portier en tablier et casquette froissée avait l'air de s'ennuyer ferme. Eraste Pétrovitch se dirigea vers lui.

— Dis-moi, mon brave, commença-t-il, l'air de rien, tout en extrayant de sa poche une pièce de vingt kopecks, prise sur l'argent alloué par son chef. A qui appartient cette maison ?

— On sait bien à qui, répondit laconiquement le portier, fixant avec intérêt les doigts de Fandorine.

— Tiens, c'est pour toi. Qui est la dame qui est arrivée tout à l'heure ?

Saisissant la pièce, le portier répondit gravement :

— La maison appartient à la générale Masslovaïa, mais elle n'y habite pas, elle la loue. C'est la locataire qui vient de rentrer, madame Béjetskaïa, Amalia Kazimirovna.

— Qui est-elle ? insista Eraste Pétrovitch. Elle habite ici depuis longtemps ? Elle reçoit beaucoup de monde ?

Le portier le regarda sans rien dire en se triturant les lèvres. Sa cervelle semblait en proie à une obscure effervescence.

— Tu es bien curieux, dit-il en se levant et en attrapant fermement Fandorine par la manche. Attends voir un peu.

Eraste Pétrovitch essaya de résister, mais le portier le tira de force vers le perron et agita le battant de la clochette de bronze.

— Qu'est-ce que tu fais ? ! s'affola le jeune limier, essayant vainement de se libérer. Gare à toi... Sais-tu bien à qui tu... ? !

La porte s'ouvrit, et sur le seuil surgit un grand escogriffe en livrée, aux énormes favoris blondasses et au menton rasé – on voyait tout de suite qu'il n'était pas de sang russe.

— Ce type me tourne autour et pose des questions sur Amalia Kazimirovna, rapporta l'infâme portier d'une voix mielleuse. Il m'a même proposé de l'argent. Mais je ne l'ai pas pris. Voilà, John Karlytch, j'ai donc pensé que...

Le majordome (vu qu'il était anglais, ce ne pouvait être que le majordome) toisa l'homme qu'on lui amenait d'un regard impassible de ses petits yeux perçants. Sans un mot, il gratifia le Judas d'un demi-rouble en argent et s'écarta légèrement.

— Mais c'est une grossière méprise ! s'écria Fandorine, qui n'en revenait toujours pas. *It's ridiculous ! A complete misunderstanding*[1] ! ajouta-t-il.

— Allez, entrez, entrez, vociférait derrière lui le portier.

Puis, joignant le geste à la parole, il attrapa Fandorine par son autre manche et le propulsa à l'intérieur.

Eraste Pétrovitch se retrouva dans une entrée assez spacieuse, nez à nez avec un ours empaillé tenant un plateau d'argent destiné à accueillir les cartes de visite. Les petits yeux de verre de la grosse bête velue regardaient le piteux registrateur de collège sans une once de compassion.

— Qui êtes-vous ? Pourquoi ? se limita à demander le majordome avec un fort accent, sans tenir compte le moins du monde de l'anglais parfaitement correct de Fandorine.

---

1. C'est ridicule ! C'est un malentendu absolu !

Eraste Pétrovitch se taisait, décidé à garder à tout prix l'incognito.

— *What's the matter, John*[1] ? retentit une voix sonore de femme, que Fandorine reconnut aussitôt.

Dans l'escalier revêtu d'un tapis, et qui sans doute menait à la mezzanine, se tenait la maîtresse des lieux, débarrassée de son chapeau et de sa voilette.

— Ah, ah, mais c'est le petit brun, prononça-t-elle d'un ton railleur en s'adressant à Fandorine qui la dévorait des yeux. Je vous ai déjà remarqué rue Kamerguerski. Comment peut-on fixer de cette façon des dames que l'on ne connaît pas ? Il ne répond pas, le coquin. Il m'a traquée jusqu'ici ! Etudiant ou bien simplement désœuvré ?

— Fandorine, Eraste Pétrovitch, se présenta-t-il sans savoir ce qu'il pourrait ajouter d'autre.

Mais Cléopâtre avait, semblait-il, déjà interprété sa conduite à sa manière.

— J'aime les audacieux, dit-elle en riant. Surtout lorsqu'ils sont aussi mignons. Toutefois, c'est vilain d'espionner les gens. Si ma personne vous intéresse à ce point, venez ce soir - un de plus, un de moins... Vous pourrez alors satisfaire entièrement votre curiosité. Mais mettez un frac. Chez moi les manières sont très libres, mais les messieurs, hormis les militaires, sont tenus de porter l'habit - telle est la règle.

* * *

Le soir venu, Eraste Pétrovitch était armé de pied en cap. Certes, le frac paternel s'était révélé un peu

1. De quoi s'agit-il, John ?

large aux épaules, mais la merveilleuse Agraféna Kondratievna, la femme d'un secrétaire de gouvernement à qui Fandorine louait une chambre, le lui avait rétréci à l'aide d'épingles de nourrice piquées le long de la couture. Le résultat était tout à fait présentable, surtout s'il ne le boutonnait pas. Sa vaste garde-robe, qui comptait pas moins de cinq paires de gants blancs, pour ne prendre que ce seul exemple, était l'unique héritage que l'investisseur malchanceux avait laissé à son fils. Plus que tout le reste, le gilet en soie de chez Burgès et les chaussures vernies de chez Pirone étaient du meilleur effet. Le haut-de-forme de chez Blanc, pratiquement neuf, n'était pas mal non plus, à cela près qu'il avait tendance à glisser sur les yeux du jeune homme. Qu'importe ! Il lui suffirait en entrant de le remettre au laquais, et le problème serait résolu. Eraste Pétrovitch décida de ne pas prendre de canne – cela risquait d'être de mauvais goût. Dans l'entrée sombre, il se tourna d'un côté puis de l'autre devant le vieux miroir tout piqué, et fut satisfait de lui-même, notamment de sa taille, idéalement maintenue par l'implacable « Lord Byron ». Dans la poche de son gilet se trouvait un rouble d'argent, reçu de Ksavéri Féofilaktovitch pour l'achat d'un bouquet (« convenable mais sans chiqué »). Quel chiqué pourrait-on bien faire avec un rouble ? se dit Fandorine en soupirant, et il décida d'ajouter un demi-rouble de sa poche – ainsi aurait-il assez pour des violettes de Parme.

Ayant dû sacrifier le cocher à l'achat du bouquet, Eraste Pétrovitch n'arriva qu'à huit heures un quart au palais de Cléopâtre (décidément, ce surnom convenait parfaitement à Amalia Kazimirovna Béjetskaïa).

Les invités étaient déjà réunis. Introduit par une femme de chambre, le secrétaire entendit depuis l'entrée un brouhaha de voix masculines, entrecoupé de temps à autre par les sons de cristal et d'argent de *sa* voix enchanteresse. Ralentissant légèrement le pas à l'approche du seuil de la porte, Eraste Pétrovitch prit son courage à deux mains puis entra avec une certaine désinvolture, espérant donner l'impression d'un homme du monde parfaitement à son aise. Effort inutile : personne ne se retourna sur le nouvel arrivant.

Fandorine découvrit un vaste salon meublé de confortables divans de maroquin, de chaises tapissées de velours et d'élégantes petites tables – le tout mariant le meilleur style et le goût du jour. Au centre, foulant aux pieds une peau de tigre, se tenait la maîtresse de maison, parée en Espagnole d'une robe pourpre à corsage et portant un camélia ponceau piqué dans ses cheveux. Elle était si belle qu'Eraste Pétrovitch en eut le souffle coupé. Il n'examina pas immédiatement tous les invités, remarquant seulement qu'il n'y avait que des hommes et qu'Akhtyrtsev se trouvait bien là, assis un peu en retrait, le visage extrêmement pâle.

— Mais voilà mon nouveau soupirant, annonça Béjetskaïa avec un regard moqueur à l'adresse de Fandorine. Maintenant nous sommes juste treize, mais ne soyons pas superstitieux. Je ne vous présenterai pas tout le monde, cela prendrait trop de temps, mais vous, dites-nous comment on doit vous appeler. Je me souviens que vous êtes étudiant, mais j'ai oublié votre nom.

— Fandorine, piaula Eraste Pétrovitch d'une voix chevrotante qui trahissait son trouble, avant de répéter plus fermement : Fandorine.

Tous se tournèrent vers lui mais ne lui accordèrent qu'un rapide regard : visiblement, le nouveau venu ne méritait pas leur attention. Il devint d'ailleurs assez vite évident que cette assemblée n'avait qu'un unique centre d'intérêt. Les invités ne conversaient pratiquement pas entre eux, s'adressant principalement à la maîtresse de maison, et chacun, même le vieux monsieur à l'air important qui arborait une étoile en brillants, n'aspirait qu'à une seule chose : attirer son attention et, ne serait-ce qu'un court instant, éclipser les autres. Seuls deux hommes se comportaient différemment : le taciturne Akhtyrtsev qui, une coupe à la main, sirotait du champagne sans discontinuer, et un officier des hussards, un jeune homme dans la fleur de l'âge, aux yeux fous, légèrement saillants, aux dents blanches et à la moustache noire. Semblant passablement s'ennuyer, il ne regardait quasiment pas Amalia Kazimirovna et observait les autres invités avec un petit sourire méprisant. Cléopâtre différenciait nettement cet arrogant de tous les autres. Elle l'appelait simplement Hippolyte et, à deux ou trois reprises, elle lança dans sa direction un regard tel qu'Eraste Pétrovitch en eut un serrement de cœur nostalgique.

Brusquement, Fandorine tressaillit. Un monsieur glabre portant une croix blanche autour du cou venait juste de déclarer à la faveur d'une pause :

— Amalia Kazimirovna, l'autre jour vous avez interdit les commérages à propos de Kokorine, mais je viens d'apprendre une chose étonnante.

Il marqua une pause, savourant son effet – tous s'étaient tournés vers lui.

— Ne nous faites pas languir, Anton Ivanovitch, parlez, le pressa un petit gros au front bombé qui, à en juger par son apparence, devait être un avocat des plus florissants.

— Il a raison, ne nous faites pas languir, reprirent les autres.

— Il ne s'est pas tiré une balle dans la tête simplement comme ça mais en jouant à la roulette américaine, d'après ce qu'on m'a tantôt laissé entendre au bureau du général gouverneur, déclara l'homme au visage glabre en bombant le torse. Vous savez de quoi il s'agit ?

— Tout le monde le sait, fit Hippolyte avec un haussement d'épaules. On prend un revolver et on y met une balle. C'est stupide mais grisant. Dommage que ce soient les Américains et non les nôtres qui en aient eu l'idée.

— Mais quel rapport avec la roulette, comte ? demanda sans comprendre le vieux monsieur à l'étoile.

— Pair ou impair, rouge ou noir, peu importe pourvu que ce ne soit pas le zéro, s'écria brusquement Akhtyrtsev avec un rire forcé en défiant Amalia Kazimirovna du regard (du moins Fandorine en eut-il l'impression).

— Je vous avais prévenus : le premier qui parlerait de cela serait mis à la porte de chez moi, se fâcha pour de bon l'hôtesse. Et ma porte lui serait définitivement fermée ! Vous ne pouvez pas trouver un autre sujet de commérages !

Un silence pesant s'instaura.

— A moi, cependant, vous n'oserez jamais interdire votre maison, déclara Akhtyrtsev du même ton désinvolte. J'ai, semble-t-il, mérité le droit de dire tout ce que je pensais.

— Et pour quelle raison, peut-on savoir ? demanda, agressif, un capitaine petit et râblé en uniforme de la Garde.

— Pour la raison que ce blanc-bec est fin soûl, intervint celui que le vieillard appelait « comte », faisant définitivement tourner l'affaire au scandale. Permettez-moi, *Amélie*, de l'emmener prendre un peu l'air.

— Quand j'aurai besoin de votre intervention, Hippolyte Alexandrovitch, je ne manquerai pas de vous le faire savoir, répliqua Cléopâtre non sans fiel, ce qui eut pour effet d'étouffer dans l'œuf la confrontation. J'ai mieux à vous proposer, messieurs. Puisqu'il est inutile d'espérer une conversation intéressante de votre part, jouons aux gages. Ce fut tellement amusant la dernière fois quand, ayant perdu, Frol Loukitch a dû broder des fleurs sur une tapisserie et s'est piqué tous les doigts avec son aiguille.

Tous partirent d'un rire joyeux, à l'exception d'un barbu aux cheveux coupés au bol, emprunté dans son frac.

— Il est vrai, ma bonne Amalia Kazimirovna, que l'on s'est bien payé la tête du marchand. Le pauvre imbécile que je suis ne méritait d'ailleurs pas mieux, reconnut-il humblement avec un fort accent provincial. Mais comme on dit chez les honnêtes commerçants, les bons comptes font les bons amis. La dernière fois, c'est nous qui étions sur la sellette, il serait bien que ce soit à votre tour aujourd'hui.

— Le conseiller de commerce a tout à fait raison ! s'écria l'avocat. Quelle tête ! Qu'Amalia Kazimirovna fasse preuve d'audace à son tour. Messieurs, voici ce que je vous propose : celui d'entre nous qui gagnera aura le droit d'exiger de notre radieuse... enfin... quelque chose de particulier.

— Très juste ! Bravo ! s'exclama-t-on de toutes parts.

— C'est une révolte ? Une révolution ? plaisanta l'éblouissante hôtesse. Qu'exigez-vous de moi ?

— Je sais ! intervint Arkhtyrtsev. Que vous répondiez franchement à n'importe quelle question. Sans biaiser ni jouer au chat et à la souris. Et cela uniquement entre quat'z'yeux.

— Et pourquoi entre quat'z'yeux ? protesta le capitaine. Nous serons tous curieux d'entendre.

— Devant tout le monde, on ne peut pas être sincère, fit Béjetskaïa, le regard étincelant. Mais soit, jouons au jeu de la vérité si c'est ce que vous voulez. Mais êtes-vous bien sûrs que l'heureux gagnant ne craindra pas d'entendre la réponse qui sortira de ma bouche ? La vérité a parfois un goût amer.

Sur un ton moqueur et en grasseyant comme un authentique Parisien, le comte ajouta en français :

— *J'en ai le frisson que d'y penser.* Quant à la vérité, messieurs, à qui est-elle profitable ? Et si nous jouions plutôt à la roulette américaine ? Comment, cela ne vous tente pas ?

— Hippolyte, je pensais vous avoir prévenu ! fulmina la déesse. Je ne le répéterai plus ! Pas un mot à ce sujet !

Hippolyte se tut instantanément et porta même un doigt à sa bouche pour signifier que désormais il resterait muet comme une carpe.

Pendant ce temps, prompt à agir, le capitaine avait recueilli les gages dans une casquette. Eraste Pétrovitch avait pour sa part déposé un mouchoir de batiste de son père, orné du monogramme P.F.

C'est au glabre Anton Ivanovitch qu'échut la tâche de tirer.

En premier lieu, il sortit de la casquette le cigare qu'il y avait lui-même placé et demanda d'un ton patelin :

— Quoi pour ce gage ?

— Le trou d'une couronne de pain, répondit Cléopâtre, qui s'était tournée face au mur, et tous, sauf le tireur, éclatèrent d'un rire mauvais.

— Et pour celui-là ? demanda Anton Ivanovitch en sortant avec indifférence le crayon argenté du capitaine.

— De la neige de l'an passé.

Puis suivirent une montre-médaillon (« des oreilles de poisson »), une carte à jouer (« *mes condoléances*[1] »), des allumettes au phosphore (« l'œil droit de Koutouzov »), un fume-cigarette en ambre (« de vaines occupations »), un billet de cent roubles (« trois fois rien »), un peigne d'écaille (« quatre fois rien »), un grain de raisin (« la chevelure d'Orest Kirillovitch » – rires prolongés à l'adresse du monsieur absolument chauve portant la croix de Saint-Vladimir à son revers), un œillet (« pour celui-là, jamais et sous aucun prétexte »). Dans la casquette ne restaient plus que deux objets : le mouchoir d'Eraste Pétrovitch et l'anneau d'or d'Akhtyrtsev. Lorsque sa bague étincela entre les doigts de l'annonceur, l'étudiant se porta tout entier en avant, et, sur le front constellé de boutons, Fandorine vit perler des gouttes de sueur.

1. Les expressions en italique sont en langue originale dans le texte.

— Et celui-ci, si on lui attribuait la victoire ? prononça d'une voix traînante Amalia Kazimirovna, visiblement lassée de distraire son public.

Akhtyrtsev se leva et, n'en croyant pas son bonheur, enleva son pince-nez.

— Non, tout compte fait, pas à lui mais au dernier, conclut la tourmenteuse.

Tous se tournèrent vers Eraste Pétrovitch, lui accordant pour la première fois une réelle attention. Au cours des dernières minutes, de plus en plus fébrile à mesure que ses chances progressaient, celui-ci n'avait cessé de réfléchir à la façon de se comporter en cas de succès. Mais l'heure des doutes était maintenant passée. Le sort avait tranché.

Alors, bondissant de sa place, Akhtyrtsev se précipita vers lui et lui murmura avec exaltation :

— Cédez-moi votre place, je vous en conjure. Qu'est-ce que cela peut vous faire... vous êtes ici pour la première fois, alors qu'il en va de mon destin... Allez, vendez-la-moi. Combien voulez-vous ? Cinq cents, mille ? Plus ?

Avec une froide détermination dont il s'étonna lui-même, Eraste Pétrovitch repoussa l'importun, se leva, s'approcha de la maîtresse des lieux et, en s'inclinant respectueusement, demanda :

— Où désirez-vous que nous allions ?

Elle considéra Fandorine avec une curiosité amusée. Et ce regard scrutateur lui donna le vertige.

— Là, dans ce coin, ce sera très bien. Vous êtes si audacieux que je craindrais de m'isoler en votre compagnie.

Sans prêter attention au rire goguenard des autres, Eraste Pétrovitch la suivit dans le coin le plus éloigné du salon et se laissa choir sur un divan au dossier de bois sculpté. Amalia Kazimirovna glissa une cigarette dans son fume-cigarette d'argent, prit du feu à une bougie et tira une longue bouffée voluptueuse.

— Alors, combien Nikolaï Stépanovitch vous a-t-il offert ? Je sais parfaitement qu'il vous a susurré quelque chose à l'oreille.

— Mille roubles, répondit franchement Fandorine. Il était même prêt à plus.

Les yeux d'agate de Cléopâtre brillèrent d'un éclat hostile :

— Oh, oh, quelle impatience de sa part ! Quant à vous, vous êtes millionnaire ?

— Non, je ne suis pas riche, répondit modestement Eraste Pétrovitch. Mais je considère comme indigne de faire commerce de sa chance.

Les invités en eurent assez de tendre l'oreille dans l'espoir de surprendre leur conversation – de toute façon, on n'entendait rien – et, s'étant séparés en petits groupes, ils engagèrent leurs propres conversations, non sans jeter de temps à autre des coups d'œil vers l'autre bout de la pièce.

Pendant ce temps, avec une ironie non dissimulée, Cléopâtre étudiait son maître d'un instant.

— Sur quoi souhaitez-vous m'interroger ?

Eraste Pétrovitch hésitait.

— La réponse sera-t-elle honnête ?

— L'honnêteté est bonne pour les honnêtes gens, et dans nos jeux l'honneur est rare, répondit Bejetskaïa avec un sourire empreint d'une amertume à peine perceptible. Mais je vous promets la franchise. Toutefois, n'allez pas me décevoir, ne me posez pas de question stupide. Je vous tiens pour un curieux spécimen.

A ces mots, Fandorine attaqua tête baissée.

— Que savez-vous concernant la mort de Piotr Alexandrovitch Kokorine ?

L'hôtesse ne manifesta aucune peur, n'eut pas le moindre tressaillement, mais Eraste Pétrovitch crut voir ses yeux s'étrécir l'espace d'une fraction de seconde.

— En quoi avez-vous besoin de le savoir ?

— Cela, je vous l'expliquerai après. Répondez d'abord.

— Eh bien, je vais le faire. Kokorine a été la victime d'une dame très cruelle. (Béjetskaïa baissa un instant ses paupières et, de sous ses épais cils noirs, elle foudroya son vis-à-vis d'un regard vif comme un coup d'épée.) Et cette dame se nomme « amour ».

— Amour pour vous ? Il venait donc ici ?

— En effet. Or, ici, de qui pourrait-on s'éprendre à part moi, je vous le demande ? Pas d'Orest Kirillovitch, tout de même !

Elle éclata de rire.

— Et vous n'éprouvez aucune peine pour Kokorine ? demanda Fandorine, s'étonnant d'une telle dureté.

La reine égyptienne haussa les épaules avec indifférence :

— Chacun est maître de son destin. Mais n'en avons-nous pas terminé avec les questions ?

— Non ! se hâta de répliquer Eraste Pétrovitch. Quel est le rôle joué par Akhtyrtsev ? Et que signifie le testament en faveur de lady Esther ?

Le brouhaha des voix se fit plus fort et Fandorine se retourna, agacé.

— Mon ton te déplaît ? demandait Hippolyte d'une voix de stentor, s'en prenant à un Akhtyrtsev passablement éméché. Tu préfères ça, espèce de minable ?

Et, de sa paume, il donna une tape sur le front de l'étudiant, pas très fort, mais assez pour que le chétif Akhtyrtsev aille voltiger jusqu'au fauteuil, où il se laissa tomber lourdement et resta assis, l'air hagard.

— Permettez, comte, cela ne se fait pas ! bondit Eraste Pétrovitch. Si vous êtes le plus fort, cela ne vous donne pas en plus le droit...

Mais ses paroles quelque peu décousues, auxquelles le comte prêta à peine attention, furent étouffées par la voix cristalline de la maîtresse de maison :

— Hippolyte, sors immédiatement ! Et ne remets pas les pieds ici tant que tu ne seras pas dégrisé !

Le comte lança un juron et se dirigea bruyamment vers la porte. Les autres invités observaient avec curiosité le pitoyable Akhtyrtsev qui, réduit à l'état de loque, ne faisait pas le moindre effort pour se lever.

— Vous êtes le seul ici qui ressemble à un être humain, murmura à Fandorine Amalia Kazimirovna en se dirigeant vers le couloir. Emmenez-le. Et ne l'abandonnez pas.

Presque aussitôt apparut ce grand échalas de John, qui avait troqué sa livrée contre une redingote noire et un plastron empesé. Il aida à reconduire l'étudiant jusqu'à la porte et lui planta son haut-de-forme sur la tête. Béjetskaïa ne sortit pas pour faire ses adieux, et, à l'air sombre du majordome, Eraste Pétrovitch comprit qu'il était temps de partir.

Chapitre cinquième, dans lequel de sérieux désagréments attendent le héros

Dehors, ayant respiré l'air frais, Akhtyrtsev reprit quelque peu vie – il se tenait fermement sur ses jambes, ne titubait pas, et Eraste Pétrovitch jugea inutile de le tenir plus longtemps par le coude.

— Nous allons marcher jusqu'à la rue Srétenka, dit-il. Là, je vous mettrai dans un fiacre. Vous êtes loin de chez vous ?

— De chez moi ? (Dans la lumière vacillante du réverbère à pétrole, le visage de l'étudiant faisait l'effet d'un masque.) Non, pas question de rentrer chez moi ! Allons quelque part, qu'en dites-vous ? J'ai envie de parler un peu. Vous avez bien vu... la façon dont ils me traitent. Comment vous appelez-vous ? Ah oui, je me souviens, Fandorine, un drôle de nom. Moi, c'est Akhtyrtsev. Nikolaï Akhtyrtsev.

Eraste Pétrovitch s'inclina légèrement, tout en s'efforçant de résoudre un épineux problème éthique : serait-il correct de profiter de son état de faiblesse pour soutirer à Akhtyrtsev d'indispensables informations, attendu que le jeune homme « foûté » paraissait pour sa part tout disposé aux confidences ?

Après mûre réflexion, il décida qu'il pouvait le faire. La passion de l'investigation l'avait bel et bien saisi.

— Le *Crimée* n'est pas loin d'ici, annonça Akhtyrtsev, poursuivant son idée. Inutile de prendre une voiture, nous pouvons nous y rendre à pied. Certes, c'est un bouge, mais les vins y sont convenables. On y va, d'accord ? Je vous invite.

Fandorine accepta sans faire de manières, et, lentement (la démarche de l'étudiant était tout de même légèrement titubante), ils longèrent une ruelle sombre en direction de la rue Srétenka, dont les lumières brillaient au loin.

— Vous, Fandorine, vous me prenez probablement pour un pleutre, pas vrai ? prononça Akhtyrtsev d'une voix un peu pâteuse. Un pleutre, pour ne pas avoir provoqué ce fichu comte en duel, pour avoir toléré l'affront et feint d'être ivre ? Je ne suis pas un lâche et je peux vous raconter quelque chose qui vous en convaincra... En fait, il m'a volontairement provoqué. Et je suis certain que c'est elle qui l'y a incité, pour se débarrasser de moi et ne pas avoir à honorer sa dette... Oh, cette femme est terrible, vous ne la connaissez pas !... Quant à Zourov, tuer un homme équivaut pour lui à écraser une mouche. Chaque matin, il s'entraîne pendant une heure à tirer au pistolet. On dit qu'à vingt pas il place une balle dans une pièce de cinq kopecks. Comment parler de duel dans ces conditions, alors que lui ne court aucun risque ? Non, ce serait un assassinat. Habillé d'un joli nom, voilà tout. Et le pire est qu'il s'en tirerait indemne. Et ce ne serait pas la première fois. Il lui suffirait d'aller se goberger quelque temps à l'étranger. Mais moi maintenant je veux vivre, je l'ai bien mérité.

Ils quittèrent la rue Srétenka pour tourner dans une ruelle qui ne payait pas de mine, quoique éclairée non plus par des réverbères à pétrole mais par des becs de gaz. Et devant, se profilait un immeuble à deux étages aux fenêtres illuminées. Ce doit être le *Crimée*, pensa Eraste Pétrovitch, le cœur battant, car il avait beaucoup entendu parler de ce lieu de plaisir célèbre dans tout Moscou.

Sur le vaste perron aux lumières vives, personne ne les accueillit. D'un geste coutumier, Akhtyrtsev poussa la haute porte ouvragée. Celle-ci céda facilement, et ils furent assaillis par un souffle chaud aux relents de cuisine et d'alcool, tandis que déferlait un brouhaha de voix et de violons stridulants.

Après avoir laissé leur haut-de-forme au vestiaire, les deux jeunes gens furent pris en main par un petit gars déluré en chemise rouge, qui appelait Akhtyrtsev « Excellence » et lui promettait la meilleure table, spécialement réservée à son intention.

La table en question se trouvait contre un mur et, grâce à Dieu, loin de la scène où le chœur tsigane s'époumonait au son des tambourins.

Eraste Pétrovitch, qui se retrouvait pour la première fois de sa vie dans un authentique lieu de débauche, tournait la tête de tous côtés. Si le public était des plus bigarrés, il semblait ne pas compter un seul individu à jeun. Le ton était donné par les jeunes marchands et les boursiers à la raie pommadée – tout le monde savait entre les mains de qui était désormais l'argent, même si l'on pouvait rencontrer des messieurs à l'allure indubitablement noble et si à tel endroit brillait un monogramme d'or sur la patte d'épaule d'un aide de camp de l'empereur. Toutefois, l'attention du registrateur de collège fut avant tout attirée par les jeunes filles qui, au premier geste de la main, venaient s'asseoir aux tables. Leurs décolletés étaient tels qu'Eraste Pétrovitch en rougit, et à travers les fentes de leur jupe pointaient impudiquement leurs petits genoux ronds dans des bas ajourés.

— Qu'est-ce que vous avez à regarder les filles comme ça ? demanda Akhtyrtsev avec un sourire moqueur après avoir commandé au serveur du vin et un plat chaud. Moi, après Amalia, je n'arrive même pas à les considérer comme des personnes du sexe féminin. Vous avez quel âge, Fandorine ?

— Vingt et un, répondit Eraste Pétrovitch en s'ajoutant une petite année.

— Et moi vingt-trois, assez pour avoir vu bien des choses. Ne vous pâmez pas devant les femmes vénales, elles ne valent ni le temps ni l'argent qu'on y dépense. Et après, elles ne laissent que dégoût. Tant qu'à aimer, que ce soit une reine ! Remarquez, je vous dis cela... Vous n'êtes certainement pas venu chez Amalia sans raison. Elle vous a ensorcelé, n'est-ce pas ? Elle aime cela, collectionner. Et elle tient surtout à ce que les objets exposés se renouvellent en permanence. Comme on le chante à l'opérette, *elle ne pense qu'à exciter les hommes*... Mais chaque chose a son prix, et j'ai payé le mien. Vous voulez que je vous raconte une histoire ? Vous me plaisez bien et vous savez vous taire. Et cela vous sera utile de savoir qui est cette femme. Peut-être reprendrez-vous vos sens avant qu'elle ne vous ait vidé de votre substance, comme elle l'a fait pour moi. Ou bien est-ce déjà trop tard, Fandorine ? Que lui avez-vous chuchoté en tête à tête ?

Eraste Pétrovitch baissa les yeux.

— Alors, écoutez, dit Akhtyrtsev, annonçant le début de son récit. Tout à l'heure vous m'avez soupçonné de couardise pour avoir laissé faire Hippolyte et ne pas l'avoir provoqué en duel. Mais un duel, j'en ai vécu un. Un duel tel que votre Hippolyte n'en a même pas idée. Vous avez entendu la façon dont elle a interdit que l'on parle de Kokorine ? Et comment donc ! Elle a le sang de Kokorine sur la conscience. Et moi aussi, naturellement. Seulement, moi, j'ai racheté mon péché par une peur mortelle. Kokorine était mon condisciple et lui aussi venait chez Amalia. Autrefois nous étions amis, mais à cause d'elle nous devînmes des ennemis. Kokorine avait des manières plus familières que moi et son visage était plus avenant, mais, *entre nous*, un marchand sera toujours un marchand, un plébéien, fût-il étudiant à l'université. Amalia s'est bien divertie avec nous – cajolant tantôt l'un, tantôt l'autre. Un jour elle t'appelle Nicolas et te tutoie, comme si tu étais son favori, et le lendemain, pour une broutille, tu subis sa disgrâce : elle t'interdit de paraître à ses yeux pendant une semaine, et de nouveau elle te vouvoie, et de nouveau elle t'appelle « Nikolaï Stépanitch ». Telle est sa politique – qui a mordu à son hameçon ne s'en arrache jamais.

— Et cet Hippolyte est quoi pour elle ? demanda prudemment Fandorine.

— Le comte Zourov ? Je ne sais pas exactement, mais il y a quelque chose de particulier entre eux... Soit il la tient en son pouvoir, soit c'est elle... Mais il n'est pas jaloux, là n'est pas la question. Une telle femme n'admet la jalousie de personne. En un mot : une reine !

Il se tut, car à la table voisine une bande de commerçants avinés s'étaient mis à brailler tous ensemble – sur le point de partir, ils se disputaient pour savoir qui paierait l'addition. En deux temps trois mouvements, les serveurs enlevèrent la nappe sale, en mirent une nouvelle et, une minute plus tard, la table à peine libérée était déjà occupée par un fonctionnaire bien éméché, aux yeux délavés, presque transparents (sans doute à cause de l'excès d'alcool). Une appétissante petite brune virevolta jusqu'au noceur, le prit par l'épaule et croisa les jambes de façon si expressive qu'Eraste Pétrovitch n'arrivait plus à détacher son regard du petit genou étroitement moulé dans un bas de fil de Perse rouge.

Quant à l'étudiant, ayant vidé un plein verre de vin du Rhin et plantant sa fourchette dans son bifteck saignant, il poursuivit :

— Vous pensez que Pierre Kokorine s'est suicidé par dépit amoureux ? Eh bien, pas du tout ! C'est moi qui l'ai tué.

— Quoi ? ! s'exclama Fandorine, n'en croyant pas ses oreilles.

— Vous avez bien entendu, répondit Akhtyrtsev en hochant la tête d'un air fier. Je vais tout vous raconter. Simplement, restez tranquillement assis et ne m'interrompez pas avec vos questions. Oui, je l'ai tué, et je n'en éprouve pas le moindre regret. Je l'ai tué loyalement, en duel. Oui, loyalement ! Car, depuis les temps les plus lointains, jamais duel n'a été plus loyal que le nôtre. Quand deux hommes s'alignent sur le pré, il y a presque toujours une certaine duperie – l'un tire mieux, l'autre plus mal, l'un est gros et il est facile à toucher, ou bien encore il a passé une nuit sans sommeil et ses mains tremblent. Mais entre Pierre et moi, il n'y eut pas la moindre iniquité. Elle nous dit – cela se passait à Sokolniki, nous longions en calèche l'allée circulaire du parc – donc elle nous dit : « J'en ai assez de vous deux, vous n'êtes que des gosses de riches pervertis. Si au moins vous aviez la bonne idée de vous entre-tuer, qu'en dites-vous ? » Et cet animal de Kokorine lui répond : « Je suis prêt à tuer si pour cela je reçois de vous une récompense. » Moi je dis : « Pour cette récompense, moi aussi je tuerai. Une récompense, ajouté-je, telle qu'on ne la partage pas en deux. En conséquence, l'un de nous doit mourir, à moins qu'il ne renonce de lui-même. » Voilà où Kokorine et moi en étions arrivés. « Vous m'aimez donc à ce point ? demande-t-elle. Lui : « Plus que la vie ». J'affirmai la même chose. « Bien, dit-elle, chez les gens, l'audace est la seule qualité à laquelle j'accorde de la valeur, car on peut feindre toutes les autres. Ecoutez ma volonté. Si l'un de vous tue effectivement l'autre, il recevra une récompense pour son courage, vous savez laquelle. » Là-dessus, elle se met à rire. « Seulement, vous n'êtes que de beaux parleurs, tous les deux. Vous ne tuerez personne. Non, rien d'autre ne vous intéresse que la fortune de vos parents. » J'étais en rage. « Pour Kokorine, dis-je, je n'en répondrai pas, mais quant à moi, pour une telle récompense, je n'épargnerai ni ma vie ni celle d'autrui. » Elle, d'un ton coléreux : « J'en ai soupé de vos cocoricos. C'est décidé, vous vous battrez, mais pas en duel, sinon on n'échappera pas à un scandale. De plus, le duel est incertain. L'un transpercera la main de l'autre et se présentera à moi comme le vainqueur. Non, mieux vaut la mort pour l'un et l'amour pour l'autre. Suivant ce que décidera le hasard. Tirez au sort. Et que celui qui perdra se tue. Mais, auparavant, qu'il rédige un billet de façon que l'on ne pense pas que c'est à cause de moi. Quoi, vous avez peur ? Si c'est le cas, que la honte vous empêche de jamais remettre les pieds chez moi – et bon débarras ! » Pierre me regarda et dit : « Je ne sais pas pour Akhtyrtsev, mais moi je n'ai pas peur »... Ainsi fut-il décidé...

L'étudiant se tut, la tête baissée. Puis il s'ébroua, remplit son verre à ras bord et le vida d'un trait. A la table voisine, la fille aux bas rouges partit d'un rire sonore – l'homme aux yeux délavés était en train de lui susurrer quelque chose à l'oreille.

— Et pour le testament ? demanda Eraste Pétrovitch, avant de se mordre aussitôt la langue en se rappelant qu'il n'était pas censé connaître ce détail.

Toutefois, absorbé dans ses souvenirs, Akhtyrtsev se contenta d'acquiescer d'un signe de tête désabusé :

— Ah oui, le testament... C'est elle qui en a eu l'idée. « Vous avez voulu m'acheter pour de l'argent ? dit-elle. Eh bien, soit. Mais pas cent mille roubles comme me l'a promis Nikolaï Stépanytch (il est vrai qu'une fois j'avais voulu acheter ses faveurs et qu'elle avait bien failli me mettre à la porte). Et pas non plus deux cent mille. Mais tout ce que vous possédez. Que celui que le sort désignera pour mourir se présente nu comme un ver dans l'autre monde. Seulement, dit-elle, pour ma part je n'ai que faire de votre argent, j'en ai moi-même assez pour faire des cadeaux à qui je veux. Qu'il serve à une bonne œuvre quelconque, à un saint monastère ou autre. La rédemption d'un péché mortel vaut bien cela. Qu'en penses-tu, Pétroucha, dit-elle, on pourrait faire un beau cierge avec ton million, pas vrai ? » Mais Kokorine était non seulement incroyant mais athée militant. Il s'insurgea. « Tout sauf les popes, dit-il. Je vais plutôt léguer ma fortune aux filles perdues – que chacune achète une machine à coudre et qu'elle change de métier. Il ne restera plus à Moscou une seule fille des rues et tout le monde se souviendra de Pierre Kokorine. » Mais

Amalia d'objecter : « Jamais tu ne feras changer une femme tombée dans la dépravation. C'est avant qu'il faut agir, à l'âge de l'innocence. » Kokorine balaya l'air d'un geste de la main : « Dans ce cas, que l'argent aille à des enfants abandonnés, à un orphelinat. » A ces mots, elle s'illumina purement et simplement : « Pour cette idée, Pétroucha, il te sera beaucoup pardonné. Viens que je t'embrasse. » La colère me prit. « Ton million, dis-je, il sera vite dilapidé. N'as-tu donc jamais lu ce que l'on écrit dans les journaux sur les orphelinats d'Etat ? Ils ont bien assez d'argent comme ça. Mieux vaudrait tout donner à cette Anglaise, la baronne Esther, au moins elle ne le volera pas. » Amalia m'embrassa à mon tour comme pour dire : vous avez raison, ne leur faites pas de cadeau, à ces soi-disant patriotes. Cela se passait le 11, un samedi. Le dimanche, Kokorine et moi nous retrouvâmes pour tout mettre au point. Ce fut une étrange conversation. Il n'arrêtait pas de faire le pitre, moi je gardais la plupart du temps le silence, mais nous n'osions pas nous regarder dans les yeux. J'étais comme hébété... Nous fîmes venir un avoué afin d'établir un testament en bonne et due forme. Pierre était mon témoin et exécuteur testamentaire, moi le sien. Nous donnâmes chacun cinq mille roubles à l'avoué afin qu'il tienne sa langue. D'ailleurs, il n'avait aucun intérêt à bavarder. Puis Pierre et moi sommes convenus de ce qui suit – la proposition venait de lui. Nous nous retrouverions le lendemain matin à neuf heures, chez moi, rue Gontcharnaïa. Chacun aurait dans sa poche un revolver à six coups, chargé d'une seule balle. Nous irions séparément, mais de façon à nous voir l'un l'autre. Celui que le sort désignerait perdant tirerait le premier. Kokorine avait lu quelque part un article sur la roulette américaine et cela lui avait plu. « Tu vas voir, Kolia, toi et moi, nous allons la rebaptiser roulette russe », m'avait-il dit. Puis il avait ajouté : « C'est triste de se tuer chez soi. Pour finir en beauté, nous allons nous offrir une promenade de santé avec attractions. » J'avais accepté, tout m'était égal. Il faut avouer que j'étais au trente-sixième dessous et que j'étais sûr de perdre. Et les mêmes mots me martelaient la cervelle : lundi, le 13, lundi, le 13. Je ne parvins pas à fermer l'œil de la nuit. Je songeai à fuir à l'étranger, mais à la seule idée qu'il l'aurait pour lui et qu'ils allaient se moquer de moi... Bref, je restai.

Le matin, voici comment les choses se passèrent. Pierre arriva tout joyeux – un vrai dandy avec son gilet blanc. Naturellement chanceux, il espérait visiblement que cette fois encore le sort lui sourirait. Nous lançâmes les dés dans mon bureau. Il fit neuf, moi trois. D'ailleurs, je m'attendais à perdre. « Je n'irai nulle part, dis-je. Je préfère mourir ici. » Je fis tourner le barillet et pressai le canon du revolver contre mon cœur. « Arrête ! me fit-il. Ne tire pas dans le cœur. Si la balle dévie, tu risques de souffrir longtemps. Mieux vaut tirer dans la tempe ou dans la bouche. – Merci pour cette délicate attention, » lui dis-je. A cet instant, j'éprouvai pour lui une haine telle qu'il me semblait que j'aurais pu le tuer sans quelque duel que ce fût. Pourtant, j'obéis à son conseil. Jamais je n'oublierai ce déclic-là, le tout premier. Ce claquement métallique près de l'oreille fut tel que...

Akhtyrtsev fit une grimace et remplit de nouveau son verre. La chanteuse, une corpulente tsigane parée d'un châle doré, entonna de sa voix basse un chant languissant à vous retourner l'âme.

— ... J'entends la voix de Pierre : « Maintenant, à mon tour. Allons dehors. »

C'est alors seulement que je me rendis compte que j'étais vivant. Nous montâmes sur la butte Chvivaïa, d'où l'on a une vue sur la ville. Kokorine devant, moi à une vingtaine de pas derrière. Il s'arrêta un instant au bord du précipice, je ne distinguais pas son visage. Il leva alors la main qui tenait le pistolet afin que je puisse le voir, il fit tourner le barillet et porta aussitôt l'arme à sa tempe – déclic. Mais moi je savais qu'il ne lui arriverait rien, et je ne le souhaitais même pas. De nouveau nous lançâmes les dés – de nouveau je perdis. Je descendis en direction de la Iaouza, pas âme qui vive. Je grimpai sur une borne du pont, afin de tomber dans l'eau sitôt après... Cette fois encore, j'en réchappai. Nous repartîmes dans une autre direction, mais Pierre dit : « Cela commence à devenir lassant. Et si nous faisions un peu peur aux bourgeois ? » Il faisait preuve d'une certaine bravoure, rendons-lui cette justice. Nous obliquâmes dans une rue où il commençait à y avoir pas mal de monde et qu'empruntaient les équipages. Je me plaçai sur le trottoir d'en face. Kokorine ôta son chapeau, fit des révérences à droite et à gauche, leva la main, fit tourner le barillet. Rien. Mais ensuite nous dûmes prendre nos jambes à notre cou. Cris, vacarmes, dames qui poussent des glapissements. Rue Mokhovaïa, nous tournâmes sous un porche. Nous lançâmes les dés, et qu'est-ce que vous pensez ? C'est encore moi qui perds ! Il fait deux six, moi deux as, parole d'honneur ! C'est fini, me dis-je, *finito*, le symbole est trop évident. L'un a tout, l'autre rien. La troisième fois, je tirai devant Côme et Damien, l'église où j'ai été baptisé. Je me postai sur le parvis, à côté des mendiants, je donnai un rouble à chacun, je retirai ma casquette... J'ouvre les yeux : je suis vivant. Alors un fol en Christ me dit : « De l'âme éprouvée, Dieu pardonne le péché. » Je ne suis pas près d'oublier ces paroles. Puis nous partîmes de là. Kokorine choisit un endroit un peu plus chic, juste devant le passage de Galoftéevski. Rue Néglinnaïa, il entra dans un salon de thé, prit place à une table, tandis que, débout à l'extérieur, je pouvais le voir à travers la vitre. Il dit quelque chose à une dame assise à la table voisine, celle-ci se mit à rire. Il sort son pistolet et appuie sur la détente. La dame rit de plus belle. Il range son arme, échange encore quelques mots avec sa voisine et termine son café. Je suis engourdi, je ne sens plus rien. Je n'ai qu'une seule pensée : il va maintenant falloir de nouveau tirer au sort.

Nous lançâmes les dés près de l'hôtel *Loskoutnaïa*, et là, pour la première fois, il perdit. Sept pour moi, six pour lui. Sept et six – un tout petit point de différence. Nous marchâmes ensemble jusqu'au restaurant *Gourovski*, mais là, à l'endroit où l'on construit le Musée historique, nous nous séparâmes : lui entra dans le jardin Alexandre et suivit l'allée, tandis que je restai sur le trottoir longeant la grille. Juste avant de nous quitter, il me dit : « Toi et moi, nous sommes des idiots, Kolia. Si cette fois-ci je passe encore au travers, j'envoie tout au diable. » Je voulus l'arrêter, j'en prends Dieu à témoin, mais je ne le fis pas. Pourquoi ? Je l'ignore moi-même. Non, c'est un mensonge, je le sais très bien... Il me vint une idée méprisable. Qu'il fasse encore une tentative et après nous verrons. Alors, peut-être, nous mettrons les pouces... Vous êtes le seul à qui j'ai fait cet aveu, Fandorine. A cet instant, je vous parle à cœur ouvert...

Akhtyrtsev vida un autre verre, sous son pince-nez ses yeux était troubles et injectés de sang. Fandorine attendait en retenant son souffle, bien que la suite des événements lui fût connue pour l'essentiel. Nikolaï Stépanovitch sortit un cigare de sa poche et, la main tremblante, craqua une allumette. Son long et gros cigare seyait étonnamment mal à son visage ingrat d'adolescent. Chassant de ses yeux un nuage de fumée, Akhtyrtsev se leva brusquement.

— Serveur, l'addition ! J'en ai assez d'être ici. Il y a trop de bruit et l'on étouffe, dit-il en tirant sur sa cravate de soie pour la desserrer. Prenons un fiacre et allons quelque part. Ou marchons, tout simplement.

Ils s'arrêtèrent sur le perron. La rue plongée dans l'obscurité était déserte. Seules les fenêtres du *Crimée* étaient éclairées. Le bec de gaz le plus proche répandait une lumière vacillante.

— Et chi nous allions tout de même chez moi ? suggéra Akhtyrtsev la bouche empâtée par le cigare qu'il serrait entre ses dents. Il y a chûrement de bons équipaches au coin de la rue.

Derrière eux, la porte s'ouvrit, et sur le seuil sortit leur voisin de table, le fonctionnaire aux yeux délavés, sa casquette rabattue sur l'oreille. Emettant un hoquet sonore, il plongea la main dans la poche de son uniforme et en sortit un cigare.

— Est-ce que vous pourriez me donner un petit peu de feu ? demanda-t-il en s'approchant des deux jeunes gens.

Fandorine perçut chez lui un léger accent de la Baltique, peut-être finnois.

Akhtyrtsev tapota une poche puis l'autre, à la recherche de sa boîte d'allumettes. Eraste Pétrovitch attendait patiemment. Puis, subitement, un changement incompréhensible se produisit dans l'attitude de l'homme aux yeux pâles. Il parut se tasser et se pencha légèrement de côté. L'instant suivant, comme par enchantement, une lame courte et large surgit dans sa main gauche. Alors, en un geste précis et mesuré, le fonctionnaire planta la pointe de son arme dans le flanc droit d'Akhtyrtsev.

Les événements qui suivirent se déroulèrent très vite, en l'espace de deux ou trois secondes, mais Eraste Pétrovitch eut l'impression que le temps s'était arrêté. S'il réussit à noter toutes sortes de choses et à penser à bien d'autres, il était en revanche incapable de faire un geste, comme s'il eût été hypnotisé par le reflet de la lumière sur la surface de l'acier.

Tout d'abord Eraste Pétrovitch pensa : il l'a atteint au foie, et, du fond de sa mémoire, émergea une définition sortie de son dernier manuel de biologie : « Le foie : organe du corps animal qui sépare le sang de la bile. » Ensuite il vit Akhtyrtsev mourir. Eraste Pétrovitch n'avait encore jamais assisté à la mort d'un être humain, et pourtant il sut immédiatement qu'Akhtyrtsev venait de rendre l'âme. Ses yeux étaient devenus vitreux, ses lèvres s'étaient gonflées convulsivement et un filet de sang pourpre s'en écoulait. Très lentement, et même avec une certaine élégance, ainsi qu'il sembla à Eraste Pétrovitch, le fonctionnaire dégagea la lame, qui, pour l'heure, ne brillait plus. Doucement, tout doucement, il se tourna vers Eraste Pétrovitch, qui vit le visage de l'homme tout près du sien – ses yeux clairs troués par le point noir de ses pupilles, ses fines lèvres exsangues.

Les lèvres remuèrent et prononcèrent distinctement : « Azazel. » Alors, le temps cessa de s'étirer pour se contracter tel un ressort qui, en se détendant, frappa Eraste Pétrovitch au côté droit, si fort qu'il en tomba à la renverse et que sa nuque heurta violemment le bord de la balustrade. Qu'est-ce ? Qui est cet « Azazel » ? pensa Fandorine. Je dors ou quoi ? Et il pensa aussi : Il est tombé sur le « Lord Byron » avec son couteau. En baleine très solide. Taille fine et belle carrure.

La porte s'ouvrit à la volée, et une bruyante compagnie se déversa sur le perron en riant.

— Eh bien, messieurs, c'est le champ de bataille de Borodino, ici ! cria joyeusement une voix avinée de marchand. On ne tient plus sur ses pieds, mes pauvres amis ! On ne sait pas boire !

Tout en pressant sa main sur son flanc brûlant et humide, Eraste Pétrovitch se redressa pour regarder son agresseur.

Mais, curieusement, l'homme aux yeux blancs avait disparu. Akhtyrtsev gisait à l'endroit où il était tombé – en travers des marches, visage contre terre ; son haut-de-forme, qui avait roulé, traînait à quelque mètres de là. Mais pas la moindre trace du fonctionnaire, qui semblait s'être dissous dans l'atmosphère. Il n'y avait pas âme qui vive dans toute la rue, où seuls les lampadaires répandaient leur lumière blafarde.

Soudain, ces derniers adoptèrent une conduite bizarre – ils se mirent à tourner et à virer, et tout devint d'abord très lumineux puis sombra dans l'obscurité complète.

Chapitre sixième,

où l'homme du futur fait son apparition

— Restez couché, mon petit, restez couché, dit Ksavéri Féofilaktovitch depuis le seuil de la porte, voyant Fandorine, tout confus, prêt à se lever de son inconfortable divan. Que vous a ordonné le docteur ? Je sais tout, je me suis renseigné. Deux semaines d'alitement après votre sortie de l'hôpital, le temps que la blessure cicatrise comme il faut et que le cerveau commotionné se remette en place ; or cela ne fait pas dix jours que vous êtes au repos.

Il s'assit et, de son mouchoir à carreaux, essuya sa calvitie écarlate.

— Ouf ! Mais c'est qu'il chauffe, ce petit soleil. Tenez, je vous ai apporté des massepains et des cerises, servez-vous. Où vais-je les mettre ?

Le commissaire examina la chambrette aussi étroite qu'une tranchée où logeait le registrateur de collège mais n'y vit nulle part où poser son paquet : le divan était occupé par l'hôte des lieux, la chaise par Ksavéri Féofilaktovitch lui-même, la table croulait sous un amoncellement de livres. La chambre ne comportait pas d'autres meubles, pas même une armoire – les nombreux éléments de la garde-robe pendaient à des clous plantés aux murs.

— Alors, ça fait mal ?

— Pas du tout, mentit quelque peu Eraste Pétrovitch. On pourrait m'enlever les fils dès demain. Il a seulement effleuré les côtes, sinon rien. Et ma tête est en parfait état.

— Allons, soignez-vous tranquillement, la paie tombera tout de même. (Ksavéri Féofilaktovitch se rembrunit d'un air coupable.) Surtout, mon cher, ne soyez pas fâché que je sois resté si longtemps sans venir vous voir. Vous avez dû penser du mal du vieux, vous dire : quand il s'est agi de rédiger son rapport, il a foncé à l'hôpital, mais maintenant que je ne lui sers plus à rien, il ne montre plus le bout de son nez. J'ai envoyé quelqu'un s'informer auprès du médecin, mais je n'ai pas trouvé le moyen de me dégager pour venir vous voir. C'est un tel remue-ménage à la direction ! Nous y passons nos jours et nos nuits, parole d'honneur. (Le commissaire hocha la tête et, baissant la voix, dit sur le ton de la confidence :) Savez-vous que votre Akhtyrtsev n'était pas n'importe qui, mais ni plus ni moins que le propre petit-fils de Son Altesse Sérénissime le chancelier Kortchakov ?

— Pas possible ! s'exclama Fandorine.

— Son père, marié en secondes noces, est ambassadeur en Hollande, et votre ami habitait chez feu sa tante, la princesse Kortchakova, dans un palais situé rue Gontcharnaïa. La princesse a rendu l'âme l'année dernière et lui a légué toute sa fortune. Sans compter qu'il avait déjà reçu un bel héritage de sa défunte mère. Ah, si vous aviez vu le branle-bas de combat ! Je vous raconte. Tout d'abord, il a été décidé de placer l'affaire sous le contrôle personnel du général gouverneur, le prince Dolgorouki lui-même. Mais, en réalité, il n'y a pas vraiment d'affaire, et nul ne sait par quel bout s'y prendre. Personne à part vous n'a vu l'assassin. Béjetskaïa, comme je vous l'ai dit la dernière fois, a disparu sans laisser de trace. Maison vide. Aucun serviteur, aucun document. Qui est-elle ? Mystère. D'où vient-elle ? On l'ignore. Autant chercher une aiguille dans une botte de foin. D'après son passeport, c'est une noble de Vilna. Nous avons envoyé une requête à Vilna, mais ce nom ne figure nulle part. Bref. Il y a une semaine, Son Excellence me convoque. « Ne le prends pas mal, Ksavéri, me dit-il, je te connais de longue date et j'apprécie ta conscience professionnelle, mais cette affaire n'est pas à ta portée. Un juge d'instruction va venir spécialement de Pétersbourg, un fonctionnaire chargé des missions spéciales auprès du chef des gendarmes et directeur de la Troisième section, Sa Haute Excellence l'aide de camp général Mizinov Lavrenty Arkadiévitch. Tu vois le genre d'oiseau rare ? Un de ces hommes nouveaux, partis de rien – un homme du futur. Il fait tout scientifiquement. Un maître en affaires délicates, rien à voir avec nous deux. » Hum, fit Ksavéri Féofilaktovitch d'un air contrarié, autant dire que s'il est un homme du futur, Grouchine est un homme du passé. Bref. Trois jours plus tard, à la première heure, il était là. Ce devait être mercredi, le 22. Il s'appelle Ivan Frantsévitch Brilling et a le rang de conseiller d'Etat. A trente ans ! Et voilà, aujourd'hui nous sommes samedi, et je suis au bureau depuis ce matin neuf heures. Hier il nous a tous réunis. Jusqu'à onze heures du soir nous sommes restés à conférer et à dessiner des schémas. Vous vous rappelez le buffet où nous prenions le thé ? Eh bien maintenant, à la place du samovar, il y a un appareil télégraphique et un télégraphiste de service jour et nuit. On peut envoyer une dépêche aussi bien à Vladivostok qu'à Berlin, et la réponse arrive sur-le-champ. Il a chassé la moitié de nos agents et, à la place, il a ramené de Piter la moitié des siens – des hommes qui n'obéissent qu'à lui. Il m'a interrogé sur tout très minutieusement et m'a écouté avec attention. Je pensais qu'il allait me mettre à la retraite, mais non, il pouvait encore être bon à quelque chose, le commissaire Grouchine. C'est justement pour cela, mon petit, que je suis là, expliqua honnêtement Ksavéri Féofilaktovitch. Je voulais vous prévenir. Il s'apprête à venir lui-même vous voir. Il veut vous interroger personnellement. Mais ne vous en faites pas, il n'y a rien contre vous. Vous avez même été blessé dans l'accomplissement de votre devoir. Et surtout n'allez pas me jouer un mauvais tour. Qui pouvait savoir que les choses tourneraient comme ça ?

Eraste Pétrovitch embrassa d'un regard affligé son misérable logis. Il allait se faire une belle idée de lui, le grand monsieur de Pétersbourg !

— Et si je venais plutôt moi-même à la direction ? Franchement, je me sens tout à fait bien.

— N'y pensez pas ! s'exclama le commissaire en levant les bras. Vous voulez qu'il sache que je suis venu vous avertir ? Restez couché. Il a noté votre adresse, vous le verrez sûrement dans la journée.

« L'homme du futur » arriva le soir, aux environs de sept heures, ce qui avait laissé tout le temps à Eraste Pétrovitch de se préparer comme il convenait. Il avait annoncé à Agraféna Kondratievna qu'un général allait venir, afin que Malachka, la servante, nettoie le sol de l'entrée, qu'elle enlève ce vieux coffre qui tombait en poussière et surtout qu'elle n'ait pas l'idée de faire cuire de la soupe au chou. Dans sa chambre, le blessé procéda à une mise en ordre radicale : il dépendit ses vêtements et les raccrocha à leurs clous de manière plus avantageuse, il relégua ses livres sous le lit, laissant uniquement sur la table un roman français, les *Essais philosophiques* de David Hume en langue anglaise et les *Notes d'un limier parisien* de Jean Debré. Puis il enleva Debré et le remplaça par les *Instructions d'un authentique brahmane indien, M. Chandra Johnson, pour une respiration correcte*, ouvrage dont il se servait chaque matin pour faire sa gymnastique de raffermissement mental. Que le maître en affaires délicates voie que, pour être pauvre, l'homme qui vivait ici n'en était pas pour autant du genre à se laisser aller. Afin de souligner la gravité de sa blessure, Eraste Pétrovitch posa sur une chaise, près du divan, une fiole contenant une mixture quelconque (il l'avait empruntée à Agraféna Kondratievna), puis il s'allongea, non sans nouer un cache-nez blanc autour de sa tête. Il pensait maintenant avoir atteint le but recherché : donner l'impression d'un homme éprouvé mais courageux.

Enfin, alors qu'il commençait à en avoir plus qu'assez de rester allongé, on frappa un coup rapide à la porte et, aussitôt, sans attendre de réponse, entra un homme énergique, vêtu d'une veste légère et confortable, de pantalons clairs, et dépourvu de tout couvre-chef. Ses cheveux blonds soigneusement coiffés découvraient un front haut, aux coins de sa bouche volontaire couraient deux petits plis moqueurs, son menton rasé, creusé d'une fossette, respirait l'assurance. Après avoir embrassé la pièce d'un regard, ses yeux gris et perçants se posèrent sur Fandorine.

— Je n'ai pas besoin de me présenter, à ce que je vois, lança joyeusement le nouveau venu. Vous connaissez de moi l'essentiel, même si c'est sous un angle défavorable. Grouchine s'est plaint du fameux télégraphe ?

Dans sa stupeur, Eraste Pétrovitch clignota des yeux sans pouvoir rien dire.

— C'est la méthode déductive, mon très cher Fandorine. Comment reconstituer un tableau d'ensemble à partir de détails infimes. L'essentiel étant ici de ne pas dépasser certaines limites, de ne pas en arriver à une conclusion erronée dans le cas où l'information dont on dispose admet diverses interprétations. Mais nous reparlerons de cela le moment venu. Pour ce qui est de Grouchine, rien n'est plus simple. Votre logeuse s'est pratiquement pliée en deux devant moi en m'appelant « Votre Excellence » – et d'un. Or, comme vous pouvez le constatez, je n'ai rien d'une « Excellence » et d'ailleurs je ne le suis pas, mon rang jusqu'à nouvel ordre ne me donnant droit qu'au titre de « Votre Haute Origine » – et de deux. Hormis Grouchine, je n'avais parlé à personne de mon intention de vous rendre visite – et de trois. Il est évident que monsieur le commissaire ne peut se référer à mon activité qu'en termes peu flatteurs – et de quatre. Quant au télégraphe dont, vous en conviendrez, le travail d'investigation ne saurait aujourd'hui se priver, il a produit sur l'ensemble de votre direction une impression à ce point ineffaçable qu'il était absolument impossible que notre indolent Ksavéri Féofilaktovitch l'ait passé sous silence – et de cinq. Vrai ou faux ?

— Vrai, avoua Fandorine, stupéfait, et en même temps honteux de trahir le brave Ksavéri Féofilaktovitch.

— Si jeune, vous souffrez déjà d'hémorroïdes ? demanda le pétulant visiteur en posant la fiole sur la table pour prendre place sur la chaise.

— Non ! s'empressa de répondre Eraste Pétrovitch en piquant un fard en même temps qu'il se retranchait sans vergogne derrière Agraféna Kondratievna. C'est... C'est ma logeuse qui s'est trompée. D'ailleurs, elle mélange toujours tout. Que voulez-vous, Votre Haute Origine, cette bonne femme manque totalement de bon sens.

— Bien sûr, je comprends. Mais appelez moi plutôt Ivan Frantsévitch, ou, mieux, simplement « chef », puisque nous allons travailler ensemble. J'ai lu votre rapport, poursuivit Brilling sans aucune transition. Sensé. Observateur. Efficace. J'ai été heureusement surpris par votre intuition – rien n'est plus précieux dans notre métier. Alors que l'on ignore encore comment la situation va tourner, le flair suggère les mesures à prendre. Comment avez-vous deviné que votre visite chez Béjetskaïa pourrait se révéler dangereuse ? Pour quelle raison avez-vous jugé nécessaire de revêtir un corset de protection ? Bravo !

Le visage d'Eraste Pétrovitch vira au rouge coquelicot.

— Vraiment, c'était bien pensé, poursuivit Ivan Frantsévitch. Certes, ça ne peut pas protéger des balles, mais contre une arme blanche, ce n'est pas mal du tout. Je vais donner ordre que l'on achète un stock de ces corsets pour les agents affectés à des missions dangereuses. Quelle en est la marque ?

Fandorine répondit timidement :

— Lord Byron.

— Lord Byron, répéta Brilling en inscrivant le nom dans un petit carnet à la couverture de cuir. Et maintenant, dites-moi, quand pourriez-vous reprendre le travail ? J'ai des vues particulières sur vous.

— Seigneur, mais dès demain ! s'écria Fandorine avec fougue en regardant amoureusement son nouveau supérieur, ou plus exactement son « chef ». Demain, à la première heure, je file chez le docteur, je me fais enlever mes fils et vous pouvez disposer de moi.

— Voilà qui est parfait. Comment caractériseriez-vous Béjetskaïa ?

Eraste Pétrovitch se troubla, et avec force gesticulations, il commença de manière assez décousue :

— C'est... C'est une femme comme on en voit rarement. Une Cléopâtre. Une Carmen... D'une beauté indescriptible, mais là n'est pas la question... Un regard magnétique. Non, mais le regard n'est pas non plus... Voici l'essentiel : on sent en elle une force colossale. Une force telle qu'elle semble jouer avec tout le monde. Un jeu aux règles obscures, mais un jeu cruel. A mon avis, cette femme est profondément dépravée et en même temps... absolument innocente. Comme si elle avait été éduquée à l'envers. Je ne sais pas comment expliquer... (Fandorine rosit légèrement, conscient qu'il allait dire une sottise, mais il alla tout de même jusqu'au bout.) Il me semble qu'elle n'est pas aussi mauvaise qu'elle veut le paraître.

Le conseiller d'Etat fixa le jeune homme d'un regard scrutateur et émit un sifflement espiègle :

— Tiens, tiens... C'est bien ce que je pensais. Maintenant je vois qu'Amalia Béjetskaïa est une personne réellement dangereuse... En particulier pour les jeunes gens romantiques en période de maturation sexuelle.

Heureux de l'effet que sa plaisanterie avait produit sur son interlocuteur, Ivan Frantsévitch se leva et regarda une nouvelle fois autour de lui.

— Vous devez bien payer une dizaine de roubles pour ce réduit, non ?

— Douze, répondit dignement Eraste Pétrovitch.

— Cet environnement m'est familier. J'ai moi-même vécu dans un tel cadre. Alors que j'étais collégien dans la glorieuse ville de Kharkov. Voyez-vous, moi aussi j'ai perdu mes parents très jeune. Eh bien, c'est au moins utile pour la formation de la personnalité. Conformément à la table des rangs, votre salaire est de trente-cinq roubles argent, c'est bien cela ? interrogea le conseiller d'Etat, passant de nouveau du coq à l'âne.

— Plus un complément trimestriel pour les heures supplémentaires.

— Je donnerai des instructions afin qu'il vous soit attribué une prime de cinq cents roubles sur le fonds spécial. Pour votre zèle et pour le danger encouru. A demain donc. Venez me voir, nous travaillerons sur les différentes hypothèses.

Et la porte se referma sur l'étonnant visiteur.

* * *

La Direction de la police judiciaire était en effet méconnaissable. Des messieurs inconnus à l'air affairé fonçaient dans les couloirs avec des papiers sous le bras et même les anciens collaborateurs, au lieu de leur démarche chaloupée, allaient d'un pas résolu et l'air concentré. Dans le fumoir – ô merveille – il n'y avait pas un chat.

Par curiosité, Eraste Pétrovitch jeta un coup d'œil dans l'ancien buffet, et effectivement, sur la table, à la place du samovar et des tasses, était installé un appareil Baudot. Le télégraphiste, un jeune homme en veste d'uniforme, regarda l'intrus d'un air sévère et interrogateur.

Le personnel d'investigation s'était installé dans le bureau du directeur, monsieur le colonel ayant été, la veille, démis de ses fonctions. Eraste Pétrovitch, encore un peu pâle – on venait de lui retirer ses fils, et l'opération avait été douloureuse –, frappa à la porte et passa la tête dans la pièce. Le bureau lui aussi était transformé : les confortables fauteuils de cuir avaient disparu, remplacés par trois rangs de simples chaises, et, contre le mur, étaient posés deux tableaux noirs, entièrement recouverts de schémas. Visiblement, une réunion venait tout juste de se terminer. Brilling était en train d'essuyer ses mains blanchies de craie avec un chiffon, tandis que les fonctionnaires et les agents se dirigeaient vers la sortie en continuant d'échanger des propos d'un air préoccupé.

Intimidé, Eraste Pétrovitch restait planté sur le seuil.

— Entrez, Fandorine, entrez, ne restez pas à la porte, le pressa le nouveau maître des lieux. Alors, on vous a bien raccommodé ? Voilà qui est parfait. Vous allez travailler directement avec moi. Je ne vous attribue pas de table – de toute façon vous n'aurez guère à rester assis. Dommage que vous arriviez trop tard, nous venons d'avoir une discussion passionnante à propos du fameux « Azazel » dont vous parlez dans votre rapport.

— Il existe donc ? Je n'avais pas mal entendu ? demanda Eraste Pétrovitch, tout ouïe. Et moi qui craignais d'avoir rêvé.

— Vous n'avez pas rêvé. Azazel est l'ange déchu. Quelle note aviez-vous en catéchisme ? Vous vous souvenez des boucs émissaires ? Comme vous devez le savoir, ils étaient deux. L'un était destiné à Dieu pour la rédemption des péchés, l'autre à Azazel, afin de prévenir sa colère. Chez les juifs, dans le *Livre d'Hénoch*, Azazel enseigne aux humains toutes sortes de vilenies : aux hommes, à faire la guerre et à fabriquer des armes ; aux femmes, à se peindre le visage et à se débarrasser des enfants qu'elles portent. En un mot, c'est un démon rebelle, un esprit destructeur.

— Mais qu'est-ce que cela peut bien signifier ?

— Un assesseur de collège, parmi vos collègues de Moscou, a échafaudé toute une hypothèse, qui tourne autour d'une organisation secrète juive. Il a parlé du Sinédrion juif et du sang des bébés chrétiens. Il ressort de son schéma que Béjetskaïa est une fille d'Israël, et Akhtyrtsev, l'agneau apporté sur l'autel sacrificatoire du Dieu des juifs. En résumé, un ramassis d'inepties. Je n'ai déjà que trop entendu ces délires judéophobes à Pétersbourg. Au moindre événement malheureux dont les causes ne sont pas évidentes, Sinédrion est immédiatement mis en cause.

— Et quel est votre avis... chef ? demanda Eraste Pétrovitch non sans éprouver un certain émoi à s'adresser à son supérieur de cette façon inhabituelle.

— Veuillez regarder ici, dit Brilling en s'approchant d'un des tableaux noirs. Ces quatre cercles en haut représentent les quatre hypothèses possibles. Le premier cercle, comme vous le voyez, renferme un point d'interrogation. C'est l'hypothèse la moins vraisemblable : l'assassin agit en solitaire, vous-même et Akhtyrtsev vous êtes trouvés ses victimes de hasard. Il est possible que ce soit un maniaque toqué de démonisme. Dans cette hypothèse, nous sommes dans l'impasse tant qu'il n'y a pas de nouveaux crimes du même genre. J'ai envoyé des dépêches à travers toute la province pour demander si on avait connaissance de meurtres semblables. Je doute du résultat : si un tel maniaque s'était manifesté auparavant, j'en aurais eu connaissance. Le second cercle entoure les lettres A B – à savoir, Amalia Béjetskaïa. Elle est incontestablement suspecte. Depuis chez elle, il était facile de vous suivre jusqu'au *Crimée*, vous et Akhtyrtsev. Sans compter qu'elle disparaît sitôt après. Toutefois, le mobile du crime est obscur.

— Si elle s'est enfuie, c'est bien qu'elle est impliquée dans l'affaire, s'enflamma Fandorine. Il en découle donc que l'homme aux yeux pâles n'est nullement un solitaire.

— Rien n'est moins sûr. Nous savons que Béjetskaïa vivait sous une fausse identité. Il s'agit sans doute d'une aventurière. Vivant probablement aux crochets de riches protecteurs. Mais de là à tuer, de surcroît par la main d'un monsieur aussi habile... ? A en juger par votre témoignage, ce n'était pas un quelconque amateur, mais un authentique tueur professionnel. Ce coup porté au foie, c'est du travail d'orfèvre. Je suis allé à la morgue, j'ai examiné Akhtyrtsev. Si vous n'aviez pas eu votre corset, à l'heure qu'il est, vous y seriez aussi, et la police aurait mis tout cela sur le compte d'une agression pour vol ou d'une bagarre après une soirée trop arrosée. Mais revenons à Béjetskaïa. Elle peut très bien avoir été informée des événements par un de ses domestiques – le *Crimée* n'est qu'à quelques minutes à pied de chez elle. Il y a eu tout un tintamarre – la police, les voisins réveillés en pleine nuit... Un des serviteurs ou, disons, le portier aura reconnu en l'homme assassiné un des invités de Béjetskaïa et l'en aura informée. Elle, redoutant à juste titre une enquête policière qui l'aurait inévitablement démasquée, s'empresse de disparaître. Elle a pour ce faire plus de temps qu'il n'en faut – votre excellent Ksavéri Féofilaktovitch ne débarque avec son mandat que le lendemain après-midi. Je sais, je sais, vous avez été commotionné et n'avez pas repris vos sens immédiatement. Le temps que vous dictiez votre rapport, le temps que le directeur se gratte la nuque en se demandant que faire... Quoi qu'il en soit, j'ai lancé un avis de recherche concernant Béjetskaïa. Elle n'est vraisemblablement déjà plus à Moscou. Je pense même qu'elle a quitté la Russie – dix jours, c'est plus de temps qu'il n'en faut. Nous sommes en train de dresser la liste des habitués de sa maison, mais il s'agit pour la plupart de gens influents. Il va falloir faire preuve de doigté. Un seul m'inspire de sérieux soupçons.

De sa baguette, Ivan Frantsévitch indiqua le troisième cercle, sur lequel était écrit C Z.

— Comte Zourov, Hippolyte Alexandrovitch. De toute évidence, l'amant de Béjetskaïa. Un individu dépourvu de principes moraux, joueur, bretteur, à moitié fêlé. Nous disposons de preuves indirectes. Primo, il est parti, fortement surexcité, après une altercation avec la victime. Secundo, il avait la possibilité de guetter la victime, de la prendre en filature et de lui envoyer un tueur. Tertio, le mobile, quoique dérisoire, existe : la jalousie ou un désir de vengeance pathologique. Et peut-être autre chose encore. Principale lacune de cette théorie : Zourov n'est pas du genre à tuer par l'intermédiaire d'un tiers. Cependant, selon les informations recueillies par les agents, toutes sortes d'individus louches tournent en permanence autour de lui, si bien que l'hypothèse reste prometteuse. Et vous, Fandorine, c'est justement celle-ci que vous allez creuser. Tout un groupe d'agents est aux basques de Zourov, mais vous, vous agirez seul, cela vous réussit bien. Nous examinerons plus tard les détails de votre mission, mais, dans l'immédiat, passons au dernier cercle. Celui-là, je m'en occupe personnellement.

Eraste Pétrovitch plissa le front, essayant de deviner ce que pouvaient signifier les lettres O N.

— Organisation nihiliste, expliqua le chef. On trouve dans toute cette histoire certains éléments qui évoquent un complot. Pas un complot juif mais quelque chose de plus sérieux. C'est d'ailleurs pourquoi on m'a envoyé ici. Naturellement, c'est aussi à la demande du prince Kortchakov – vous n'êtes pas sans savoir que Nikolaï Akhtyrtsev était le fils de sa défunte fille. Là, toutefois, les choses risquent de se révéler très compliquées. Nos révolutionnaires russes sont actuellement au bord de la scission. Les plus résolus et les plus impatients de ces Robespierres en ont assez de passer leur temps à éduquer les paysans – c'est une tâche longue, qui exige beaucoup d'efforts ; une vie n'y suffit pas. La bombe, le poignard et le revolver sont ô combien plus intéressants. Je m'attends d'un moment à l'autre à une effusion de sang de grande ampleur. Tout ce que nous avons vu jusqu'à maintenant n'est rien en comparaison de ce qui nous menace. La terreur à l'égard de la classe dirigeante peut prendre un caractère de masse. Depuis quelque temps, au sein de la Troisième Section, je suis chargé des dossiers relatifs aux groupes terroristes clandestins les plus frénétiques et les mieux organisés. Mon patron, Lavrenty Arkadiévitch Mizinov, qui se trouve à la tête du corps des gendarmes et de la Troisième Section, m'a confié pour mission d'élucider qui était cet Azazel surgi à Moscou. Le démon est un symbole tout à fait révolutionnaire. Voyez-vous, Fandorine, ici, c'est le sort de la Russie qui est en jeu.

Il ne restait pas trace du ton habituellement railleur de Brilling, et dans sa voix ne s'exprimait plus qu'une ferme détermination.

— Si l'on ne crève pas l'abcès quand il en est encore temps, poursuivit-il, dans trente ans sinon avant, ces révolutionnaires vont nous concocter une révolution telle que la guillotine française fera figure d'aimable plaisanterie. Ils ne nous laisseront pas vieillir tranquillement, vous et moi ; rappelez-vous bien ces paroles. Vous n'avez pas lu *Les Possédés*, le roman de monsieur Dostoïevski ? C'est un tort. Tout cela y est éloquemment annoncé.

— Nous avons donc quatre hypothèses ? demanda Eraste Pétrovitch, l'air indécis.

— C'est trop peu ? Nous avons laissé échapper quelque chose ? Parlez, parlez ; dans le travail, je ne m'attache pas au respect des rangs, l'encouragea le chef. Et ne craignez pas de paraître ridicule – c'est un sentiment normal à votre âge. Mieux vaut dire une sottise que de laisser passer une chose importante.

D'abord gêné, puis de plus en plus véhément, Fandorine déclara :

— Il me semble, Votre Haute... enfin... chef, que c'est à tort que vous laissez lady Esther de côté. Certes, c'est une personne digne d'estime et de respect, mais... mais tout de même, ce testament qui lui laisse une fortune ! Béjetskaïa n'en tire aucun profit, le comte Zourov non plus et, quant aux nihilistes... à moins que ce soit du point de vue du bien public... J'ignore le rôle de lady Esther dans cette affaire et d'ailleurs si elle y joue un rôle quelconque, mais, pour la bonne forme, il conviendrait de... N'oublions pas le principe de toute enquête : *cui prodest*, « à qui profite le crime ».

— Merci pour la traduction, dit Ivan Frantsévitch en s'inclinant devant un Fandorine ne sachant plus où se mettre. La remarque est parfaitement juste. Cependant, dans le récit d'Akhtyrtsev tel qu'il apparaît dans votre rapport, tout est expliqué de manière exhaustive. Le nom de la baronne a surgi par hasard. Je ne l'ai pas incluse dans la liste des suspects, d'abord parce que le temps est précieux, ensuite parce que je connais un peu cette dame que j'ai eu le bonheur de rencontrer, dit Brilling avec un large sourire. Cela étant, Fandorine, sur le principe vous avez raison. Je ne veux pas vous imposer mes conclusions. Pensez avec votre tête et ne croyez personne sur parole. Allez voir la baronne, posez-lui toutes les questions que vous jugerez utiles. Je suis certain qu'en plus de tout le reste cette rencontre vous procurera beaucoup de plaisir. Au bureau de l'officier de garde, on vous communiquera l'adresse à Moscou de lady Esther. Et autre chose. Avant de sortir, passez à l'atelier de couture afin que l'on prenne vos mesures.

Ne venez plus au travail en uniforme. Transmettez mes respects à la baronne, et lorsque vous reviendrez avec des idées un peu plus sensées, nous nous attaquerons aux choses sérieuses, autrement dit au comte Zourov.

Chapitre septième,

où l'on affirme que la pédagogie est la plus importante de toutes les sciences

Arrivé à l'adresse indiquée par l'officier de garde, Eraste Pétrovitch découvrit un impressionnant bâtiment de deux étages qui, à première vue, aurait pu ressembler à une caserne, n'étaient le jardin qui l'entourait et le portail grand ouvert comme en signe de bienvenue. C'était donc cela le tout nouvel esthernat de la baronne anglaise. Un serviteur en élégante redingote bleu marine à galon argenté émergea d'une guérite à larges rayures en expliquant bien volontiers que madame milady ne logeait pas ici mais dans l'aile, dont l'entrée donnait sur la petite rue à droite, juste après l'angle.

Fandorine vit une volée de gamins en uniformes bleus sortir en courant du bâtiment avec des cris d'orfraie et se répandre sur le gazon en jouant à chat. Le serviteur ne songea même pas à rappeler à l'ordre les garnements. Surprenant le regard étonné de Fandorine, il expliqua :

— Cela n'est pas interdit. Pendant les récréations, ils peuvent faire les fous, le tout étant de ne pas dégrader les biens à l'usage de tous. Telle est la loi.

Il est vrai que ces orphelins avaient l'air de jouir d'une grande liberté ; rien à voir avec les élèves du gymnase régional au nombre desquels, il y a peu encore, figurait notre registrateur de collège. Se réjouissant pour ces petits malheureux, Eraste Pétrovitch s'éloigna dans la direction indiquée, en longeant la clôture.

Au coin prenait naissance une rue étroite et ombragée, telle que le quartier de Khamovniki en compte d'innombrables : chaussée poussiéreuse, petits hôtels particuliers endormis, entourés de jardinets, peupliers branchus, d'où s'envoleraient bientôt des flocons de duvet blanc. L'aile à un étage où séjournait lady Esther était reliée au bâtiment principal par une longue galerie. A côté de la plaque de marbre portant l'inscription *Premier esthernat moscovite. Direction*, un suisse imposant aux favoris luisants et soignés se chauffait au soleil. Même devant la résidence du général gouverneur, Fandorine n'avait jamais vu de suisse aussi majestueux que celui-ci, avec ses bas blancs et son tricorne à cocarde d'or.

— On ne reçoit pas à cette heure, fit le janissaire en faisant barrière de son bras. Revenez demain. Entre dix et douze pour des problèmes administratifs, entre deux et quatre pour les affaires privées.

Décidément, Eraste Pétrovitch avait bien du mal à établir des rapports constructifs avec la gent suisse. Soit que son apparence ne leur inspirât aucun respect, soit que sa tête ne leur revînt pas.

— Police judiciaire. Je désire voir lady Esther, c'est urgent, murmura-t-il entre ses dents, goûtant par avance le plaisir vengeur de voir le cerbère à galons dorés se confondre en excuses.

Mais le cerbère ne cilla même pas.

— Pas question que je vous introduise auprès de Son Honneur. Si vous le souhaitez, je peux vous annoncer à mister Cunningham.

— Je n'ai rien à faire de mister Cunningham, rétorqua Eraste Pétrovitch, rageur. Ou tu m'annonces immédiatement à la baronne, espèce de fripouille, ou je t'envoie passer la nuit au poste ! Et tu lui dis bien : Direction de la police judiciaire, pour affaire d'Etat d'une extrême urgence !

Le suisse jaugea le petit fonctionnaire hors de lui d'un regard incrédule, mais disparut néanmoins derrière la porte. Certes, cette canaille n'alla pas jusqu'à proposer au visiteur d'entrer.

Après avoir patienté un bon moment, Fandorine était sur le point de forcer la porte quand le cerbère à la gueule renfrognée et aux favoris luisants surgit de nouveau.

— Pour ce qui est de vous recevoir, Son Honneur peut vous recevoir, mais elle ne parle pas très bien notre langue et mister Cunningham n'a pas le temps de faire l'interprète, il est occupé. A moins que vous puissiez vous expliquer en français...

Au ton qu'il avait employé, on comprenait que le suisse croyait peu probable cette éventualité.

— Je peux même m'expliquer en anglais, lança sèchement Eraste Pétrovitch. Où dois-je aller ?

— Je vous accompagne. Suivez-moi.

Après avoir traversé une entrée proprette, tapissée de damas, puis un couloir inondé de soleil grâce à une succession de hautes fenêtres hollandaises, Fandorine suivit le janissaire jusqu'à une porte blanche, ornée de dorures.

Eraste Pétrovitch n'appréhendait aucunement d'avoir à converser en anglais. Dès sa plus tendre enfance, il avait en effet été confié aux bons soins de nanny Lizbeth (Mrs Jayson, dans les moments de sévérité), une authentique nurse anglaise. C'était une vieille fille affectueuse et attentive mais guindée à l'extrême, qu'il convenait d'appeler Mrs et non Miss, eu égard à sa noble fonction. Lizbeth avait enseigné à son élève à se lever à six heures et demie du matin en été et à sept heures et demie en hiver, à faire de la gymnastique jusqu'à la première sueur avant de se laver à l'eau froide et de se brosser les dents en comptant jusqu'à deux cents, à ne jamais manger jusqu'à satiété, ainsi que toute une kyrielle d'autres choses absolument indispensables à un gentleman.

A son coup frappé à la porte répondit une douce voix féminine :

— *Come in ! Entrez !*

Eraste Pétrovitch remit sa casquette au suisse et entra.

Il se retrouva dans un vaste bureau richement meublé, au milieu duquel trônait une immense table de travail en acajou. A la table était assise une dame grisonnante, d'apparence non seulement agréable mais extraordinairement chaleureuse. Derrière son pince-nez à monture d'or, ses petits yeux d'un bleu éclatant brillaient d'intelligence et d'aménité. Avec son nez de canard et sa large bouche souriante, son visage ingrat mais en même temps très mobile plut immédiatement à Eraste Pétrovitch

Il se présenta en anglais mais décida dans un premier temps de taire le but de sa visite.

— Vous avez une merveilleuse prononciation, sir, le félicita lady Esther dans la même langue, en prenant soin de bien articuler chaque syllabe. J'espère que notre redoutable Timothy... Timoféï ne vous a pas trop effrayé, au moins ? J'avoue que moi-même il me fait peur, mais des personnalités officielles viennent souvent à la direction, et Timofeï est alors irremplaçable, mieux qu'un laquais anglais. Mais asseyez-vous donc, jeune homme. Tenez, là, dans le fauteuil, vous serez plus à votre aise. Ainsi, vous êtes de la police criminelle ? Ce doit être un travail très intéressant. Et que fait votre père ?

— Il est mort.

— Je suis désolé, sir. Et votre maman ?

— Aussi, grommela Fandorine, mécontent de la tournure que prenait la discussion.

— Malheureux enfant. Je sais combien vous devez vous sentir seul. Voici quarante ans que j'aide de pauvres garçons comme vous à échapper à leur solitude et à trouver leur voie.

— A trouver leur voie, milady ? interrogea Eraste Pétrovitch, ne comprenant pas bien.

— Oh oui, s'anima lady Esther, enfourchant apparemment son dada. Trouver sa voie est la chose essentielle dans la vie de tout individu. Je suis profondément convaincue que chaque être humain possède un talent unique, que chacun recèle un don divin. La tragédie de l'humanité consiste en ceci que nous ne savons pas, voire que nous n'essayons même pas de découvrir et de développer ce don chez l'enfant. Pour nous, le génie est rarissime et même miraculeux, mais en réalité, qu'est-ce qu'un génie ? C'est tout simplement un homme qui a eu de la chance. Un homme dont le destin a voulu que les circonstances de la vie le poussent naturellement à choisir la bonne voie. Exemple classique : Mozart. Il est né d'un père musicien et, dès son plus jeune âge, il a baigné dans un milieu qui a pu nourrir de façon idéale le talent dont l'avait gratifié la nature. Maintenant, imaginez, cher sir, que Wolfgang Amadeus soit né dans une famille de paysans. Il aurait fait un très mauvais berger, tout juste bon à distraire les vaches en jouant divinement du pipeau. Né dans une famille de soldats, il aurait terminé petit officier sans talent, féru de marches militaires. Oh, croyez-moi, jeune homme, chaque enfant, chaque enfant sans exception recèle en lui un trésor caché. Seulement, ce trésor, il faut savoir l'exhumer ! Il existe un charmant écrivain nord-américain du nom de Mark Twain. Je lui ai suggéré une idée de récit dans lequel les gens seraient appréciés non pas en fonction de ce qu'ils ont effectivement réalisé mais sur la base de leur potentiel, du talent que la nature a mis en eux. Il en ressortira alors que le plus grand stratège de tous les temps est un obscur tailleur qui n'a jamais servi dans l'armée, et que le plus grand peintre n'a jamais tenu un pinceau dans sa main parce qu'il a passé toute son existence à travailler comme savetier. Tout mon système d'éducation a pour objectif de faire en sorte que le grand stratège se retrouve immanquablement dans l'armée et que le grand peintre ait suffisamment tôt accès aux couleurs. Avec patience et perspicacité, mes pédagogues sondent la structure mentale de chaque pupille, cherchant en eux l'étincelle divine, et ils la trouvent dans neuf cas sur dix !

— Ah, ah, ce qui signifie tout de même qu'elle n'est pas dans tous ! fit remarquer Fandorine en pointant un doigt triomphant.

— Si, dans tous, cher jeune homme, absolument dans tous. Simplement, nous, les pédagogues, ne sommes pas suffisamment compétents. Il se peut aussi qu'un enfant possède un talent qui n'a pas son application dans le monde contemporain. Cet individu aurait peut-être été indispensable dans la société primitive ou bien encore son génie sera-t-il recherché dans un lointain avenir, dans un domaine dont aujourd'hui nous ne soupçonnons même pas l'existence.

— Pour ce qui est de l'avenir, d'accord, je ne discuterai pas, mais pour la société primitive, je ne vois pas très bien, objecta Fandorine, se laissant malgré lui entraîner dans la discussion. De quels talents voulez-vous parler ?

— Je l'ignore moi-même, mon enfant, répondit lady Esther avec un sourire désarmant. Disons, par exemple, le don de deviner l'emplacement d'une source souterraine. Ou encore le don de flairer la présence d'une bête sauvage dans la forêt. Peut-être la capacité à distinguer les racines comestibles de celles qui ne le sont pas. Je ne sais qu'une chose : dans ces temps reculés, de tels individus étaient les vrais génies. Quand à mister Darwin et Herr Schopenhauer, nés dans une grotte, ils auraient fait figure de sombres imbéciles au sein de leur tribu. Et à ce propos, j'ajouterai que ces enfants que l'on considère de nos jours comme mentalement attardés possèdent eux aussi un don. C'est, bien sûr, un talent de nature non rationnelle, mais pas moins précieux pour autant. A Sheffield, j'ai un esthernat spécialement réservé à ces jeunes qui sont exclus de la pédagogie traditionnelle. Dieu, de quels prodigieux talents font preuve ces garçons ! Il y a là-bas un enfant qui, à près de treize ans, sait à peine parler, mais qui guérit n'importe quelle migraine par simple imposition des mains. Un autre – celui-là est totalement muet – est capable de retenir son souffle pendant quatre minutes et demie. Un troisième chauffe un verre d'eau par son seul regard, vous imaginez ?

— Incroyable ! Mais pourquoi seulement des garçons ? Et les filles ?

Lady Esther écarta les bras en soupirant.

— Vous avez raison, mon ami. Il faudrait en effet travailler aussi avec les filles. Toutefois, l'expérience m'a appris que les talents propres au sexe féminin sont bien souvent d'une nature telle que la morale de la société actuelle n'est pas prête à les apprécier à leur juste valeur. Nous vivons une époque dominée par les hommes, nous devons en tenir compte. Dans la société où ce sont les hommes qui tirent les ficelles, une femme hors du commun, talentueuse, suscite la suspicion et l'hostilité. Je ne voudrais pas que mes filles se sentent malheureuses.

— Et à part cela, comment est bâti votre système ? Comment procède-t-on, disons, à la sélection des enfants ? demanda Eraste Pétrovitch avec la plus vive curiosité.

— Vraiment, cela vous intéresse ? se réjouit la baronne. Venez avec moi dans le bâtiment scolaire et vous verrez tout de vos propres yeux.

Avec une agilité étonnante pour son âge, elle bondit de son siège, toute disposée à faire le guide.

Fandorine s'inclina respectueusement, et milady entraîna le jeune homme, le faisant tout d'abord passer par un couloir puis par la longue galerie qui menait au bâtiment principal.

En chemin, elle raconta :

— Cette institution est toute nouvelle, elle a été ouverte il y a trois semaines, et notre travail n'en est qu'à son début. Mes gens ont recueilli – dans les refuges pour orphelins et même, pour certains, directement dans la rue – cent vingt garçons entre quatre et douze ans. Au-delà de cet âge, il est difficile d'en faire quelque chose, la personnalité est déjà affirmée. Pour commencer, nous avons réparti les garçons par tranches d'âge, chaque groupe ayant son maître attitré, spécialiste d'une période particulière de l'enfance. Le rôle principal du maître consiste à observer les enfants et, progressivement, à leur confier différentes tâches simples à exécuter. Ces tâches s'apparentent à des jeux, mais, grâce à elles, il est facile de déterminer l'orientation générale de la personnalité de chacun. Au cours de cette première étape, il convient d'identifier ce qui, dans un enfant donné, est le plus talentueux : le corps, la tête ou l'intuition. Ensuite, les enfants seront de nouveau répartis en groupes, mais cette fois non plus selon leur âge mais en fonction de leur profil : les intellectuels, les artistes, les manuels, les leaders, les sportifs et ainsi de suite. Peu à peu, le profil s'affine, et il n'est pas rare que les garçons les plus âgés bénéficient d'une préparation individuelle. Comme je vous l'ai dit, je travaille avec les enfants depuis quarante ans, et vous n'imaginez pas le degré de réussite qu'ont atteint beaucoup de mes pupilles, cela dans les domaines les plus divers.

— C'est grandiose, milady ! s'émerveilla Eraste Pétrovitch. Mais où trouvez-vous donc d'aussi remarquables pédagogues ?

— Je paie très bien mes enseignants, car la pédagogie est la plus importante de toutes les sciences, fit la baronne avec toute la force de sa conviction. En outre, beaucoup de mes anciens élèves expriment le désir de rester dans les esthernats en tant qu'éducateurs. Ce qui est bien naturel. Après tout, l'esthernat est l'unique famille qu'ils aient jamais connue.

Ils pénétrèrent dans un vaste hall de récréation sur lequel donnaient plusieurs salles de classe.

— Où vais-je donc vous emmener ? s'interrogea lady Esther. Tenez, la salle de physique, par exemple. Mon merveilleux ami le docteur Blank y donne en ce moment même un cours expérimental. C'est un ancien de mon esthernat de Zurich, un physicien génial. Pour l'attirer à Moscou, je lui ai fait aménager un laboratoire pour ses expériences sur l'électricité. En contrepartie, il doit montrer aux enfants toutes sortes de tours et de phénomènes amusants afin de susciter leur intérêt pour la physique.

La baronne frappa à l'une des portes, et ils jetèrent un coup d'œil dans la classe. Assis à leur pupitre, se trouvaient une dizaine de garçonnets âgés de onze ou douze ans, vêtus d'un uniforme bleu portant sur le col la lettre E brodée en fils d'or. Tous retenaient leur souffle en regardant le jeune monsieur à l'air renfrogné, aux énormes favoris, à la redingote d'une propreté douteuse et à la chemise défraîchie qui faisait tourner une roue de verre d'où fusaient des étincelles bleues.

— *Ich bin sehr beschäftigt, milady ! Später, später*[1] ! cria le docteur Blank avec irritation.

Puis, s'adressant aux enfants, il dit dans un russe approximatif : « Maintenant, mezieus, vous voir vrai petit arc-en-ziel ! Le nom est *Blank Regenbogen*, « Arc-en-ziel de Blank ». Z'est moi inventer quand jeune comme vous.

De l'étrange roue jusqu'à la table encombrée de tous les appareils de physique possibles et imaginables, s'étira brusquement un petit arc-en-ciel à sept cou-

1. Je suis très occupé, milady ! Après, après !

leurs, d'un éclat extraordinaire, qui arracha aux enfants un cri émerveillé.

— Un peu fou, mais un vrai génie, murmura lady Esther à Fandorine.

Au même moment, un hurlement d'enfant se fit entendre.

— Mon Dieu ! s'écria milady en portant la main à son cœur. Cela venait de la salle de gymnastique ! Vite, allons-y !

Elle se précipita dans le couloir, Fandorine à sa suite. Ensemble, ils firent irruption dans une grande salle claire dont le sol était presque entièrement recouvert de matelas de cuir. Le long des murs étaient disposés les équipements sportifs les plus divers : espaliers suédois, anneaux, cordes à grimper, tremplins. Les fleurets et les masques d'escrime côtoyaient les gants de boxe et les haltères. Une bande de gamins de six ou sept ans étaient agglutinés autour d'un des tapis. Ecartant les enfants, Eraste Pétrovitch vit un garçonnet qui se tordait de douleur et au-dessus duquel était penché un jeune homme d'une trentaine d'années en maillot de gymnastique. Il avait des cheveux bouclés d'un roux flamboyant, des yeux verts et un visage volontaire, entièrement parsemé de taches de rousseur.

— Eh bien, eh bien, mon mignon, disait-il en russe, avec un léger accent. Montre-moi ta petite jambe, n'aie pas peur. Je ne te ferai pas mal. Sois un homme, ne pleure pas. *Fell from the rings, m'lady*, expliqua-t-il à la baronne. *Weak hand. I am afraid the ankle is broken. Would you please tell Mr Izyumoff*[1] ?

---

1. Il est tombé des anneaux, milady. Il n'a pas de force dans les mains. Je crains qu'il ne se soit cassé la cheville. Pourriez-vous prévenir monsieur Izioumov, s'il vous plaît ?

Milady acquiesça sans un mot et, entraînant Eraste Pétrovitch avec elle, elle sortit à la hâte de la salle.

— Je vais chercher notre docteur, monsieur Izioumov, dit-elle précipitamment. Ce sont malheureusement des choses qui arrivent souvent. Les enfants sont les enfants... C'était Gerald Cunningham, mon bras droit. Un ancien de l'esthernat de Londres. Un pédagogue brillant. Il est à la tête de la filiale russe. En six mois, il a appris cette difficile langue qu'est la vôtre et qui me donne tant de mal. L'automne passé, Gerald a ouvert l'esthernat de Pétersbourg, et il est temporairement ici pour m'aider à mettre les choses en place. Sans lui, je suis comme une infirme.

Arrivée devant une porte portant l'inscription *Médecin*, elle s'arrêta.

— Je vous prie de m'excuser, sir, mais il va falloir interrompre notre entretien. Une autre fois, d'accord ? Revenez demain, nous poursuivrons. A propos, vous vouliez m'entretenir d'une affaire, n'est-ce pas ?

— Rien d'important, milady, répondit Fandorine en rougissant. En fait, je... mais ce sera pour une autre fois. Je souhaite plein succès à votre noble entreprise.

Il s'inclina maladroitement et s'éloigna à la hâte. Eraste Pétrovitch était mort de honte.

* * *

Fandorine, tout piteux, entra dans le bureau de son chef. Les stores étaient tirés et sur la table brûlait une lampe, car le soir commençait à tomber.

— Alors, vous avez pris la méchante dame en flagrant délit ? lança joyeusement Brilling, levant la tête de quelque diagramme compliqué. Laissez-moi deviner. Milady n'a jamais de sa vie entendu parler de mister Kokorine et encore moins de miss Béjetskaïa, et l'information concernant le testament du suicidé l'a terriblement bouleversée. C'est bien cela ?

Eraste Pétrovitch se contenta de soupirer.

— J'ai rencontré cette personne à Pétersbourg. Sa demande relative au développement de son activité pédagogique en Russie a été examinée chez nous, à la Troisième Section. Elle vous a parlé de ses débiles géniaux ? Parfait, maintenant au travail. Asseyez-vous à la table, ordonna le chef en faisant signe à Fandorine d'approcher. Une nuit passionnante vous attend.

Eraste Pétrovitch sentit une délicieuse inquiétude le chatouiller de l'intérieur. Tel était l'effet que produisait sur lui le contact avec monsieur le conseiller d'Etat.

— Votre cible est Zourov. Vous l'avez déjà vu, vous avez donc une certaine idée de l'individu. Entrer chez le comte n'est pas difficile, il n'y a besoin d'aucune recommandation. Sa maison est une espèce de tripot, pas vraiment clandestin. Les manières y sont du genre officiers des hussards ou de la Garde, ce qui n'empêche pas la canaille d'y traîner. A Piter, Zourov tenait une maison du même genre, mais après une descente de la police, il s'est replié sur Moscou. Il est libre comme l'air, depuis trois ans il figure dans les effectifs de son régiment comme étant en congé illimité. Je vous expose en quoi consiste votre mission. Essayez de vous introduire chez lui et de vous en approcher le plus possible, observez son entourage. Votre homme aux yeux pâles ne serait-il pas là ? Mais attention, pas d'initiative intempestive ; contre cet homme, vous ne vous en sortirez pas tout seul. D'ailleurs, il est peu probable qu'il se trouve là-bas... Je n'exclus pas que le comte s'intéresse à vous : vous vous êtes rencontrés chez Béjetskaïa, à laquelle Zourov n'est manifestement pas indifférent. Agissez en fonction de la situation. Mais n'en faites pas trop. On ne rigole pas avec ce monsieur. Il joue malhonnêtement, il est connu dans ce milieu comme un tricheur professionnel et, s'il est pris la main dans le sac, il déclenche la bagarre. Il a dix duels à son actif, et encore nous ne les connaissons pas tous. D'ailleurs, il n'a pas besoin de duel pour fendre le crâne à quelqu'un. Par exemple, en 72, à la foire de Nijni-Novgorod, il a eu une altercation aux cartes avec un marchand du nom de Svichtchov. Eh bien, il a tout bonnement balancé le barbu par la fenêtre. Du deuxième étage. Le pauvre type était complètement déglingué, il est resté un mois à beugler sans pouvoir articuler un mot. Quant au comte, il s'en est sorti sans être le moins du monde inquiété. Il a des parents très influents dans les hautes sphères. Ça, c'est quoi ? demanda Ivan Frantsévitch, fidèle à son habitude de passer du coq à l'âne, alors qu'il posait un jeu de cartes sur la table.

— Des cartes, répondit Fandorine, étonné.

— Vous jouez ?

— Pas du tout. Papa m'a toujours interdit de toucher aux cartes en disant qu'il avait suffisamment joué pour lui-même, pour moi et pour les trois générations de Fandorine à venir.

— Dommage, fit Brilling, l'air préoccupé. Sans cela, vous n'avez rien à faire chez le comte. Bon, prenez un papier et notez...

Un quart d'heure plus tard, Eraste Pétrovitch savait déjà reconnaître sans hésiter les couleurs et connaissait l'ordre des cartes, à cela près qu'il avait tendance à s'emmêler dans les figures : il oubliait toujours si c'était la dame qui battait le valet ou le contraire.

— Vous êtes un cas désespéré, résuma le chef. Mais ce n'est pas grave. Chez le comte, on ne joue pas à la préférence ni à aucun autre jeu un tant soit peu intellectuel. On aime les jeux les plus primitifs, pourvu que cela aille vite et que l'on joue gros. Selon les rapports des agents, Zourov a une prédilection pour le *stoss*, et encore dans une version simplifiée. Je vous explique les règles. Celui qui distribue les cartes s'appelle le banquier. L'autre est le ponte. Chacun dispose de son propre jeu de cartes. Le ponte choisit une carte de son paquet, disons un neuf. Il la pose, chemise sur le dessus.

— La chemise, ce sont les dessins qui figurent au dos de la carte ? se fit préciser Fandorine.

— Oui. Maintenant le ponte mise, supposons dix roubles. Le banquier commence alors « la taille » : il découvre la première carte de son paquet et la pose à droite (elle s'appelle « lob »), il pose la seconde à gauche (elle s'appelle « sonnik »).

« Lob à dr., sonnik à gch. », s'empressa de noter Fandorine dans son bloc-notes.

— Maintenant le ponte découvre son neuf. Si le « lob » se révèle être aussi un neuf, peu importe la couleur, le banquier ramasse la mise. Cela s'appelle « battre le neuf ». Dans ce cas, la banque, c'est-à-dire la somme d'argent en jeu, grossit. Si le neuf est le « sonnik », c'est-à-dire la deuxième carte, c'est le ponte qui gagne. On dit qu'il a « trouvé le neuf ».

— Et si aucune des deux cartes n'est un neuf ?

— S'il n'y a pas de neuf dans la première paire, le banquier en étale une deuxième. Et ainsi de suite jusqu'à ce qu'un neuf sorte. Voilà en tout et pour tout en quoi consiste le jeu. C'est rudimentaire, mais on peut y laisser jusqu'à sa dernière chemise, surtout quand on est le ponte et que l'on double la mise à chaque fois.

C'est pourquoi, retenez bien ça, Fandorine, vous devez toujours tenir la place du banquier. C'est simple – une carte à droite, une carte à gauche ; une carte à droite, une carte à gauche. Le banquier ne perd jamais plus que la mise initiale. Ne vous asseyez jamais à la place du ponte, et si vous y êtes obligé par tirage au sort, misez petit. La partie de *stoss* est limitée à cinq manches, après quoi, tout ce qui reste dans la banque est acquis au banquier. Maintenant, allez à la caisse prendre deux cents roubles à perdre.

— Deux cents roubles ! Tant que ça ?

— Non pas « tant que ça », mais « seulement ça ». Faites en sorte de tenir toute la nuit avec cette somme. Si vous perdez rapidement, vous n'êtes pas obligé de partir tout de suite, vous pouvez rester encore un certain temps à fureter ici et là. Mais sans éveiller les soupçons, c'est bien clair ? Vous jouerez chaque soir jusqu'à ce que vous obteniez un résultat. Et s'il s'avère que Zourov n'est pas impliqué dans l'affaire, ce sera aussi un résultat. Cela nous fera une hypothèse de moins.

Eraste Pétrovitch remuait les lèvres en regardant son aide-mémoire.

— Les piques sont bien noirs, et les cœurs rouges ?

— Oui, les cœurs sont rouges, c'est logique. Passez à l'atelier de couture. On vous a préparé une tenue à vos mesures, et demain vers midi, on vous aura taillé une garde-robe complète pour toutes les occasions. Allez, en avant marche, Fandorine, j'ai suffisamment à faire sans vous. Sitôt après Zourov, revenez ici. Peu importe l'heure. De toute façon, je vais passer la nuit au bureau.

Et Brilling de replonger le nez dans ses papiers.

Chapitre huitième,
où un valet de pique surgit fort mal à propos

Dans la pièce enfumée, on jouait – soit à quatre, soit à deux – autour de six tables recouvertes de tapis verts. Outre les joueurs, les observateurs se pressaient autour des tables – en petit nombre à celles où l'on jouait petit ; en masse là où les mises atteignaient des sommets. On ne servait ni à boire ni à grignoter chez le comte, mais ceux qui le désiraient pouvaient aller au salon et envoyer le laquais chez le traiteur. Toutefois, on ne recourait à cette formule que pour aller quérir du champagne, à l'occasion d'un coup particulièrement heureux. De toutes parts fusaient des exclamations décousues, peu compréhensibles au néophyte :

— *Je coupe !*

— *Je passe.*

— Deuxième manche.

— *Retournez la carte !*

— Le six est battu !

Et ainsi de suite...

La table où s'agglutinaient le plus grand nombre de curieux était celle où l'on jouait le plus gros et seul à seul. Le maître de maison était le banquier, le ponte, un monsieur transpirant, étriqué dans une redingote à la coupe très ajustée comme le voulait la dernière mode. Apparemment, la chance ne souriait guère au ponte – il se mordait les lèvres, s'énervait, tandis que le comte était le sang-froid même, se contentant de sourire mielleusement sous ses moustaches noires et d'aspirer la fumée d'une pipe turque à long tuyau recourbé. Ses doigts puissants et soignés, étincelants de bagues, lançaient habilement les cartes en les retournant – une à droite, une à gauche.

Parmi les curieux, un peu à l'écart, se tenait discrètement un jeune homme aux cheveux noirs et aux joues roses, dont la physionomie n'avait rien de celle d'un joueur. Tout homme d'expérience reconnaissait d'emblée en lui un jeune homme de bonne famille, égaré pour la première fois autour des tapis verts et intimidé par tout ce qu'il voyait. A plusieurs reprises, de vieux routiers à la raie brillantinée lui avaient proposé de « taper la carte », mais sans résultat – le jeune homme misait exclusivement cinq roubles par cinq roubles et refusait catégoriquement de « monter ». Gromov, un flambeur connu du Tout-Moscou du jeu, avait même essayé d'« appâter » le garçon en lui faisant gagner cent roubles, mais il en avait été pour son argent. A aucun moment les yeux du jeune homme aux joues roses ne s'étaient enflammés ni ses mains mises à trembler. Le client n'offrait aucune perspective.

Pendant ce temps, Fandorine (puisque, évidemment, c'est de lui qu'il s'agissait) croyait glisser à travers la pièce telle une ombre invisible, sans attirer sur lui la moindre attention. Pour l'instant, à vrai dire, sa récolte était plutôt mince. A un moment, il avait surpris un monsieur à la mine respectable en train de chiper discrètement sur une table une demi-impériale en or, avant de s'éloigner le plus dignement du monde. Deux officiers se disputaient bruyamment dans le couloir, mais Eraste Pétrovitch ne comprenait rien à l'objet du litige : un lieutenant des dragons affirmait avec véhémence qu'il n'était pas une quelconque girouette et qu'il ne racontait pas de craques, tandis qu'un cornette des hussards lui reprochait d'être un *sicher*.

Zourov, auprès de qui Fandorine se retrouvait par intermittence, était manifestement comme un poisson dans l'eau dans cet environnement, et, en fait de poisson, plutôt un requin que du menu fretin. Un mot de lui suffisait pour étouffer dans l'œuf toute velléité de scandale, et, une fois, au premier geste du maître des lieux, deux laquais à la carrure impressionnante avaient pris par les coudes un brailleur qui refusait de se calmer et l'avaient flanqué à la porte en deux temps trois mouvements. Le comte s'obstinait à ne pas reconnaître Eraste Pétrovitch, bien que celui-ci eût à plusieurs reprises surpris sur lui son regard vif et hostile.

— Cinquième et dernière manche, mon cher, déclara Zourov.

Pour une raison quelconque, cette annonce mit le ponte dans un état d'extrême agitation.

— Je plie le canard ! lança-t-il d'une voix tremblante en cornant deux coins de sa carte.

Un murmure passa parmi les observateurs, tandis que, rejetant de son front transpirant une mèche de cheveux, le ponte jetait sur la table un paquet de billets de toutes les couleurs.

— Qu'entend-on par « canard » ? demanda à mi-voix Eraste Pétrovitch en s'adressant à un petit vieux au nez rouge qui lui paraissait inoffensif.

— Cela signifie quadrupler la mise, lui expliqua volontiers son voisin. Dans l'espoir de prendre une revanche complète au dernier tour.

Le comte, indifférent, lâcha un nuage de fumée et posa un roi à droite, un six à gauche.

Le ponte découvrit un as de cœur.

Zourov hocha la tête, puis aussitôt posa un as noir à droite, un roi rouge à gauche.

Fandorine entendit un murmure admiratif :

— Quel orfèvre !

De plus en plus transpirant, le perdant faisait peine à voir. Il suivit du regard le tas de billets qui allaient s'entasser sous le coude du comte et il demanda timidement :

— Serait-il possible de jouer un dernier coup sur parole ?

— Impossible, répondit paresseusement Zourov. A qui le tour, messieurs ?

Subitement son regard s'arrêta sur Eraste Pétrovitch.

— Il semble que nous nous soyons déjà rencontrés, n'est-ce pas ? Monsieur Fédorine, si je ne m'abuse ?

— Fandorine, corrigea Eraste Pétrovitch en rougissant atrocement.

— Pardon. Qu'avez-vous à tout lorgner de cette façon ? Nous ne sommes pas au théâtre. Puisque vous êtes là, jouez. Je vous en prie, ajouta-t-il en indiquant la place qui venait de se libérer.

— Choisissez vous-même les paquets de cartes, susurra le brave petit vieux à l'oreille de Fandorine.

Eraste Pétrovitch prit place et, observant les consignes, il lança d'un ton ferme et résolu :

— Simplement, Votre Honneur, permettez que je tienne la banque. Privilège du novice. Quant aux paquets, je préférerais... celui-ci et celui-là.

Ce disant, il tendit la main vers le plateau de cartes cachetées et prit les deux paquets se trouvant tout en dessous.

Zourov sourit de façon encore plus désagréable :

— Eh bien, monsieur le novice, la condition est acceptée, mais sous une réserve, toutefois : après, ce sera à mon tour d'être le banquier. Et maintenant, quelle mise ?

Fandorine hésita, sa belle assurance l'ayant abandonné aussi vite qu'elle lui était venue.

— Cent roubles ? suggéra-t-il timidement.

— Vous plaisantez ? Vous n'êtes pas dans l'arrière-salle d'une vulgaire gargote.

— Bien, trois cents.

Eraste Pétrovitch posa sur la table tout l'argent dont il disposait, y compris les cent roubles précédemment gagnés.

— *Le jeu n'en vaut pas la chandelle,* fit le comte en haussant les épaules. Mais pour un début cela ira.

Il sortit une carte de son jeu et, dessus, jeta négligemment trois billets de cent roubles.

— Je vous suis pour trois cents.

Lob à droite, se souvint Eraste Pétrovitch en posant à sa droite une dame avec de petits cœurs rouges et à sa gauche un sept de pique.

De deux doigts, Hippolyte Alexandrovitch retourna sa carte et esquissa une grimace. C'était une dame de carreau.

— Bravo, le novice ! dit quelqu'un avec un sifflement admiratif. Il a joliment coiffé la dame.

Fandorine battit maladroitement son paquet de cartes.

— A la hauteur, annonça le comte, l'air narquois, en jetant six billets sur la table. Qui ne risque rien n'a rien.

Mais comment la carte de gauche s'appelle-t-elle donc ? continuait à se demander Eraste Pétrovitch. Celle-ci, c'est le « lob », et l'autre... diable. C'est vraiment gênant. Et comment le savoir ? Jeter un coup d'œil à son aide-mémoire eût été ridicule.

— Bravo ! s'exclamèrent les spectateurs. *C'est un jeu intéressant,* comte, vous ne trouvez pas ?

Eraste Pétrovitch vit qu'il venait de gagner à nouveau.

— Veuillez donc cesser de parler français ! Franchement, on se demande d'où vient cette stupide habitude de truffer le russe de locutions françaises, dit Zourov avec exaspération en se tournant vers l'auteur de la dernière remarque. Donnez, Fandorine, donnez. On ne va pas vous attendre jusqu'à la saint-glinglin. A la hauteur de la banque.

A droite, un valet, c'est le « lob », à gauche, un huit, c'est le...

Hippolyte Alexandrovitch découvrit un dix. Fandorine le battit au quatrième coup.

La table était entourée de toutes parts, et le succès d'Eraste Pétrovitch était apprécié à sa juste valeur.

— Fandorine, Fandorine... marmotta distraitement Hippolyte Alexandrovitch, en tapotant son paquet de cartes.

Finalement, il tira une carte, puis il compta deux mille quatre cents roubles qu'il posa sur la table.

Son six de pique fut battu dès le premier coup.

— Quel drôle de nom de famille ! s'exclama le comte, laissant éclater sa fureur. Fandorine ! C'est d'origine grecque ou quoi ? Fandorakis, Fandoropoulos !

— Pourquoi grecque ? s'offusqua Eraste Pétrovitch, qui gardait fraîches en mémoire les plaisanteries de ses imbéciles de condisciples à propos de son antique nom de famille (au collège, le surnom d'Eraste Pétrovitch était *Foundouk*[1]). Notre famille, comte, est tout aussi russe que la vôtre. Les Fandorine étaient déjà au service du tsar Alexandre Mikhaïlovitch.

— Et comment donc, intervint le même petit vieux au nez rouge, protecteur d'Eraste Pétrovitch. Sous Catherine la Grande, il y avait un Fandorine qui a laissé des Mémoires très intéressants.

— Des Mémoires, des Mémoires, en attendant je me fais avoir, rima Zourov d'un air morose en entassant une petite montagne de billets. A la hauteur de la banque ! Et donnez les cartes, que diable !

— *Le dernier coup, messieurs !* entendit-on dans la foule.

Tous regardaient avidement les deux tas de billets froissés : de taille égale, l'un se trouvait devant le banquier, l'autre devant le ponte.

Au milieu du silence le plus total, Fandorine décacheta deux paquets de cartes neuves, continuant désespérément à essayer de se remémorer le nom de cette fichue carte de gauche. *Malinnik* ? *Limonnik* ?

A droite un as, à gauche un as aussi. Zourov découvrit un roi. A droite une dame, à gauche un dix. A droite un valet, à gauche une dame (au fait, quelle carte est la plus forte – le valet ou la dame ?). A droite un sept, à gauche un six.

— Ne me soufflez pas dans la nuque ! cria furieusement le comte, obligeant ceux qui étaient derrière lui à se reculer.

A droite un huit, à gauche un neuf. A droite un roi, à gauche un dix. Un roi !

---

1. Mot russe signifiant « noyer ». (*N.d.T.*)

Cris et rires explosèrent autour de la table. Hippolyte Alexandrovitch restait assis, comme pétrifié.

Sonnik ! se souvint Eraste Pétrovitch avec un sourire réjoui. La carte de gauche, c'est le *sonnik*. Quel nom bizarre !

Soudain Zourov se pencha par-dessus la table et, de ses doigts d'acier, il pinça les lèvres de Fandorine.

— N'ayez pas le toupet de sourire ! Vous raflez la mise, ayez au moins l'élégance de vous conduire civilement ! maugréa le comte d'une voix féroce en s'approchant un peu plus.

Ses yeux injectés de sang faisaient peur à voir. L'instant suivant, il assena une tape au menton de Fandorine, puis se renversa contre le dossier de sa chaise et croisa les bras.

— Comte, vous dépassez la mesure ! s'indigna un des officiers.

— Je ne m'enfuis pas, que je sache, répliqua Zourov entre ses dents, sans quitter Fandorine des yeux. Si quelqu'un se sent offensé, je suis prêt à en répondre.

Un silence de mort s'abattit sur la salle.

Les oreilles d'Eraste Pétrovitch bourdonnaient horriblement, mais pour l'heure une seule chose lui importait : ne pas céder à la peur. Il craignait aussi que sa voix tremblante ne le trahisse.

— Vous n'êtes qu'une canaille sans scrupules. Vous ne voulez simplement pas payer, dit Fandorine, dont la voix trembla malgré tout, ce qui maintenant était sans importance. Vous m'en répondrez sur le pré.

— On joue les héros en public ? dit Zourov en tordant la bouche. Nous verrons si vous faites toujours aussi bonne figure face au canon d'un pistolet. A vingt pas. Cela ne vous fait pas peur ?

Si, terriblement, pensa Eraste Pétrovitch. Akhtyrtsev disait qu'à vingt pas Zourov était capable d'atteindre une pièce de cinq kopecks, à plus forte raison un front. Ou, encore mieux, un ventre. Fandorine fut parcourut d'un frisson. Il n'avait jamais eu en main un pistolet de duel. Une fois, Ksavéri Féofilaktovitch l'avait emmené au stand de tir de la police pour qu'il s'exerce à tirer au colt, mais c'était complètement différent. Celui-là allait le tuer, et le tuer pour des prunes. Et il ferait cela proprement, on pouvait en être sûr. Il y avait pléthore de témoins. Une dispute entre joueurs, une affaire banale. Le comte serait mis aux arrêts pendant un mois puis serait libéré ; il avait des parents influents, alors qu'Eraste Pétrovitch n'avait personne. On allongerait le registrateur de collège entre quatre planches, on le mettrait en terre, et personne ne viendrait aux obsèques. Sinon peut-être Grouchine et Agraféna Kondratievna. Et Lisanka lirait un entrefilet dans le journal et penserait incidemment : dommage, un policier tellement délicat et si jeune. Mais non, elle ne lirait rien du tout. Emma ne lui donnait certainement pas les journaux. Quant au chef, à tous les coups il dirait : moi qui lui avais fait confiance, à cet idiot, il s'est fait avoir comme un bleu. Il s'est mis en tête de se battre en duel, de jouer les héros romantiques. Et là-dessus il cracherait.

— Pourquoi ne dites-vous rien ? demanda Zourov avec un sourire féroce. A moins que l'envie de vous battre ne vous soit passée ?

Eraste Pétrovitch eut alors une idée salvatrice. Il ne fallait pas se battre maintenant, mais au plus tôt le lendemain matin. Bien sûr, courir se plaindre au chef était une bassesse indigne de lui. Mais Ivan Frantsévitch avait dit que d'autres agents tenaient Zourov à l'œil. Il était même tout à fait possible qu'ici, dans cette salle, se trouvât un des hommes du chef. Il pouvait relever le défi, sauver l'honneur, et si, par exemple, la police faisait une descente demain dès l'aube et arrêtait le comte Zourov comme tenancier de tripot, Fandorine ne serait pas responsable. Il n'en saurait même rien – Ivan Frantsévitch n'avait pas besoin de lui pour savoir comment agir.

Le salut était, peut-on dire, dans la poche, quand subitement la voix d'Eraste Pétrovitch adopta une conduite autonome, indépendante de la volonté de celui à qui elle appartenait, se lançant dans un discours insensé et, chose étonnante, ne tremblant plus du tout :

— Elle ne m'est pas passée. Simplement, pourquoi remettre les choses à demain ? Allons-y maintenant. A ce que l'on dit, comte, vous vous entraînez du matin au soir avec des pièces de cinq kopecks, et à vingt pas, justement. (Zourov devint rouge écarlate.) Eh bien, procédons plutôt autrement, si vous n'avez pas peur. (Le récit d'Akhtyrtsev ne pouvait pas mieux tomber ! Inutile de se creuser la tête, tout était déjà inventé.) Tirons au sort, et que le perdant sorte dehors et se tire une balle dans la tête. La chose est simple et provoque le minimum de désagréments. Un individu perd au jeu et se tue – rien que d'habituel. Et ces messieurs vont donner leur parole d'honneur que tout cela restera secret. N'est-ce pas, messieurs ?

Un murmure s'éleva parmi les messieurs, dont les opinions étaient partagées : les uns se disaient immédiatement prêts à donner leur parole d'honneur, les autres, en revanche, proposaient d'oublier la querelle et de boire à la réconciliation. Un commandant à l'opulente moustache s'exclama même : « Bougrement courageux, le gamin ! », ce qui fit redoubler d'ardeur Eraste Pétrovitch.

— Alors, comte ? s'écria-t-il avec l'impertinence du désespoir, perdant définitivement toute retenue. Serait-il plus facile de transpercer une pièce de cinq kopecks que son propre front ? Ou bien craignez-vous de louper votre coup ?

Zourov se taisait, considérant le valeureux garçon avec curiosité et l'air de supputer quelque chose.

— Eh bien, finit-il par dire avec un rare sang-froid. Les conditions sont acceptées. Jean !

Immédiatement un laquais empressé accourut auprès du comte. Hippolyte Alexandrovitch lui dit :

— Un revolver, un jeu neuf et une bouteille de champagne.

Puis il lui chuchota autre chose à l'oreille.

Deux minutes plus tard, Jean était de retour avec un plateau. Il dut jouer des coudes pour se frayer un chemin, car, désormais, les hommes présents dans le salon étaient tous sans exception rassemblés autour de la table.

D'un geste habile et rapide comme l'éclair, Zourov rejeta en arrière le barillet d'un Lefaucheux à douze coups et montra que toutes les balles étaient à leur place.

— Voici le paquet de cartes. (Ses doigts déchirèrent l'étroite enveloppe avec un crissement délicieux.) A mon tour de faire le banquier, dit-il, éclatant de rire, manifestement d'humeur gaillarde. Les règles sont simples : le premier qui tire une carte de couleur noire se loge une balle dans le crâne. Vous êtes d'accord ?

Fandorine acquiesça d'un signe de tête silencieux, commençant à comprendre qu'il s'était fait abuser, monstrueusement rouler, et qu'on allait pouvait-on dire l'assassiner, et cela de manière encore plus sûre qu'à vingt pas, sur le pré. L'habile Hippolyte l'avait pris à son propre jeu et l'avait battu à plates coutures ! Rien ne pouvait empêcher un pareil expert de tirer la bonne carte, dans son propre paquet de surcroît ! Il était probable que le jeu tout entier était pipé.

Pendant ce temps, Zourov, après s'être signé démonstrativement, retourna la première carte du paquet. Une dame de carreau.

— Cette chère Vénus, fit le comte avec un sourire effronté, elle me sauve toujours. A votre tour, Fandorine.

Protester ou marchander eût été avilissant, il était trop tard pour exiger un autre paquet de cartes. Et tergiverser eût été honteux.

Eraste Pétrovitch tendit la main et découvrit un valet de pique.

Chapitre neuvième,

où de belles perspectives de carrière s'ouvrent à Fandorine

— Lui, c'est Momus, c'est-à-dire le simple d'esprit, expliqua Hippolyte en s'étirant voluptueusement. Un verre de champagne pour vous donner du courage ou préférez-vous sortir tout de suite ?

Eraste Pétrovitch restait assis, tout rouge. Il suffoquait de rage – non pas envers le comte mais envers lui-même, parfait idiot qu'il était. A vrai dire, un tel imbécile ne méritait même pas de vivre.

— J'en finirai ici même, marmonna-t-il avec hargne en se disant qu'il allait au moins jouer un dernier tour de cochon au maître des lieux. Votre roublard de valet n'aura ensuite qu'à laver par terre. Quant au champagne, faites-m'en grâce : il me donne mal à la tête.

Sans décolérer un seul instant et s'efforçant de ne penser à rien, Fandorine saisit le lourd revolver, releva le chien, puis, après une seconde d'hésitation – où tirer ? mais après tout peu importe –, il enfonça le canon dans sa bouche, compta mentalement « trois, deux, un » et pressa la détente, si fort que le canon lui meurtrit douloureusement la langue. Toutefois, aucun coup de feu ne s'ensuivit – seulement le bruit sec d'un déclic. Ne comprenant rien, Eraste

Pétrovitch pressa à nouveau la détente – même déclic, sinon que cette fois le métal grinça odieusement contre une dent.

— Bon, cela suffit, cela suffit ! s'écria Zourov en lui reprenant le revolver et en lui donnant une tape sur l'épaule. Sacré gaillard ! Il s'est tiré dessus sans faire de simagrées, sans la moindre hystérie. Magnifique, cette nouvelle génération, n'est-ce pas, messieurs ? Jean, sers le champagne, monsieur Fandorine et moi allons boire à l'amitié.

Saisi par une étrange apathie, Eraste Pétrovitch obéit docilement : d'un air las, il avala le liquide pétillant jusqu'à la dernière goutte ; du même air las, il échangea le baiser de l'amitié avec le comte, lequel lui demanda de l'appeler désormais simplement Hippolyte. Autour, tous vociféraient et riaient, mais leurs voix parvenaient plus ou moins brouillées à Fandorine. Le champagne lui avait piqué le nez, et des larmes lui étaient montées aux yeux.

— Et qu'est-ce que tu dis de Jean ? demanda le comte en riant. En une minute il a enlevé toutes les balles. Habile, non ? Qu'en penses-tu, Fandorine ?

— Habile, approuva Eraste Pétrovitch avec indifférence.

— Eh oui, eh oui. Au fait, comment t'appelles-tu ?

— Eraste.

— Allons-y, Eraste de Rotterdam, allons dans mon bureau boire du cognac. J'en ai soupé de ces sales gueules.

— Erasme, corrigea mécaniquement Fandorine.

— Quoi ?

— Pas Eraste, Erasme.

— Excuse-moi, j'avais mal entendu. Allons-y, Erasme.

Fandorine se leva docilement et suivit son hôte. Ils traversèrent une enfilade de salles et se retrouvèrent dans une pièce de forme ronde, où régnait un remarquable désordre – pipes et chibouks y traînaient çà et là au côté de bouteilles vides ; des éperons d'argent trônaient au beau milieu de la table ; dans un coin, sans que l'on sût ce qu'elle faisait là, était posée une élégante selle anglaise. Fandorine ne comprenait pas ce qui valait à cette pièce le nom de « bureau » : on n'y voyait ni livres ni nécessaire d'écriture.

— Superbe selle, non ? dit fièrement Zourov. Je l'ai gagnée hier, à l'issue d'un pari.

D'une bouteille ventrue, il versa un vin brun foncé dans les verres, s'assit à côté d'Eraste Pétrovitch et, très sérieusement, sur un ton empreint de sincérité, il dit :

— Pardonne-moi, misérable que je suis, pour cette plaisanterie. Je m'ennuie, Erasme. Il y a beaucoup de monde autour de moi, mais pas un seul être humain. J'ai vingt-huit ans, Fandorine, mais c'est comme si j'en avais soixante. Surtout le matin, quand je me réveille. Le soir, la nuit, passe encore – je chahute, je fais l'idiot. Pourtant cela me dégoûte. Avant je m'en fichais, mais maintenant, tout m'écœure de plus en plus. Tu sais, tout à l'heure, quand nous avons tiré au sort, brusquement je me suis dit : et si je me tuais pour de bon ? Franchement, je trouvais l'idée séduisante... Mais pourquoi tu ne dis rien ? Allez, Fandorine, ne sois plus fâché. Je voudrais vraiment que tu ne m'en tiennes pas rigueur. Que dois-je faire pour que tu me pardonnes, hein, Erasme ?

Alors, d'une voix grinçante mais parfaitement distincte, Eraste Pétrovitch prononça :

— Parle-moi d'elle. De Béjetskaïa.

Zourov chassa de son front une épaisse mèche de cheveux.

— Ah oui, j'avais oublié. Tu fais partie de la « traîne ».

— De quoi ?

— C'est moi qui dis ça. Amalia est une reine, il lui faut une traîne, composée d'hommes. Et plus elle est longue, mieux c'est. Un bon conseil : ôte-la-toi de la tête, sinon tu es perdu. Oublie-la.

— Je ne peux pas, répondit honnêtement Eraste Pétrovitch.

— Tu n'es encore qu'un gamin, Amalia t'entraînera immanquablement dans son maelström, comme elle l'a fait pour tant d'autres. Si elle s'est attachée à moi, c'est sans doute parce que j'ai refusé de l'y suivre. Je n'avais nul besoin du sien, j'ai mon propre gouffre. Il n'est pas aussi profond que le sien, mais peu importe, il suffit à se noyer.

— Tu l'aimes ? demanda Fandorine, considérant que sa qualité d'offensé l'autorisait à parler sans détours.

— Elle me fait peur, répliqua Hippolyte avec un rire lugubre. Je la crains plus que je ne l'aime. Et d'ailleurs cela n'a rien à voir avec l'amour. Tu n'as jamais goûté à l'opium ?

Fandorine secoua négativement la tête.

— Tu essaies une fois, et durant toute ta vie tu n'aspires plus qu'à recommencer. Elle est exactement comme ça. Elle ne me lâche pas ! Je le vois bien, elle me méprise, elle ne me tient en aucune estime, mais elle a repéré quelque chose en moi. Pour mon plus grand malheur ! Tu sais, je suis heureux qu'elle soit partie. Vraiment. Une fois, j'ai pensé à la tuer, cette sorcière. A l'étrangler de mes propres mains pour qu'elle ne me tourmente plus. Et elle l'a bien senti. Oh, mon frère, c'est qu'elle est intelligente ! Je lui étais surtout précieux en cela qu'elle jouait avec moi comme avec le feu – tantôt m'attisant, tantôt m'étouffant, sans jamais perdre de vue qu'un incendie pouvait se déclarer et qu'alors elle y laisserait la vie. Sinon, à quoi lui aurais-je servi ?

Eraste Pétrovitch pensa avec envie que les raisons d'aimer un beau et fougueux jeune homme comme Hippolyte ne manquaient pas, et cela même sans quelque incendie que ce fût. Un tel gaillard devait avoir une multitude de femmes à ses pieds. Comment des gens pouvaient-ils avoir une telle chance ? Toutefois cette considération était hors de propos. Ce qu'il fallait, c'était poser des questions concernant l'affaire.

— Qui est-elle, d'où vient-elle ?

— Je l'ignore. Elle ne s'étend pas volontiers sur son compte. Je sais seulement qu'elle a passé son enfance à l'étranger. En Suisse, d'après ce que j'ai compris, dans une pension.

— Et où se trouve-t-elle à l'heure qu'il est ? demanda Eraste Pétrovitch, à vrai dire sans grand espoir.

Zourov prit ostensiblement son temps pour répondre, et tout en Fandorine se glaça.

— Elle t'intéresse tant que ça ? interrogea le comte d'un air mauvais, une vilaine grimace déformant fugitivement son beau visage capricieux.

— Oui !

— Bien sûr, rien n'empêchera jamais le papillon de se brûler à la chandelle...

Hippolyte fouilla sur sa table parmi tout un tas de cartes de visite, de mouchoirs froissés et de notes de magasins.

— Diable, où est-elle ? Ah oui, je me souviens, dit-il en ouvrant un coffret japonais en laque, au couvercle orné d'un papillon de nacre. Tiens, c'est arrivé par la poste urbaine.

Les doigts parcourus d'un tremblement, Eraste Pétrovitch saisit l'étroite enveloppe sur laquelle, d'une petite écriture penchée et appliquée, était écrit : ***A Son Honneur le comte Hippolyte Zourov, rue de l'Apôtre Jacques, maison particulière***. A en juger par le cachet, la lettre avait été expédiée le 16 mai, le jour même où Béjetskaïa avait disparu.

A l'intérieur de l'enveloppe se trouvait un court message écrit en français et non signé :

Obligée de partir sans te faire mes adieux. Ecris à Londres, Gray Street, hôtel Winter Queen, à l'attention de Ms. Olsen. J'attends. Et n'aie pas l'audace de m'oublier.

— Je l'aurai, cette audace, menaça Hippolyte avec emportement, pour ajouter sitôt après, l'air abattu : Du moins essaierai-je... Prends, Erasme. Fais-en ce que tu veux... Où vas-tu ?

— Je dois partir, dit Fandorine non sans glisser l'enveloppe dans sa poche.

Je suis pressé.

— Ah, ah, fit le comte avec un hochement de tête compatissant. Eh bien, vas-y, jette-toi dans les flammes. C'est ta vie, pas la mienne.

Dans la cour, Eraste Pétrovitch fut rattrapé par Jean, un paquet à la main.

— Tenez, monsieur, vous avez oublié cela.

— Qu'est-ce que c'est ? demanda Fandorine avec irritation tant il était pressé de s'en aller.

— Vous plaisantez, monsieur ? C'est votre gain. Son Honneur m'a ordonné de vous rattraper sans faute et de vous le remettre.

* * *

Eraste Pétrovitch fit un rêve singulier.

Il était assis à un pupitre, dans une salle de classe de son lycée. Il lui arrivait assez souvent de faire de tels rêves, habituellement inquiétants et désagréables : il était de nouveau collégien et, appelé au tableau, il « nageait » face à un problème de physique ou d'algèbre. Cette fois, son rêve n'était pas seulement oppressant mais véritablement terrifiant. Fandorine ne pouvait comprendre la raison de cette peur. Il n'était pas au tableau, mais à son pupitre, entouré de ses condisciples : Ivan Frantsévitch, Akhtyrtsev, un joli garçon au front haut et pâle et aux yeux bruns insolents (dont Eraste Pétrovitch savait que c'était Kokorine), deux collégiennes en tablier blanc et quelqu'un d'autre se tenant de dos. Fandorine avait peur de ce dernier et évitait de le regarder, tournant sans cesse la tête pour mieux observer les deux filles : une petite brune et une blondinette. Elles étaient assises à leur pupitre, leurs bras frêles sagement croisés devant elles. L'une était Amalia, l'autre Lisanka. La première lançait des regards de braise de ses immenses prunelles noires et tirait la langue, tandis que la seconde souriait timidement et baissait ses cils épais. Eraste Pétrovitch vit alors lady Esther, debout devant le tableau, une baguette à la main, et tout s'expliqua : il s'agissait d'une toute nouvelle méthode d'éducation, suivant laquelle garçons et filles étudiaient ensemble. Et très bien, même. Comme si elle avait surpris ses pensées, lady Esther sourit tristement et dit : « Il ne s'agit pas d'enseignement commun, c'est ma classe d'orphelins. Vous êtes tous orphelins, et je dois vous mettre sur la voie. » « Excusez-moi, milady, fit remarquer Fandorine, mais je sais pourtant pertinemment que Lisanka n'est pas une orpheline mais la fille d'un conseiller privé actuel. » « Ah, *my sweet boy*[1], dit milady en souriant plus tristement encore. Elle est une innocente victime, et cela est pareil que si elle était orpheline. » Le personnage effrayant qui était assis devant se retourna lentement et, regardant fixement de ses yeux pâles et transparents, murmura : « Moi, Azazel, je suis aussi un orphelin. » Il cligna de l'œil avec un air de conspirateur puis, dépassant toutes les bornes, il dit avec la voix d'Ivan Frantsévitch : « Et c'est pourquoi, mon jeune ami, il va me falloir vous tuer, ce que je regrette sincèrement... Hé, Fandorine, ne restez pas là, assis comme une bûche. Fandorine ! »

— Fandorine ! cria quelqu'un en secouant Eraste Pétrovitch par l'épaule et en le sortant des affres de son cauchemar. Allez, réveillez-vous, c'est déjà le matin !

Il sortit de sa torpeur, se redressa, tourna la tête. Manifestement, il s'était endormi dans le bureau du chef, où le sommeil l'avait surpris alors qu'il était assis à la table. A travers les rideaux ouverts, une joyeuse lumière matinale se déversait par la fenêtre, et, à côté, se tenait Ivan Frantsévitch, curieusement vêtu en bourgeois : casquette à visière de tissu, cafetan froncé et bottes en accordéon maculées de boue.

— Vous avez sombré après m'avoir attendu en vain, c'est ça ? demanda gaiement le chef. Pardon pour le déguisement, cette nuit j'ai dû m'absenter pour une affaire urgente. Mais allez vous laver, et

1. Mon cher garçon.

cessez de me regarder avec cet air ahuri. Allez, en avant, marche !

Tandis qu'il partait faire sa toilette, Fandorine se remémora les événements de la nuit passée. Il se revit partant de chez Hippolyte en courant comme un dératé, sautant dans un fiacre et ordonnant à un cocher somnolent de foncer rue Miasnitskaïa. Il brûlait de faire part au chef du succès de sa mission, mais Brilling n'était pas sur place. Eraste Pétrovitch s'était tout d'abord soulagé d'un besoin urgent, puis s'était installé dans le bureau pour attendre. Là, il n'avait pas eu conscience de plonger dans le sommeil.

Quand il regagna le bureau, Ivan Frantsévitch s'était déjà changé pour un complet de couleur claire, et il buvait du thé au citron. Un autre verre, dans un sous-verre d'argent, fumait devant lui et, sur un plateau, étaient posés des craquelins et des petits pains.

— Prenons un petit déjeuner, proposa le chef, nous discuterons en même temps. Vos aventures nocturnes me sont connues du début à la fin, mais j'ai des questions.

— D'où les connaissez-vous ? demanda Eraste Pétrovitch chagriné, lui qui s'était délecté par avance du récit qu'il se préparait à faire, non sans à vrai dire omettre certains détails.

— J'avais un agent chez Zourov. Je suis rentré depuis une heure déjà, mais je n'avais pas le cœur à vous réveiller. Je suis resté assis à lire le rapport. Lecture passionnante, je n'en ai même pas pris le temps de me changer.

Il tapota les feuillets couverts d'une écriture serrée.

— C'est un agent avisé, mais son style est épouvantablement fleuri. Il s'imagine posséder un talent littéraire, écrit dans des feuilles de chou sous le pseudonyme de « Maximus Zorki » et rêve d'une carrière de censeur. Mais écoutez plutôt, cela va vous intéresser. Où est-ce... Ah, voilà.

Description de l'objet. Nom : Erasme von Dorn ou von Doren (reconstitué d'oreille). Age : une vingtaine d'années, pas plus. Portrait verbal : deux archines et huit verchoks de haut ; de constitution maigrelette ; cheveux noirs, raides ; ni barbe ni moustache, et il ne semble pas qu'il se rase ; yeux bleu clair, rapprochés, légèrement bridés ; peau blanche, nette ; nez fin, droit ; oreilles bien collées, petites, à lobe court. Signe particulier : rougeur persistante sur les joues. Impressions personnelles : représentant typique de la jeunesse dorée, dépravée et impétueuse, aux instincts de bretteur particulièrement développés. Suite aux événements ci-dessus exposés, il s'est retiré en compagnie du Joueur dans le bureau de ce dernier. Ils ont discuté vingt-deux minutes. Ils parlaient bas, avec des pauses. Derrière la porte, on n'entendait pratiquement rien, mais j'ai toutefois nettement distingué le mot « opium » ainsi que quelque chose à propos de feu. J'ai jugé nécessaire de prendre von Doren en filature, mais celui-ci m'a de toute évidence découvert – il m'a habilement distancié et est parti en fiacre. Je suggère... La suite est sans intérêt, fit le chef en regardant Eraste Pétrovitch d'un air interrogateur. Ainsi, vous avez discuté d'opium ? Ne me faites pas languir, je brûle d'impatience.

Fandorine exposa brièvement l'essentiel de sa conversation avec Hippolyte et montra la lettre. Brilling l'écouta avec la plus vive attention, lui fit préciser quelques points, puis se tut en regardant fixement par la fenêtre. La pause se prolongea une bonne minute. Eraste Pétrovitch resta assis en silence, craignant de gêner le processus de raisonnement de son chef, bien que lui-même eût ses propres réflexions.

— Je suis très content de vous, Fandorine, finit par prononcer le chef, revenant à la vie. Vous avez fait preuve d'une brillante efficacité. Premièrement, il apparaît absolument évident que Zourov n'est pas impliqué dans le crime et qu'il n'a aucun soupçon quant à la nature de votre activité. Dans le cas contraire, vous aurait-il donné l'adresse d'Amalia ? Cela nous débarrasse de l'hypothèse numéro trois. Deuxièmement, vous avez fortement progressé sur l'hypothèse Béjetskaïa. Nous savons maintenant où chercher cette dame. Bravo. J'ai l'intention d'affecter tous les agents ainsi libérés, y compris vous, à l'hypothèse quatre, laquelle me paraît essentielle.

Brilling pointa son doigt en direction du tableau, où, au centre du quatrième rond, était inscrit O N en lettres blanches.

— Comment cela ? s'émut Fandorine. Sauf votre respect, chef...

— Cette nuit, il m'a été donné de suivre une piste tout à fait captivante qui conduit à une datcha des environs de Moscou, déclara Ivan Frantsévitch avec une satisfaction non dissimulée (voilà qui expliquait les bottes crottées). Des révolutionnaires s'y réunissent – individus extrêmement dangereux de surcroît. Il semble que le fil s'allonge pour mener jusqu'à Akhtyrtsev. Nous avons du travail. Et pour cela, j'ai besoin de tous mes hommes. Quant à l'hypothèse Béjetskaïa, elle n'offre selon moi aucune perspective. En tout cas, cela ne présente aucun caractère d'urgence. Nous allons adresser une requête aux Anglais par les voies diplomatiques en leur demandant de retenir cette miss Olsen jusqu'à ce que les choses soient clarifiées, et voilà tout.

— Mais c'est justement ce qu'il ne faut faire sous aucun prétexte ! s'écria Fandorine avec une telle véhémence qu'Ivan Frantsévitch en resta pantois.

— Et pourquoi donc ?

— Ne voyez-vous donc pas que, dans cette affaire, tout converge vers un même point ? (Eraste Pétrovitch se mit à parler à toute vitesse de peur d'être interrompu.) Pour les nihilistes, je ne sais pas, c'est très possible, et je comprends toute l'importance de la chose, mais cela aussi est important et c'est aussi une affaire d'Etat ! Regardez bien, Ivan Frantsévitch, à quel tableau on aboutit. Béjetskaïa est partie se cacher à Londres – et de un, commença à énumérer Fandorine sans se rendre compte qu'il empruntait à son chef sa manière de s'exprimer. Son majordome est anglais, un personnage des plus suspects, du genre qui vous égorge sans sourciller – et de deux. L'homme aux yeux pâles qui a tué Akhtyrtsev parlait avec un accent et avait par ailleurs le type anglais – et de trois. Maintenant, quatre : lady Esther, bien entendu, est un être d'une exceptionnelle noblesse de cœur, mais elle est aussi anglaise, et, quoi que vous en disiez, c'est tout de même à elle que revient l'héritage de Kokorine ! Il est évident que Béjetskaïa a volontairement incité ses soupirants à établir un testament en faveur de l'Anglaise.

— Stop, stop, fit Brilling avec une moue. Vous penchez en faveur de quoi, exactement ? Une affaire d'espionnage ?

— Mais enfin, c'est évident ! répondit Eraste Pétrovitch en levant les bras au ciel. Les machinations des Anglais. Vous savez vous-même quelles sont actuellement nos relations avec l'Angleterre. Je ne dirai rien de lady Esther, sans doute ignore-t-elle tout du début à la fin, mais certains peuvent utiliser son institution comme couverture, comme cheval de Troie pour pénétrer en Russie !

— Ben voyons, fit le chef avec un sourire ironique. La reine Victoria et monsieur Disraeli n'ont pas assez de l'or d'Afrique et des diamants de l'Inde, il leur faut encore la fabrique de drap de Pétroucha Kokorine et les trois mille déciatines du petit Nicolas Akhtyrtsev.

A ce point de la discussion, Fandorine sortit son atout maître :

— Il ne s'agit pas de fabrique ni même d'argent ! Vous vous rappelez la description de leurs biens ? Moi non plus je n'y ai pas immédiatement prêté attention ! Entre autres entreprises, Kokorine possédait un chantier naval à Libau, lequel reçoit des commandes militaires – j'ai vérifié.

— Quand avez-vous donc trouvé le temps de le faire ?

— En vous attendant. J'ai interrogé le ministère de la Marine militaire par télégraphe. Eux aussi ont un service de nuit.

— Bien, bien. Et quoi d'autre ?

— Il y a d'autre qu'en plus de ses milliers de déciatines, ses maisons et ses capitaux, Akhtyrtsev possédait aussi un gisement de pétrole à Bakou, hérité de sa tante. Et à ce propos, j'ai lu dans les journaux que les Anglais rêvaient d'accéder en douce au pétrole de la Caspienne. Or là, ils n'ont qu'à se servir – et en toute légalité ! La chose était bien pensée, impossible de perdre : chantier naval ou pétrole, dans un cas comme dans l'autre les Anglais obtenaient quelque chose. Vous faites comme vous voulez, Ivan Frantsévitch, s'enflamma Fandorine, mais, pour ma part, je ne laisserai pas les choses en l'état. Je remplirai toutes vos missions et, après le service, je creuserai mon idée. Et je trouverai !

Le chef se mit de nouveau à regarder fixement par la fenêtre et se tut plus longuement que la fois précédente. Eraste Pétrovitch était sur le point d'exploser, mais il parvint à maîtriser ses nerfs.

Finalement, Brilling soupira et dit, lentement, avec hésitation, comme s'il continuait à réfléchir tout en parlant :

— Tout cela n'est sans doute que pures élucubrations. Edgar Poe, Eugène Sue. Simples coïncidences. Cependant, vous avez raison sur un point : nous ne devons pas nous adresser aux Anglais... Non plus qu'à notre représentant au sein de l'ambassade à Londres. Si vous vous trompez – et vous vous trompez vraisemblablement –, nous allons passer pour des imbéciles. Et en supposant que vous ayez raison, l'ambassade de toute façon ne pourra rien faire – les Anglais cacheront Béjetskaïa ou bien inventeront quelque chose... En plus, nos gens de l'ambassade ont les mains liées – ils sont trop exposés... C'est décidé ! conclut Ivan Frantsévitch en frappant énergiquement du poing. Evidemment, Fandorine, vous m'auriez été utile ici, mais, comme dit le bon peuple, on n'obtient rien de bon par la force. J'ai lu votre dossier personnel, je sais que vous possédez non seulement le français et l'allemand mais aussi l'anglais. Allez à Londres retrouver votre *femme fatale*, et que Dieu vous protège ! Je ne vous donne aucune instruction particulière, je me fie à votre intuition. Je vais vous affecter un fonctionnaire de l'ambassade, un certain Pyjov. Officiellement, c'est un modeste secrétaire dans votre genre, mais il a d'autres fonctions. Au ministère des Affaires étrangères, il a le titre de secrétaire de gouvernement, mais au sein de nos services, il occupe un autre rang, bien plus élevé. C'est un monsieur aux talents multiples. Dès votre arrivée, présentez-vous à lui. Il est extrêmement débrouillard. De toute manière, je suis certain que ce voyage est en pure perte. Mais, après tout, vous avez mérité le droit à l'erreur. Observez l'Europe, gobergez-vous aux frais de la princesse. Quoiqu'il semble que vous disposiez de vos propres moyens, désormais, n'est-ce pas ? dit le chef en regardant du coin de l'œil le paquet posé sur la table.

Ahuri par ce qu'il venait d'entendre, Eraste Pétrovitch tressaillit :

— Excusez-moi, ce sont mes gains. Neuf mille six cents roubles, j'ai compté. Je voulais les remettre à la caisse, mais c'était fermé.

— Allez au diable avec votre caisse, fit Brilling, repoussant l'idée d'un geste de la main. Qu'avez-vous donc dans la tête ? Qu'écrira le caissier dans son livre de recettes, d'après vous ? Gain au stoss du registrateur de collège Fandorine ?... Hum, attendez un peu. Un modeste registrateur de collège en mission à l'étranger, cela ne fait pas très sérieux.

Ivan Frantsévitch s'assit à sa table, trempa sa plume dans l'encrier et se mit à écrire tout en prononçant à haute voix :

— Bon. *Télégramme urgent. Au prince Mikhaïl Alexandrovitch Kortchakov, personnel. Copie à l'aide de camp général Lavrenty Arkadiévitch Mizinov. Votre Haute Excellence, dans l'intérêt de l'affaire que Vous savez, ainsi qu'en reconnaissance des services rendus, je Vous prierais, hors de tout ordre promotionnel normal et indépendamment de son ancienneté, de bien vouloir promouvoir le registrateur de collège Eraste Pétrovitch Fandorine...* Après tout, qui ne tente rien n'a rien... Conseiller titulaire, ce n'est pas le bout du monde mais tout de même. *... conseiller titulaire. Je Vous serais par ailleurs reconnaissant d'affecter temporairement Fandorine au ministère des Affaires étrangères en qualité de courrier diplomatique de première catégorie.* Cela pour que vous ne soyez pas retenu à la frontière, expliqua Brilling. Voilà qui est fait. Date, signature. A propos, vous serez effectivement chargé de transmettre le courrier diplomatique à Berlin, Vienne, Paris. Une couverture qui évitera les soupçons superflus. Pas d'objections ? demanda Ivan Frantsévitch, une lueur espiègle dans le regard.

— Absolument aucune, balbutia Eraste Pétrovitch, dont la pensée avait le plus grand mal à suivre les événements.

— Et de Paris, cette fois sous le couvert de l'incognito, vous vous rendrez à Londres. Comment déjà s'appelle cet hôtel ?

— *Winter Queen*, la reine d'hiver.

Chapitre dixième, où figure un porte-documents bleu

Le 28 juin, selon le calendrier occidental, le 16, selon le calendrier russe, dans la soirée, une voiture de louage s'arrêta dans Gray Street, devant l'hôtel *Winter Queen*. Le cocher en haut-de-forme et gants blancs sauta de son siège, abaissa le marchepied et, s'inclinant, ouvrit en grand la portière laquée noire portant l'inscription

Dunster & Dunster

Since 1848
London Regal Tours [1]

Par la portière se profila tout d'abord une botte de voyage en maroquin, ferré de petits clous d'argent, puis, sur le trottoir, bondit un fringant et jeune gentleman en chapeau tyrolien à plume et ample cape des Alpes, portant d'épaisses moustaches qui convenaient étonnamment mal à sa physionomie empreinte de fraîcheur. Le jeune homme regarda autour de lui, vit une petite rue tranquille et insignifiante et, avec émotion, arrêta son regard sur le bâti-

1. Dunster et Dunster. Depuis 1848. Les tours royaux de Londres.

ment du *Winter Queen*. Il s'agissait d'un minable hôtel particulier de trois étages, de style géorgien, qui avait manifestement connu des jours meilleurs.

Le gentleman marqua une courte hésitation puis prononça en russe :

— Qui ne tente rien n'a rien.

Après cette phrase énigmatique, il gravit les marches du perron et pénétra dans le hall.

Très exactement dans la seconde qui suivit, du pub situé en face sortit un individu en manteau noir. Après avoir ramené sur ses yeux sa haute casquette à visière brillante, l'homme entreprit de faire les cent pas devant l'entrée de l'hôtel.

Cet événement notable échappa toutefois à l'attention du nouvel arrivant, lequel se tenait déjà devant le comptoir, examinant le portrait blafard d'une dame du Moyen Age au somptueux jabot – la « reine d'hiver » en personne, sans doute. Somnolent derrière le comptoir, le portier salua l'étranger avec une certaine indifférence, mais, dès qu'il vit ce dernier donner un shilling entier au boy qui s'était limité à lui porter son sac de voyage, il le salua une seconde fois, de façon nettement plus affable, le gratifiant désormais de *your honour* au lieu du modeste *sir* employé initialement.

Le jeune homme demanda s'il y avait des chambres libres, exigea la meilleure, avec eau chaude et journaux, puis s'inscrivit dans le registre sous le nom de Erasmus von Dorn, de Helsingfors. Après quoi, sans la moindre raison, le portier reçut un demi-souverain et se mit à appeler l'étranger un peu toqué *your lordship*[1].

---

1. Votre Seigneurie.

Pendant ce temps, « monsieur von Dorn » était en proie à de sérieux doutes. Il lui était difficile de s'imaginer la flamboyante Amalia Kazimirovna séjournant dans cet établissement de troisième catégorie. De toute évidente, il y avait là quelque chose qui clochait.

Dans son désarroi, il demanda même au portier, plié en deux de reconnaissance, s'il n'existait pas à Londres un autre hôtel portant le même nom. On lui jura que non seulement il n'y en avait pas mais qu'il n'y en avait jamais eu, si ce n'était le *Winter Queen* qui s'élevait jadis à ce même emplacement et qui avait brûlé de fond en comble plus de cent ans auparavant.

Etait-ce possible que tout ceci eût été dépensé en pure perte : et le périple de vingt jours à travers l'Europe, et les fausses moustaches, et le luxueux équipage loué à la gare de Waterloo plutôt qu'un simple cab et, enfin, le demi-souverain ?

Eh bien, ce bakchich, il va falloir que tu le mérites, mon cher, pensa Eraste Pétrovitch (que nous appellerons ainsi nonobstant son incognito).

— Dites-moi, mon ami, une certaine personne du nom de miss Olsen ne séjournerait-elle pas ici, par hasard ? demanda-t-il avec une fausse désinvolture en s'accoudant au comptoir.

La réponse, bien que totalement prévisible, fit se serrer tristement le cœur de Fandorine :

— Non, milord, aucune lady de ce nom ne loge ni n'a jamais logé chez nous.

Lisant le désarroi dans les yeux de son vis-à-vis, le portier observa une pause, réservant son effet, puis déclara avec candeur :

— Toutefois, le nom évoqué par Votre Seigneurie ne m'est pas entièrement inconnu.

Eraste Pétrovitch fit un geste de côté et sortit de sa poche une autre pièce d'or.

— Parlez.

Le portier se pencha en avant et, exhalant une odeur d'eau de Cologne bon marché, il murmura :

— Du courrier nous arrive au nom de cette personne. Tous les soirs à dix heures, un certain mister Morbid – apparemment un serviteur ou un majordome – vient et ramasse les lettres.

— Un homme immense avec d'énormes favoris de couleur claire, qui donne l'impression de n'avoir jamais souri de sa vie ? demanda à toute vitesse Eraste Pétrovitch.

— Oui, milord, c'est lui.

— Et il y a souvent des lettres ?

— Souvent, milord, presque quotidiennement, et parfois plusieurs dans la même journée. Aujourd'hui, par exemple (le portier se tourna vers les casiers d'un air éloquent), il y en a pas moins de trois.

L'allusion fut saisie immédiatement.

— Je regarderais volontiers les enveloppes, comme ça, par simple curiosité, fit Fandorine, tapotant le dessus du comptoir avec un demi-souverain supplémentaire.

Les yeux du portier s'enflammèrent d'un éclat fiévreux : il arrivait quelque chose d'incroyable, d'insensé, mais en même temps d'extrêmement agréable.

— En principe, cela est strictement interdit, milord, mais... S'il ne s'agit que de regarder les enveloppes...

Eraste Pétrovitch s'empara avidement des lettres, mais une déception l'attendait : les enveloppes ne comportaient pas d'adresse de retour. Manifestement, la troisième pièce d'or avait été dépensée en pure perte. Le chef, il est vrai, avait donné son aval à toute dépense qui se ferait « dans les limites du raisonnable et dans l'intérêt de l'affaire »... Voyons, qu'y avait-il sur les timbres ?

Les tampons laissèrent Fandorine perplexe : une des lettres avait été expédiée de Stuttgart, une autre de Washington, et la troisième de Rio de Janeiro. Diable !

— Et voici longtemps que miss Olsen reçoit de la correspondance ici ? demanda Eraste Pétrovitch tout en calculant mentalement le temps que prenait le courrier pour traverser l'océan. Sans compter qu'il avait fallu communiquer la présente adresse au Brésil ! On aboutissait à un curieux résultat. Béjetskaïa ne pouvait en effet être arrivée en Angleterre plus de trois semaines auparavant.

La réponse fut des plus inattendues :

— Fort longtemps, milord. Quand j'ai commencé à travailler ici – il y a quatre ans –, du courrier arrivait déjà.

— Comment ça ?! Vous êtes sûr de ne pas vous tromper ?

— Absolument certain, milord. Mais il est vrai que mister Morbid n'est que depuis peu au service de miss Olsen. Depuis le début de l'été, peut-être. De toute façon, avant lui, mister Moebius venait chercher le courrier, et encore avant, mister... euh... désolé, son nom m'échappe. Un monsieur insignifiant et pas du genre causant lui non plus.

Mourant d'envie de jeter un coup d'œil à l'intérieur des enveloppes, Eraste Pétrovitch interrogea du regard son informateur. Sans doute ne résisterait-il pas à une nouvelle pièce. Cependant, une meilleure idée vint à l'esprit du conseiller titulaire et courrier diplomatique de première catégorie nouvellement promu.

— Ainsi, ce mister Morbid vient chaque soir à dix heures, dites-vous ?

— Avec la précision d'une horloge, mister.

Eraste Pétrovitch posa sur le comptoir un quatrième demi-souverain et, se penchant en avant, susurra quelque chose à l'oreille du bienheureux portier.

Le temps qui restait à attendre jusqu'à dix heures fut mis à profit de la façon la plus productive.

Avant toute autre chose, Eraste Pétrovitch graissa et chargea son colt de courrier. Puis il alla dans le cabinet de toilette et, appuyant successivement sur les pédales d'eau chaude et d'eau froide, il remplit la baignoire en l'espace d'une quinzaine de minutes. Il s'y prélassa pendant une demi-heure, et, quand l'eau se fut refroidie, son plan d'action était définitivement arrêté.

Après avoir recollé ses moustaches et s'être admiré un instant dans le miroir, Fandorine se vêtit en Anglais le plus insignifiant possible : chapeau melon noir, pantalons noirs, cravate noire. Si à Moscou on l'eût sans doute pris pour un croque-mort, à Londres il était supposé passer pour l'homme invisible. Sans compter que la nuit serait la bienvenue – il n'aurait qu'à retourner les revers de sa veste sur le devant de sa chemise, à remonter ses manchettes et à se fondre dans les profondeurs des ténèbres, ce qui pour son plan était d'une extrême importance.

Il lui restait environ une heure et demie pour une promenade de reconnaissance dans les environs. Eraste Pétrovitch quitta Gray Street pour tourner dans une large rue grouillante d'équipages et, presque immédiatement, se retrouva devant le fameux théâtre Old Vic, décrit en détail dans son guide. Il continua encore un peu et – ô miracle ! – il aperçut les contours familiers de la gare de Waterloo, d'où il avait fallu quarante bonnes minutes à son fiacre pour le conduire au *Winter Queen* – le cocher, ce filou, lui avait pris cinq shillings. Puis, bientôt, se profila la Tamise, grise, rébarbative dans l'obscurité du soir. En voyant ses eaux sales, Eraste Pétrovitch frissonna et, sans raison évidente, un sombre pressentiment le saisit. De manière générale, il se sentait mal à l'aise dans cette ville étrangère. Les passants vous évitaient du regard, pas un seul ne vous regardait en face, ce qui, il faut en convenir, eût été absolument inconcevable à Moscou. En outre, Fandorine n'arrivait pas à se débarrasser de l'étrange impression qu'un regard malveillant était braqué dans son dos. A plusieurs reprises, le jeune homme s'était retourné et, une fois, il lui avait semblé apercevoir une silhouette en noir qui se dissimulait furtivement derrière une colonne affichant les spectacles de théâtre. Mais Eraste Pétrovitch se ressaisit et, maudissant sa méfiance excessive, il cessa de se retourner. Toujours ces maudits nerfs. Il en hésitait même : ne devrait-il pas remettre au lendemain l'exécution de son plan ? Auquel cas il pourrait passer le matin à l'ambassade et rencontrer Pyjov, le mystérieux secrétaire dont lui avait parlé le chef. Mais, lorsqu'elle est dictée par la couardise, la prudence est indigne, et le jeune homme n'avait par ailleurs aucune envie de continuer à perdre son temps. C'était déjà bien assez de trois semaines gaspillées pour des âneries.

Son voyage à travers l'Europe s'était révélé moins agréable que, dans son enthousiasme, ne l'avait initialement supposé Fandorine. Le territoire situé de l'autre côté de la frontière l'avait démoralisé par son incroyable dissemblance avec les humbles horizons de son pays natal. Eraste Pétrovitch regardait par la vitre de son compartiment et attendait toujours que les petits villages proprets et les villes-jouets fassent place à un paysage *normal*, mais plus le train s'éloignait de la frontière russe, plus blanches devenaient les maisonnettes et plus pittoresques les villes miniatures. Fandorine était d'humeur de plus en plus sombre, mais il ne s'autorisait pas à pleurnicher. En fin de compte, tout ce qui brille n'est pas or, se disait-il, ce qui ne l'empêchait pas d'éprouver un certain abattement.

Puis il s'était habitué et, bien vite, il lui était apparu que Moscou n'était pas beaucoup plus sale que Berlin, et que le Kremlin et les coupoles dorées des églises russes avaient de quoi faire pâlir d'envie les Allemands. Une autre chose avait été cause de tourments : l'agent militaire de l'ambassade russe à qui Fandorine avait remis un paquet scellé lui avait demandé de ne pas poursuivre sa route immédiatement et d'attendre une correspondance secrète à transmettre à Vienne. L'attente avait duré une semaine, et Eraste Pétrovitch avait fini par en avoir plus qu'assez de flâner à l'ombre des arbres de Unter den Linden, plus qu'assez de s'attendrir sur les cygnes trop bien nourris des parcs berlinois.

La même chose s'était répétée à Vienne, à cette différence près que, cette fois, il avait fallu attendre pendant cinq jours un paquet destiné à l'agent militaire à Paris. Eraste Pétrovitch s'énervait, s'imaginant que, lassée d'attendre des nouvelles de son Hippolyte, « miss Olsen » avait quitté l'hôtel et qu'il serait désormais définitivement impossible de la retrouver. Exaspéré, Fandorine passait des heures dans les cafés à manger des tonnes de gâteaux aux amandes et à boire des litres de crème-soda.

A Paris, en revanche, il prit les choses en main : il fit une visite de cinq minutes à la représentation russe, remit les documents au colonel de l'ambassade et annonça sans appel qu'il était chargé d'une mission spéciale et qu'il ne pouvait s'attarder une seule heure. Pour se punir du temps perdu inutilement, il renonça même à visiter Paris, se limitant à longer en fiacre les boulevards récemment percés par le baron Haussmann, avant de se rendre directement à la gare du Nord. Plus tard, au retour, il aurait du temps.

Dès dix heures moins le quart, dissimulé derrière un numéro du *Times* percé d'un trou permettant l'observation, Eraste Pétrovitch était assis dans le hall du *Winter Queen*. Dans la rue attendait un cab loué par mesure de prévoyance. Conformément aux instructions qu'il avait reçues, le portier affectait de ne pas regarder dans la direction de cet hôte trop chaudement vêtu pour la saison et avait même tendance à se tourner dans le sens opposé.

A dix heures et trois minutes, la clochette tinta, la porte s'ouvrit, et un homme de taille colossale, en livrée grise, pénétra dans l'hôtel. Lui, « John Karlitch » ! Fandorine colla son œil à la page relatant un bal donné par le prince de Galles.

Le portier regarda furtivement mister von Dorn, qui s'était plongé dans la lecture au moment le plus inopportun, puis, comme si cela ne suffisait pas, ce gredin remua plusieurs fois ses sourcils broussailleux. Mais, par chance, l'objet ne le remarqua pas ou bien jugea-t-il indigne de lui de se retourner.

Le cab tombait à pic. Il s'avéra en effet que le majordome n'était pas venu à pied mais en « égoïste » — un cabriolet à une place, auquel était attelé un solide petit cheval moreau. La pluie fine qui s'était mise à tomber arrivait elle aussi fort à propos : « John Karlitch » releva la capote de cuir, et maintenant, quand bien même l'aurait-il voulu, il lui était impossible de découvrir la filature dont il faisait l'objet.

Nullement étonné de l'ordre qui lui était donné de suivre l'homme en livrée grise, le cabman fit claquer son long fouet, et le plan entra dans sa première phase.

Il faisait nuit. Dans les rues, les réverbères étaient allumés, mais, ne connaissant pas Londres, Eraste Pétrovitch fut très vite désorienté, confondant les quartiers uniformément construits en pierre de cette ville étrangère, au silence menaçant. Au bout d'un certain temps, les maisons se firent de plus en plus basses et de plus en plus rares, tandis que, dans l'obscurité, les contours des arbres devenaient incertains, puis, pendant encore une quinzaine de minutes, se succédèrent les hôtels particuliers entourés de jardins. Ce fut devant l'un d'eux que s'arrêta l'égoïste. Une gigantesque silhouette s'en détacha et ouvrit les hautes portes en fer forgé. Se penchant à l'extérieur du cab, Fandorine vit le cabriolet franchir l'enceinte, après quoi les portes se refermèrent.

Avisé, le cabman arrêta le cheval de son propre chef, se retourna et demanda :

— Dois-je faire part de cette course à la police, sir ?

— Prenez cette couronne et décidez vous-même de la réponse à donner à cette question, répondit Eraste Pétrovitch, renonçant à faire attendre son cocher, bien trop malin. De plus, Fandorine ignorait pour combien de temps il en avait. L'inconnu le plus total l'attendait.

Franchir l'enceinte ne fut pas difficile ; à l'époque du collège, Eraste Pétrovitch en avait escaladé bien d'autres.

Le jardin n'était guère hospitalier avec ses ombres effrayantes et ces branches qui vous piquaient le visage. Devant, à travers les arbres, se détachaient vaguement les contours clairs d'une maison d'un étage au toit arrondi. Fandorine, s'efforçant de faire le moins possible craquer le sol sous ses pas, se faufila jusqu'aux derniers buissons (une odeur de lilas s'en échappait, sans doute était-ce une variété de lilas anglais) et procéda à une reconnaissance des lieux. En fait de maison, il fallait plutôt parler de villa. Près de la porte se dressait un lampadaire. Au rez-de-chaussée, des fenêtres étaient éclairées, mais il s'agissait visiblement des pièces réservées aux services. Infiniment plus intéressante était la fenêtre allumée au premier étage, mais comment y parvenir ? Par chance, non loin descendait la gouttière, et le mur était recouvert d'une plante grimpante d'apparence suffisamment robuste pour que l'on s'y accroche. Les habitudes encore toutes fraîches de l'enfance pouvaient une fois de plus se révéler utiles.

Telle une ombre noire, Eraste Pétrovitch s'approcha vivement du mur et secoua la gouttière. Elle semblait solide et ne grinçait pas. Dans la mesure où il était vital de ne pas faire de bruit, l'ascension se fit plus lentement qu'il eût été souhaitable. Enfin, un pied se posa à tâtons sur la corniche qui faisait opportunément tout le tour du premier étage, et Fandorine, s'agrippant précautionneusement au lierre, vigne vierge, lianes – Dieu seul sait comment s'appelaient ces longues tiges en forme de serpents –, commença à progresser à petits pas mesurés en direction de la mystérieuse fenêtre.

Dans un premier temps, une cruelle déception l'envahit : il n'y avait personne dans la pièce. Sous un abat-jour rose, une lampe éclairait un élégant bureau où s'étalaient divers papiers, et, dans un coin, on distinguait une masse blanche, sans doute un lit. Un cabinet de travail, une chambre à coucher... difficile à dire. Eraste Pétrovitch attendit cinq minutes sans que rien ne se passât, si ce n'est un gros papillon de nuit venu se poser sur la lampe en agitant ses ailes velues. Etait-ce possible qu'il n'y eût plus qu'à rebrousser chemin ? Ne fallait-il pas plutôt prendre le risque de se glisser à l'intérieur ? Il poussa légèrement le châssis de la fenêtre, et celle-ci s'entrouvrit. Fandorine hésita, se maudissant pour son indécision et son atermoiement, mais il s'avéra qu'il avait bien fait de prendre son temps. La porte s'ouvrit et deux personnes entrèrent dans la pièce : une femme et un homme.

La vue de la femme faillit arracher un cri triomphant à Eraste Pétrovitch : c'était Béjetskaïa ! Avec ses cheveux noirs soigneusement lissés et retenus en arrière par un nœud rouge, son déshabillé de dentelle par-dessus lequel était jeté un châle tsigane aux couleurs vives, elle lui parut d'une beauté éblouissante. Oh, à une telle femme, on pouvait pardonner tous les péchés !

Se tournant vers l'homme – son visage restait dans l'ombre, mais, à en juger par sa taille, il s'agissait de mister Morbid –, Amalia Kazimirovna dit dans un anglais irréprochable (une espionne, à coup sûr une espionne !) :

— C'est donc bien lui ?

— Oui, m'am. Pas le moindre doute.

— Et d'où vous vient cette certitude ? Vous l'avez vu de vos yeux ?

— Non, m'am. Aujourd'hui, c'était Frantz qui était de service là-bas. Il a rapporté que le gamin était arrivé vers sept heures. La description correspondait en tout point, et vous-même avez deviné pour les moustaches.

Béjetskaïa éclata d'un rire sonore.

— Cependant, il ne faut pas le sous-estimer, John. Ce garçon est de la race des veinards, et je connais bien ce genre d'individus, ils sont imprévisibles et très dangereux.

L'estomac d'Eraste Pétrovitch se contracta douloureusement. N'était-ce pas de lui que l'on parlait ? Mais non, c'était impossible.

— De la blague, tout ça, m'am. Vous n'avez qu'à décider... Nous y ferons un saut, Frantz et moi, et nous en finirons une bonne fois. Chambre 15, deuxième étage.

C'était bien ça ! Eraste Pétrovitch occupait précisément la chambre 15, au deuxième étage. Mais comment l'avaient-ils reconnu ? Qui les avait informés ? D'un geste rageur et au mépris de la douleur,

Eraste Pétrovitch arracha ses moustaches aussi déshonorantes qu'inutiles.

Amalia Kazimirovna, ou peu importe comment elle s'appelait, fronça les sourcils et dit d'une voix aux vibrations métalliques :

— Je vous l'interdis ! Je suis seule fautive, à moi de réparer mon erreur. Une fois dans ma vie, j'ai fait confiance à un homme... Une seule chose m'étonne : pourquoi l'ambassade ne nous a-t-elle pas fait savoir qu'il était là ?

Fandorine ouvrit encore plus grand ses oreilles. Ainsi, ils avaient leurs hommes au sein de l'ambassade de Russie ! Ça alors ! Et Ivan Frantsévitch qui doutait encore ! Dis qui, allez, dis-le !

Mais Béjetskaïa passa à un autre sujet :

— Il y a des lettres ?

— Trois aujourd'hui, m'am.

Et le majordome tendit les lettres en s'inclinant respectueusement.

— C'est bon, John, vous pouvez aller vous coucher. Ce sera tout pour aujourd'hui, dit-elle avant de réprimer un bâillement.

Quand la porte se fut refermée sur mister Morbid, Amalia Kazimirovna jeta négligemment les lettres sur le bureau, puis s'approcha de la fenêtre. Fandorine recula d'un bond sur la corniche, son cœur tambourinant furieusement dans sa poitrine. Ses immenses yeux regardant sans voir à travers les ténèbres chargées d'humidité, Béjetskaïa (n'était la vitre, elle se fût trouvée à portée de main) murmura pensivement en russe :

— Mon Dieu, quel ennui mortel ! Rester là à se morfondre...

Puis elle se conduisit de façon très étrange : elle s'approcha d'une amusante applique murale représentant un Amour et appuya son doigt sur le nombril de bronze du petit dieu replet. La gravure accrochée tout près (quelque chose comme une scène de chasse) glissa silencieusement de côté, découvrant une petite porte en cuivre munie d'une minuscule poignée ronde. Béjetskaïa dégagea sa main gracile de sa manche vaporeuse et actionna le bouton dans un sens puis dans l'autre, et la porte s'ouvrit avec un bruissement mélodieux. Eraste Pétrovitch colla le nez à la vitre, craignant de perdre le plus important.

Ressemblant plus que jamais à une reine égyptienne, Amalia Kazimirovna se haussa gracieusement, sortit un objet du coffre puis se retourna. Elle tenait dans ses mains un portefeuille de velours bleu sombre.

Elle s'assit au bureau, sortit du portefeuille une grande enveloppe jaune et, de là, une feuille couverte d'une fine écriture. Au moyen d'un couteau, elle ouvrit les lettres qu'on venait de lui remettre et se mit à recopier quelque chose sur la feuille de papier. Cela ne lui prit pas plus de deux minutes. Ensuite, après avoir remis les lettres et la feuille dans le portefeuille, Béjetskaïa alluma une de ses fines cigarettes et en tira quelques longues bouffées tout en fixant pensivement un point quelque part dans l'espace.

Eraste Pétrovitch commençait à fatiguer : la main par laquelle il se tenait au lierre était engourdie, la crosse de son colt lui rentrait douloureusement dans le flanc et ses pieds tordus dans une position inconfortable commençaient à le faire souffrir. Il ne tiendrait pas longtemps dans cette posture.

Finalement, Cléopâtre écrasa sa cigarette, se leva et s'éloigna dans le coin le plus reculé et le plus mal éclairé de la pièce, où elle ouvrit une porte basse, qu'elle referma derrière elle. Un bruit d'eau ruisselante se fit alors entendre. De toute évidence, c'était là que se trouvait la salle de bains.

Sur le bureau, le portefeuille bleu semblait tendre les bras. Or, comme chacun le sait, les femmes accordent beaucoup de temps à leur toilette du soir... Fandorine poussa le battant de la fenêtre, posa un genou sur le rebord et, en deux temps trois mouvements, se retrouva dans la chambre. Jetant de temps à autre des regards en direction de la salle de bains, où l'eau continuait à couler régulièrement, il entreprit de vider le portefeuille.

A l'intérieur se trouvait un gros paquet de lettres ainsi que l'enveloppe jaune précédemment mentionnée. Sur l'enveloppe était inscrite une adresse :

Mr. Nicholas M. Croog, Poste restante, l'Hôtel des postes, S.-Petersbourg, Russie[1].

Eh bien, ce n'était déjà pas si mal. Eraste Pétrovitch découvrit également des feuilles comportant des tableaux dont les cases étaient remplies en anglais de l'écriture penchée qu'il connaissait bien. Dans la première colonne figurait un numéro, dans la seconde un nom de pays, dans la troisième un titre ou une fonction, dans la quatrième une date, dans la cinquième une date également – différentes dates du mois de juin allant en ordre croissant. Par exemple,

1. En français dans le texte.

les trois derniers tableaux, qui d'après l'encre venaient juste d'être remplis, se présentaient comme suit :

N° 1053F	Brésil	chef de la garde personnelle de l'empereur	expédié le 30 mai	reçu le 28 juin 1876
N° 852F	Etats-Unis d'Amérique du Nord	vice-président de la commission sénatoriale	expédié le 10 juin	reçu le 28 juin 1876
N° 354F	Allemagne	président du tribunal de district	expédié le 25 juin	reçu le 28 juin

Stop ! Les lettres arrivées le jour même à l'hôtel, au nom de miss Olsen, venaient de Rio de Janeiro, Washington et Stuttgart. Eraste Pétrovitch fouilla dans le paquet de lettres et en sortit celle expédiée du Brésil. A l'intérieur de l'enveloppe se trouvait un message sans signature ni mention du destinataire, une ligne en tout et pour tout :

30 mai, chef de la garde personnelle de l'empereur, N° 1053F.

Ainsi, pour quelque mystérieuse raison, Béjetskaïa recopiait-elle le contenu des lettres qu'elle recevait sur des fiches, qu'elle envoyait ensuite à Pétersbourg à un certain monsieur Nicolas Croog ou plutôt mister Nicholas Croog. Dans quel but ? Pourquoi à

Pétersbourg ? Et, plus généralement, que signifiait tout cela ?

Les questions se bousculaient, s'empilaient les unes sur les autres, sans qu'il soit possible d'y répondre pour le moment : dans la salle de bains l'eau venait de s'arrêter de couler. Fandorine fourra à la hâte papiers et lettres dans le portefeuille mais n'eut pas le temps de décamper. Une fine silhouette blanche se tenait, figée, dans l'embrasure de la porte.

Eraste Pétrovitch extirpa son revolver de sous sa ceinture et ordonna dans un murmure sifflant :

— Madame Béjetskaïa, un cri et je vous abats ! Venez ici et asseyez-vous ! Et plus vite que ça !

Elle s'approcha en silence, l'observant avec fascination de ses yeux insondables aux reflets scintillants. Puis elle s'assit au bureau.

— Comment, vous ne m'attendiez pas ? interrogea Eraste Pétrovitch avec sarcasme. Me preniez-vous pour un imbécile ?

Amalia Kazimirovna se taisait. Son regard était attentif et légèrement étonné, comme si elle voyait Fandorine pour la première fois.

— Que signifient ces listes ? demanda ce dernier en agitant son colt. Que vient faire ici le Brésil ? Qui se cache derrière les numéros ? Allez, répondez !

— On a mûri, fit soudainement Béjetskaïa d'un ton calme et songeur. On est devenu un homme, à ce qu'il paraît.

Elle laissa tomber sa main, et son déshabillé glissa, découvrant une épaule ronde, si blanche qu'Eraste Pétrovitch dut en avaler sa salive.

— Petit imbécile audacieux et batailleur, dit-elle de la même voix basse, en le regardant droit dans les yeux. Et très, très mignon.

— Si vous songez à me séduire, vous perdez votre temps, balbutia-t-il en rougissant. Je suis loin d'être aussi idiot que vous l'imaginez.

Amalia Kazimirovna répliqua tristement :

— Vous êtes un malheureux petit garçon qui ne comprend même pas dans quoi il s'est fourré. Un malheureux et très joli petit garçon. Et moi, maintenant, je ne peux plus rien pour vous sauver...

— Vous feriez bien de commencer par penser à votre propre salut !

Eraste Pétrovitch s'efforçait de ne pas regarder la maudite épaule qui se dénudait de plus en plus. Comment pouvait-on avoir une peau aussi resplendissante, blanche comme le lait ou la neige ?

Béjetskaïa se leva brusquement, et il recula d'un bond, son arme tendue devant lui.

— Restez assise !

— N'ayez pas peur, petit idiot. Comme vous avez les joues rouges. On peut toucher ?

Elle tendit la main et effleura ses joues de ses doigts graciles.

— Vous êtes brûlant... Que vais-je donc faire de vous ?

Son autre main reposait tendrement sur celle de Fandorine qui tenait le revolver. Ses yeux mats et fixes étaient si près que le jeune homme vit deux petites lampes roses s'y refléter. Une étrange passivité s'empara de lui, et il se rappela les paroles d'Hippolyte à propos du papillon, mais il se les rappela avec un certain détachement, comme si cette mise en garde ne le concernait pas.

Et voici ce qui se passa ensuite. De sa main gauche, Béjetskaïa écarta le colt tandis que, de la droite, elle attrapait Eraste Pétrovitch par le col et le tirait à elle en lui assenant un coup de tête dans le nez. La douleur fulgurante aveugla Fandorine, qui n'aurait de toute façon rien vu car la lampe avait volé par terre avec fracas, plongeant la pièce dans la nuit la plus noire. Au second choc – un coup de genou dans le bas-ventre – le jeune homme se plia en deux, ses doigts se serrèrent convulsivement, et un éclair illumina la pièce alors que retentissait un coup de feu. Amalia aspira désespérément une bouffée d'air, émit un son entre le sanglot et le cri, puis plus personne ne frappa Eraste Pétrovitch, personne ne lui serra plus le poignet. Le bruit d'un corps qui tombe résonna. Ses oreilles tintaient, deux filets de sang coulaient le long de son menton, des larmes ruisselaient de ses yeux, et il avait à ce point mal au bas-ventre qu'il n'avait qu'une seule envie : se rouler en boule et attendre en poussant des grognements que l'insupportable douleur passe. Mais il n'y avait pas de temps pour tout ça – un vacarme de voix et de bruits de pas montait déjà d'en bas.

Fandorine attrapa le portefeuille sur la table, le balança dehors, grimpa sur l'appui de la fenêtre et faillit tomber, car sa main serrait toujours le pistolet. Il redescendit par la gouttière sans très bien savoir comment. Il craignait de ne pas trouver le portefeuille dans l'obscurité, mais, sur le gravier blanc, celui-ci était très visible. Eraste Pétrovitch le ramassa et fonça droit devant lui à travers les buissons, tout en marmonnant dans sa barbe : « Ah, il est bien, le courrier diplomatique... Il a tué une femme... Seigneur, que faire, que faire ?... Je suis seul fautif... Le coup est parti comme ça, je ne voulais pas... Où aller maintenant ?... La police va me rechercher... Ou bien encore ces... Un assassin... Impossible d'aller à l'ambassade... Quitter le pays au plus vite... Non plus... Ils vont me chercher dans les ports et les gares... Pour leur portefeuille, ils retourneront la terre entière... Se cacher... Mon Dieu, Ivan Frantsévitch, que faire, que faire ?... » Fandorine se retourna tout en courant, et ce qu'il vit le fit trébucher et manqua de justesse le faire tomber. Dans les buissons, une silhouette noire en long manteau se tenait immobile. Blanc, figé, un visage étrangement connu apparut à la lueur de la lune. Le comte Zourov !

Eraste Pétrovitch poussa un cri strident et, totalement abasourdi, il sauta par-dessus la clôture, se mit à courir à droite, à gauche (par où était donc venu ce fichu cab ?) et, ayant finalement décidé que peu importait, il fila vers la droite.

Chapitre onzième, où est décrite une très longue nuit

Sur l'île aux Chiens, dans les étroites ruelles situées derrière les docks de Millwall, la nuit tombe vite. A peine a-t-on le temps de dire ouf que déjà le crépuscule est passé du gris au brun et que, un à un, s'allument les rares réverbères. Tout est sale, triste. De la Tamise monte une humidité pénétrante, et des décharges, une odeur de pourriture. Si les rues sont désertes, les pubs louches et les meublés bon marché grouillent d'une vie malsaine et dangereuse.

Dans les chambres du *Ferry Road* logent des matelots radiés du rôle, des petits trafiquants et des putains de port vieillissantes. Pour six pence par jour, tu as droit à un lit dans une chambre indépendante – et personne n'ira mettre le nez dans tes affaires. Mais attention : pour toute détérioration du mobilier, pour toute bagarre ou tout tapage nocturne, le Gros Hugh, comme on appelle le patron, exige une amende d'un shilling, et qui refuse de payer est flanqué dehors sans ménagement. Le Gros Hugh est du matin au soir assis derrière son comptoir, face à la porte. Un endroit stratégique d'où l'on voit qui rentre et qui sort, qui apporte quoi ou, à l'inverse, qui emporte quoi. D'une clientèle aussi bigarrée, on peut s'attendre à tout.

Tenez, par exemple, l'artiste peintre français avec ses cheveux roux en bataille qui vient de se faufiler devant le patron pour disparaître dans la chambre d'angle. Il est plein aux as, le mangeur de grenouilles – il a payé une semaine d'avance sans discuter. Il ne boit pas, il reste enfermé, depuis qu'il est là, c'est la première fois qu'il met le nez dehors. Hugh, comme de juste, en a profité pour jeter un coup d'œil chez lui. Et alors, d'après vous ? Eh bien, dans sa chambre, le soi-disant peintre n'a pas plus de toiles que de couleurs. Un assassin, peut-être, qui sait ? Sinon pourquoi se cacherait-il derrière des lunettes noires ? Alors, en référer au constable ? De toute façon, il a payé d'avance...

Quant à l'artiste aux cheveux roux, ignorant la dangereuse orientation prise par les pensées du Gros Hugh, il ferma sa porte à clé et adopta effectivement une conduite on ne peut plus suspecte. Avant toute chose, il ferma très soigneusement les rideaux. Ensuite, il posa ses achats sur la table – une miche de pain, du fromage et une bouteille de porter –, enleva son revolver de sous sa ceinture et le fourra sous son oreiller. Toutefois l'entreprise de désarmement de l'étrange Français ne s'arrêta pas là. Il dégagea de la tige de sa botte un *derringer* – minuscule pistolet à un coup, d'ordinaire utilisé par les dames et les criminels politiques –, puis plaça cette arme qui avait tout d'un jouet près de la bouteille de porter. De sa manche il extirpa un stylet étroit et court, qu'il enfonça dans la miche. Seulement après, il alluma la bougie, ôta ses lunettes noires et se frotta les yeux d'un air las. Il se tourna vers la fenêtre – les rideaux ne se seraient-ils pas entrouverts ? – et, arrachant sa perruque rousse, il se révéla être nul autre qu'Eraste Pétrovitch Fandorine.

En cinq minutes, il en eut terminé avec ses agapes – visiblement, le conseiller titulaire doublé d'un assassin en cavale avait mieux à faire. Ayant balayé les miettes de la table, Eraste Pétrovitch essuya ses mains à sa longue blouse d'artiste, se dirigea vers le fauteuil éventré placé dans un coin, fouilla dans le rembourrage et en sortit le petit portefeuille bleu. Fandorine brûlait d'impatience de poursuivre le travail qui l'avait occupé depuis le matin et qui l'avait déjà conduit à une découverte de taille.

Après les tragiques événements de la nuit, Eraste Pétrovitch avait bien été obligé de faire un saut au *Winter Queen*, ne serait-ce que pour récupérer son argent et son passeport. Son cher ami Hippolyte, cette canaille, ce Judas, et ses acolytes n'avaient qu'à chercher Erasmus von Dorn dans les gares et les ports. Qui allait s'intéresser à un malheureux peintre français logeant dans le pire cloaque des bas-fonds londoniens ? Et s'il avait tout de même fallu prendre le risque de passer à la poste, c'est qu'il y avait à cela une bonne raison.

Maudit Zourov ! S'il n'était pas entièrement clair, son comportement dans cette histoire était dans tous les cas incorrect. Pas simple, Son Honneur, pas simple du tout. Il en avait fait des contorsions, le valeureux hussard au cœur franc. Avec quelle habileté il lui avait refilé l'adresse ! Il avait tout calculé, le bougre ! En résumé : le roi des intrigants. Il savait que le stupide petit goujon se laisserait prendre et qu'il goberait l'hameçon en même temps que l'appât. Ou non, tant qu'à choisir une image, autant reprendre l'allégorie de Son Honneur. Le gentil papillon s'était approché du feu. Et il avait bien failli s'y brûler. Un pareil imbécile ne méritait d'ailleurs pas mieux. En tout cas, il était clair que Béjetskaïa et Hippolyte étaient liés par un intérêt commun. Seul un benêt romantique, à l'instar d'un certain conseiller titulaire (d'ailleurs promu dans cette fonction à la place d'autres personnes bien plus méritantes), pouvait croire sérieusement à une passion fatale à la manière castillane. Sans compter qu'il avait raconté des craques à Ivan Frantsévitch. Une honte ! Ha, ha ! Quand on repense aux belles paroles d'Hippolyte Alexandrovitch : « Je l'aime et je la crains, la sorcière... Je l'étranglerai de mes propres mains ! » Il avait dû bien rire du petit morveux ! Il faut dire que c'était du travail d'artiste, au demeurant pas moins brillant que l'autre fois, avec le duel. Le calcul était simple : tu prends position au *Winter Queen* et tu attends tranquillement que le stupide papillon Erasme vienne se jeter sur la bougie. Ici, tu n'es pas à Moscou : ni police judiciaire ni gendarmes, tu peux attraper Eraste Fandorine à mains nues. Et ni vu ni connu. Zourov ne serait-il pas ce fameux Frantz dont a parlé le majordome ? Oh, les infâmes conspirateurs. Qui est leur chef, Zourov ou Béjetskaïa ? Il semblerait que ce soit tout de même elle... Eraste Pétrovitch eut un frisson au souvenir des événements de la nuit précédente et du cri plaintif qu'avait poussé Amalia en s'effondrant après le coup de feu. Peut-être n'était-elle pas morte mais seulement blessée ? Cependant, le froid angoissant qui le saisit suggéra à Eraste Pétrovitch qu'il l'avait bel et bien tuée. La splendide reine était morte, et Eraste Pétrovitch devrait vivre avec ce poids jusqu'à la fin de ses jours.

A vrai dire, il était tout à fait possible que cette fin fût toute proche. Zourov connaissait l'assassin, il l'avait vu. Sans doute la chasse avait-elle déjà commencé à travers tout Londres, voire toute l'Angleterre. Mais pourquoi, cette nuit, Zourov l'avait-il laissé s'échapper, pour quelle raison lui avait-il offert la possibilité de fuir ? Avait-il eu peur du pistolet qu'il tenait dans sa main ? Mystère...

Mais il y avait une énigme plus difficile encore à élucider : le contenu du portefeuille. Fandorine était resté un long moment sans pouvoir comprendre quoi que ce fût à cette liste mystérieuse. Une vérification minutieuse lui avait permis de constater que le nombre d'indications portées sur les feuilles était strictement égal au nombre de lettres reçues, et que toutes les données correspondaient. A cette différence près que, aux dates figurant sur les enveloppes, Béjetskaïa ajoutait la date de réception.

Il y avait en tout quarante-cinq lettres enregistrées. La plus ancienne datait du 1er juin, les trois dernières étaient arrivées alors qu'Eraste Pétrovitch se trouvait à Londres. Les numéros d'ordre semblaient n'obéir à aucune logique ; le plus court était le n° 47F (Royaume de Belgique, directeur de département, reçu le 15 juin), le plus long était le n° 2347F (Italie, lieutenant des dragons, reçu le 9 juin). Les pays d'expédition étaient au nombre de neuf. L'Angleterre et la France étaient ceux qui revenaient le plus souvent. La Russie n'apparaissait qu'une fois (n° 994F, conseiller d'Etat actuel, reçu le 26 juin, sur l'enveloppe, tampon de Pétersbourg daté du 7 juin. Mais attention à ne pas s'embrouiller avec les calendriers : le 7 juin en Russie correspondait au 19 dans le calendrier européen. Ce qui signifiait que le courrier avait mis une semaine pour arriver). Les fonctions et les rangs mentionnés étaient pour l'essentiel d'un niveau élevé – généraux, officiers supérieurs, un amiral, un sénateur et même un ministre portugais, mais il y avait aussi du menu fretin, comme un lieutenant italien, un juge d'instruction français ou encore un capitaine des gardes frontières d'Autriche-Hongrie.

En bref, tout donnait l'impression que Béjetskaïa était une intermédiaire, une courroie de transmission, une boîte aux lettres vivante, dans les attributions de qui entrait la tâche d'enregistrer les informations reçues et de les faire suivre, de toute évidence à mister Nicholas Croog, à Pétersbourg. On pouvait raisonnablement penser que les listes étaient transmises une fois par mois. De même, il était évident qu'avant Béjetskaïa le rôle de « miss Olsen » était tenu par une autre personne, ce que le portier ne pouvait soupçonner.

Là se terminaient les évidences et surgissait le besoin impérieux de recourir à la méthode déductive. Ah, s'il avait été là, le chef aurait immédiatement énuméré toutes les hypothèses possibles ; chaque élément aurait déjà trouvé sa place dans telle ou telle case. Mais le chef était loin, et une conclusion s'imposait : Brilling avait raison, mille fois raison. On était en présence d'une organisation secrète aux multiples ramifications et possédant des membres dans un grand nombre de pays – et de un. La reine Victoria et Disraeli n'étaient pour rien dans l'histoire (sinon, pourquoi envoyer les rapports à Pétersbourg ?) – et de deux. Concernant les espions anglais, Eraste Pétrovitch était dans ses petits souliers, car tout ici évoquait effectivement les nihilistes – et de trois. Et la piste ne menait pas n'importe où, mais précisément en Russie, un pays qui abritait les nihilistes les plus redoutables et les plus irréductibles – et de quatre. Et, au milieu d'eux, l'infâme Zourov, individu aux multiples facettes.

En supposant que le chef cût raison, Fandorine n'en avait pas pour autant gaspillé inutilement l'argent de son voyage. Même dans ses pires cauchemars, il est probable qu'Ivan Frantsévitch n'aurait jamais pu imaginer à quelle hydre puissante il avait déclaré la guerre. Il n'était pas question ici d'étudiants ni de demoiselles hystériques pourvus de bombinettes ou de ridicules pistolets, mais de toute une société secrète dont les membres étaient des ministres, des généraux, des procureurs et même un conseiller d'Etat actuel de Pétersbourg !

Eraste Pétrovitch en était à ce point de sa réflexion quand il avait eu une sorte d'illumination (la seconde partie de la journée était déjà bien entamée). Conseiller d'Etat actuel et nihiliste ? Quelque chose l'empêchait d'admettre cette idée. Passe encore pour le chef de la garde impériale brésilienne – Eraste Pétrovitch n'avait jamais mis les pieds au Brésil et n'avait aucune idée des pratiques locales –, mais il se refusait catégoriquement à imaginer qu'un homme ayant le même rang qu'un général s'amuse à lancer des bombes. Fandorine avait côtoyé d'assez près un conseiller d'Etat actuel – Fiodor Trifonovitch Sévriouguine, le directeur du collège de région où il avait étudié pas moins de sept ans. Un tel homme terroriste ? Foutaise !

Et, brusquement, le cœur d'Eraste Pétrovitch s'était serré. Ces gens n'étaient nullement des terroristes, mais au contraire des messieurs tout ce qu'il y avait de plus sérieux et de plus respectables ! Des victimes de la terreur, voilà ce qu'ils étaient ! Des nihilistes de divers pays, désignés par des numéros selon un code secret, informaient l'état-major central révolutionnaire de l'exécution d'actes terroristes !

Quoique non, aucun ministre portugais n'avait apparemment été tué au cours du mois de juin – les journaux en auraient nécessairement parlé... De futures victimes alors ? Oui, voilà ! Les « numéros » demandaient à leur état-major l'autorisation de commettre tel ou tel acte terroriste. Mais les noms n'étaient pas précisés par mesure de sécurité.

Chaque chose était maintenant à sa place, tout s'était éclairci. Ivan Frantsévitch avait justement parlé d'un fil qui menait d'Akhtyrtsev à une datcha des environs de Moscou, mais, emporté par ses délirantes histoires d'espionnage, Fandorine n'avait écouté son chef que d'une oreille.

Stop. Mais ce modeste lieutenant des dragons, en quoi pouvait-il les intéresser ? Très simple, s'était aussitôt dit Eraste Pétrovitch, répondant à sa propre question. L'obscur Italien avait dû se mettre en travers de leur chemin. Comme en son temps un jeune registrateur de collège de la police judiciaire de Moscou s'était mis en travers de la route d'un tueur aux yeux pâles.

Diable, que faire ? Lui était là, bien tranquillement planqué, alors que tant de gens estimables se trouvaient en danger de mort ! Fandorine avait surtout de la peine pour ce général russe anonyme. Un homme sûrement digne de respect, plus tout jeune, méritant, père de jeunes enfants... Et tout portait à croire que ces carbonari envoyaient chaque mois leurs criminels rapports. D'ailleurs, il ne se passait pas un seul jour en Europe sans que le sang ne coule ! Et la piste ne conduisait pas n'importe où, mais à Piter. Alors, ces paroles entendues dans la bouche du chef étaient revenues à la mémoire d'Eraste Pétrovitch : « Ici, c'est le sort de la Russie qui est en jeu. » Eh bien, Ivan Frantsévitch, eh bien, monsieur le conseiller d'Etat, ce n'est pas seulement du sort de la Russie qu'il s'agit, mais de celui du monde civilisé tout entier.

Il devait informer le secrétaire Pyjov. En secret, afin que le traître de l'ambassade n'aille pas flairer quelque chose. Mais comment ? Ce traître pouvait être n'importe qui, et il aurait été dangereux pour Fandorine de se montrer aux abords de l'ambassade, même déguisé en Français aux cheveux roux et à la blouse d'artiste peintre... Il allait falloir prendre des risques. Envoyer un message par la poste urbaine, au nom du secrétaire de gouvernement Pyjov et ajouter « A remettre en mains propres ». Ne pas écrire un mot de trop, seulement son adresse à Londres et transmettre les salutations d'Ivan Frantsévitch. L'homme était intelligent, il comprendrait. Quant à la poste urbaine, à ce que l'on disait, elle acheminait le courrier en à peine deux heures...

Fandorine avait donc procédé de la sorte. Maintenant, on était le soir, et il attendait, à l'affût d'un coup discret frappé à sa porte.

Personne ne toqua. Tout se passa de manière bien différente.

Bien plus tard, à minuit passé, Eraste Pétrovitch était assis dans le fauteuil éventré dans lequel était caché le portefeuille bleu et, commençant à somnoler, il piquait régulièrement du nez. Sur la table, la chandelle achevait de se consumer, les coins de la pièce avaient disparu dans une obscurité malveillante ; dehors, l'orage qui approchait grondait de manière inquiétante. L'atmosphère était étouffante et chargée d'angoisse, au point que Fandorine avait l'impression qu'un être invisible pesait lourdement sur sa poitrine, l'empêchant de respirer. Il oscillait quelque part entre le sommeil et la réalité. Soudain, ses pensées graves et rigoureuses s'emmêlèrent en un fatras stérile, et le jeune homme, se ressaisissant, secoua la tête pour ne pas se faire happer par le tourbillon du sommeil.

C'est dans un de ces moments de lucidité qu'eut lieu un fait étrange. Tout d'abord, un petit piaulement inexplicable se fit entendre. Puis, n'en croyant pas ses yeux, Eraste Pétrovitch vit la clé se mettre à tourner toute seule dans la serrure. La porte émit un grincement désagréable alors que le battant glissait vers l'intérieur, et sur le seuil se manifesta une vision singulière : un petit homme maigrichon d'âge indéfinissable, au visage rond, sans barbe, et aux yeux étroits d'où partait un faisceau de ridules.

Dans un sursaut, Fandorine saisit son *derringer* sur la table, et la vision, avec un sourire suave et un hochement de tête approbateur, roucoula d'une voix de ténor, doucereuse et agréable à l'excès :

— Eh bien, me voilà, mon enfant. Porfiri Pyjov, fils de Martin, esclave du Seigneur et secrétaire de gouvernement. J'ai volé vers vous au premier signe de votre part. Tel le vent à l'appel d'Eole.

— Comment avez-vous ouvert la porte ? murmura Eraste Pétrovitch, effaré. Je me souviens pourtant avoir fermé à double tour.

— Avec un rossignol magnétique, expliqua de bonne grâce l'hôte tant attendu, et il montra une assez longue tige, qui d'ailleurs regagna immédiatement sa poche. Une bricole bien pratique. Je l'ai emprunté à un cambrioleur du cru. Mon genre d'activité conduit à fréquenter d'affreux individus, la lie de la société. D'authentiques misérables, croyez-moi. A défier l'imagination de monsieur Hugo lui-même. Mais ce sont aussi des êtres humains, et l'on peut trouver le moyen de s'en approcher. Je peux même dire que je les aime, ces rebuts du monde, et qu'en partie je les collectionne. Comme dit le poète : chacun s'amuse comme il peut, mais la mort est la même pour tous. Ou bien encore, comme disent les Allemands : « *jedes Tierchen hat sein Plaisirchen* » – à chaque bête ses propres joujoux.

De toute évidence, l'étrange petit bonhomme avait le don de bavasser sur tout et n'importe quoi avec une facilité déconcertante, mais, pour autant, ses yeux fureteurs n'en perdaient pas une miette – ils avaient déjà soumis à un examen attentif aussi bien Eraste Pétrovitch lui-même que sa misérable chambrette.

— Je suis Eraste Pétrovitch Fandorine. Envoyé de monsieur Brilling. Pour affaire de la plus haute importance, dit le jeune homme, bien que les deux premiers points fussent déjà indiqués dans sa lettre et que Pyjov eût sans doute de lui-même deviné le troisième. Le problème est qu'il ne m'a donné aucun mot de passe. Il aura oublié, probablement.

Eraste Pétrovitch lança un regard anxieux à Pyjov, dont maintenant dépendait son salut, mais ce dernier se contenta de lever au ciel ses petites mains aux doigts courts :

— Mais il n'y a besoin d'aucun mot de passe. Laissons là ces enfantillages. Comme si, face à un autre

Russe, un Russe n'était pas capable de discerner à qui il a affaire. Il me suffit de regarder vos yeux limpides (Porfiri Martinovitch s'approcha du jeune homme à le toucher), je lis en vous comme dans un livre. Un jeune homme pur, audacieux, patriote et aux nobles aspirations. Ce qui va de soi, notre institution n'acceptant que des gens de cette qualité.

Fandorine fronça les sourcils. Il lui semblait que le secrétaire de gouvernement se payait sa tête et le prenait pour un nigaud. Pour cette raison, Eraste Pétrovitch exposa son histoire brièvement et sèchement, sans y mettre d'émotion. Il s'avéra alors que Porfiri Martinovitch n'était pas seulement un vrai moulin à paroles mais qu'il savait aussi écouter avec la plus grande attention – sur ce point, il faisait même preuve d'un réel talent. Pyjov s'assit sur le lit, croisa ses mains sur son ventre, ferma complètement ses yeux, qui sans cela se réduisaient déjà à une étroite fente, puis ce fut comme s'il n'était plus là. En d'autres termes, il se fit tout ouïe au sens propre. Pas une seule fois il n'interrompit son interlocuteur, à aucun moment il ne remua. De temps en temps, toutefois, aux moments clés du récit, de sous ses paupières closes jaillissait une étincelle vive et intense.

Eraste Pétrovitch s'abstint de faire part de son hypothèse à propos des lettres, en réservant la primeur à Brilling, et termina par ces mots :

— Voilà, Porfiri Martinovitch, vous avez devant vous un fugitif et un assassin involontaire. Il me faut repasser au plus vite sur le continent. Je dois rentrer à Moscou pour voir Ivan Frantsévitch.

Pyjov se mordit les lèvres, attendit de voir si quelque chose d'autre suivait, puis tout doucement demanda :

— Et le petit portefeuille bleu ? Ne faudrait-il pas le faire passer par la poste diplomatique ? Il arriverait plus sûrement. On ne sait jamais... Ces messieurs ne sont visiblement pas des plaisantins, ils vont se lancer à vos trousses à travers toute l'Europe. Et pour ce qui est du détroit, mon mignon, je vous ferai bien sûr traverser – rien n'est plus facile. Si vous ne dédaignez pas un fragile canot de pêche, dès demain vous voguerez en compagnie de Dieu. Attrapant sous la voile le vent rugissant...

Qu'est-ce qu'il a avec son vent, toujours son vent, se dit avec irritation Eraste Pétrovitch, qui, à franchement parler, n'avait pas le moins du monde envie de se séparer du portefeuille si chèrement obtenu. Mais Porfiri Martinovitch continua comme s'il n'avait pas remarqué les hésitations de son interlocuteur :

— Je n'ai pas pour habitude de me mêler des affaires des autres. Car je suis un homme réservé et discret. Je vois toutefois que vous êtes très loin de m'avoir tout dit. Et il est vrai, mon cher petit, que si la parole est d'argent, le silence est d'or. Brilling Ivan Frantsévitch est un oiseau de haut vol. Un aigle fier parmi les merles, si l'on peut dire ; il n'irait pas confier une affaire importante au premier venu. Bon, alors ?

— Alors quoi ?

— Eh bien, le petit portefeuille ? Personnellement, je lui aurais flanqué de la cire à cacheter un peu partout, je l'aurais donné à un courrier dégourdi, qui aurait volé jusqu'à Moscou telle la troïka fendant le vent dans un tintement de grelots. Et puis j'aurais envoyé un télégramme chiffré, disant quelque chose dans le genre : « Du souverain des cieux, recevez ce don précieux. »

Dieu en était témoin, Eraste Pétrovitch n'était pas avide d'honneurs, ni de décorations, ni de gloire. Pour le bien de la cause, il aurait volontiers donné le portefeuille à Pyjov, car l'acheminement eût en effet été plus sûr avec un courrier. Mais il avait trop de fois repassé dans sa tête la scène de son retour triomphal auprès du chef, la remise solennelle du précieux portefeuille et le récit captivant des épreuves qu'il avait traversées... Allait-il se priver de tout cela ?

Fandorine ne put s'y résoudre. Il dit sévèrement :

— Le portefeuille est en lieu sûr dans une cachette. Je l'apporterai moi-même. J'en réponds sur ma vie. Mais surtout n'en prenez pas ombrage, Porfiri Martinovitch.

— Eh bien, comme vous voulez, fit Pyjov sans insister. Cela m'enlève même un souci. J'ai déjà bien assez de mes secrets sans me charger de ceux des autres. Et puisqu'il est dans une cachette, qu'il reste dans la cachette. (Il se leva, laissant glisser son regard sur les murs nus de la chambre.) En attendant, reposez-vous, mon garçon. La jeunesse réclame du sommeil. Moi je suis un vieillard, je souffre de toute façon d'insomnie. Aussi, pendant ce temps, je vais faire le nécessaire pour votre canot. Demain (en fait aujourd'hui) à la pointe de l'aube, je serai chez vous. Je vous amènerai en bord de mer, je vous donnerai un baiser d'adieu et vous bénirai. Quant à moi, je resterai à végéter en terre étrangère tel un orphelin sans foyer. Oh, comme est dure la vie pour qui est loin de la patrie.

C'est alors que Porfiri Martinovitch, visiblement conscient d'avoir quelque peu forcé la dose, écarta les mains d'un air coupable.

— Je suis désolé, je parle, je parle... Le russe vivant me manque, vous savez, et j'ai tendance à utiliser un langage ampoulé. Nos fins esprits de l'ambassade s'expriment surtout en français, si bien qu'il n'y a personne auprès de qui soulager son cœur.

Dehors, l'orage grondait pour de bon, et, apparemment, il avait même commencé à pleuvoir. Pyjov se leva, sur le point de prendre congé.

— Je vais y aller. Ouille, ouille, ouille ! Les éléments se déchaînent.

Sur le seuil de la porte, il se retourna, caressa une dernière fois Fandorine du regard et, après une profonde inclination, se fondit dans l'obscurité du couloir.

Eraste Pétrovitch verrouilla la porte et secoua frileusement les épaules. La foudre manqua de peu tomber sur le toit.

Il fait sombre, il y a quelque chose d'effrayant dans cette misérable chambre, ouverte sur l'extérieur par une unique fenêtre donnant sur une cour empierrée, nue, sans le plus petit brin d'herbe. La tempête se déchaîne, le vent hurle, la pluie frappe, et dans le ciel d'un gris noir, la lune erre à travers les nuages qui se déchirent. Filtrant à travers les rideaux, un rayon jaune coupe la pièce en deux, s'étire jusqu'au lit où, inondé d'une sueur froide, Fandorine s'agite, en proie à un cauchemar. Il est entièrement habillé, chaussé, armé. Seul son revolver demeure à la même place, sous l'oreiller.

Accablé sous le poids de son crime, sa conscience envoie au malheureux Eraste Pétrovitch une vision d'horreur. Amalia, morte, se penche au-dessus de son lit. Ses yeux sont mi-clos, de sous ses cils s'écoule une goutte de sang, sa main tient une rose noire.

— Que t'ai-je fait ? gémit plaintivement la morte. J'étais jeune et belle, j'étais seule et malheureuse. On m'a prise dans un filet, on m'a trompée, on m'a menti. Le seul homme que j'aimais m'a trahie. Tu as commis un grand péché, Eraste, tu as tué la beauté, or la beauté est un miracle divin. Tu as piétiné ce miracle. Pourquoi, pourquoi ?

La goutte de sang se détache de sa joue pour venir se poser sur le front tourmenté d'Eraste Pétrovitch, qui frissonne de froid et ouvre les yeux. Grâce à Dieu, il ne voit aucune Amalia. Un songe, rien qu'un songe. Cependant, sur son front, quelque chose de froid goutte à nouveau.

Qu'est-ce que c'est ? se demanda Eraste Pétrovitch avec un frémissement d'épouvante en achevant de se réveiller, et il prêta l'oreille au hurlement du vent, au martèlement de la pluie, au grondement sourd du tonnerre. C'est quoi, ces gouttes ? Rien de surnaturel. Une fuite au plafond. Calme-toi, pauvre idiot, calme-toi.

Mais au même moment, doucement mais distinctement, un murmure se fit entendre derrière la porte :

— Pourquoi, pourquoi ?

Et une fois encore :

— Pourquoi, pourquoi ?

C'est ma conscience impure, se dit Fandorine. C'est elle qui me donne des hallucinations. Mais sa pensée saine et rationnelle ne pouvait rien contre la peur odieuse et tenace qui pénétrait en lui par tous les pores de sa peau.

Tout paraissait calme. Un éclair illumina les murs nus et gris, puis tout redevint sombre.

Mais, une minute plus tard, de légers coups frappés à la fenêtre retentirent. Toc-toc. Puis de nouveau : toc-toc-toc.

Du calme ! C'est le vent. Un arbre. Une branche contre la vitre. Rien que de normal.

Toc-toc. Toc-toc-toc.

Un arbre ? Quel arbre ? D'un bond, Fandorine se mit sur son séant. Non, derrière la fenêtre, il n'y avait pas un seul arbre ! Seulement une cour vide. Seigneur, qu'était-ce ?

Le rai jaune entre les rideaux s'éteignit, devint gris. Visiblement, la lune était passée derrière les nuages. Mais, l'instant suivant, quelque chose de sombre, effrayant, mystérieux, ondula.

Faire n'importe quoi mais surtout ne pas rester allongé comme ça, la peur au ventre. Surtout ne pas sombrer dans la folie.

Eraste Pétrovitch se leva et, forçant ses jambes à lui obéir, il s'avança jusqu'à la fenêtre sans quitter des yeux l'effrayante tache sombre. Au moment précis où il tirait les rideaux, un éclair illumina le ciel et, derrière la vitre, Fandorine vit, face à lui, un visage d'une pâleur mortelle avec deux trous noirs à la place des yeux. Une main scintillant d'un éclat surnaturel, aux doigts écartés tels des rayons de lumière, glissa lentement à la surface de la vitre et là, Eraste Pétrovitch eut une réaction stupide et infantile : il poussa un sanglot irrépressible, fit un bon en arrière puis recula jusqu'à son lit, où il se jeta à plat ventre, la tête entre les mains.

Se réveiller ! Se réveiller au plus vite ! Notre père qui êtes aux cieux, que votre nom soit sanctifié, que votre règne arrive...

Les coups à la vitre cessèrent. Il détacha son visage de l'oreiller, jeta un regard prudent en direction de la fenêtre, mais ne vit rien d'horrible – la nuit, la pluie, les éclairs. Son imagination lui avait joué un tour. Un tour à sa façon.

Heureusement, Eraste Pétrovitch se rappela les instructions du brahmane indien Chandra Johnson, qui enseignait l'art de bien respirer et de bien vivre. Le sage ouvrage stipulait :

Une respiration satisfaisante est le fondement d'une vie satisfaisante. Elle te soutient dans les moments difficiles de l'existence, en elle tu trouveras le salut, l'apaisement et la sérénité. Aspire la force vitale de *prana*, ne te hâte pas de l'expirer, retiens-la dans tes poumons. Plus ta respiration est lente et mesurée, plus il y a de force vitale en toi. Aura atteint la sérénité celui qui, ayant aspiré *prana* le soir, ne l'expirera qu'au matin.

Certes, pour ce qui était de la sérénité, Eraste Pétrovitch en était encore loin. Toutefois, grâce à ses exercices matinaux quotidiens, il avait appris à retenir son souffle pendant cent secondes. C'est donc à ce moyen fiable que, pour l'heure, il allait recourir. Il aspira une pleine poitrine d'air et se calma, « se fit arbre, pierre, herbe ». Et cela l'aida – les battements de son cœur reprirent peu à peu un rythme régulier, la peur recula. A cent, Fandorine expira bruyamment, apaisé par la victoire de l'esprit sur la superstition.

Ce fut alors qu'un bruit résonna, qui le fit claquer des dents. Quelqu'un grattait à la porte.

— Laisse-moi entrer, murmura une voix. Regarde-moi. J'ai froid. Laisse-moi entrer...

C'en est trop, s'indigna intérieurement Eraste Pétrovitch, rassemblant ce qui lui restait de fierté. Je vais immédiatement ouvrir la porte et me réveiller. Ou bien... Ou bien constater que ce n'est pas un rêve.

En deux bonds, il atteignit la porte, ouvrit le verrou et tira rageusement le battant vers lui. Et son élan désespéré s'arrêta là.

Sur le seuil, se tenait Amalia. Elle portait le même déshabillé de dentelle blanche que la veille, mais, cette fois, ses cheveux étaient emmêlés par le vent et la pluie, et sur sa poitrine s'étalait une tache de sang. Le plus effrayant de tout était son visage qui luisait d'une lumière surnaturelle et ses yeux fixes, comme éteints. Sa main blanche, d'où jaillissaient des étincelles, se tendit vers le visage d'Eraste Pétrovitch et lui effleura la joue – exactement comme la veille, à ceci près que de ses doigts émanait un froid si glacial que, sur le point de sombrer dans la folie, l'infortuné Eraste Pétrovitch recula d'un pas.

— Où est le portefeuille ? demanda le spectre dans un murmure sifflant. Où est mon portefeuille ? J'ai vendu mon âme pour lui.

Un cri explosa des lèvres desséchées d'Eraste Pétrovitch :

— Je ne le rendrai pas !

Le jeune homme recula jusqu'au fauteuil dans les profondeurs duquel était enfoui le portefeuille dérobé, s'y laissa lourdement tomber et, pour être plus sûr, l'entoura de ses bras.

La revenante s'approcha de la table. Puis, après avoir gratté une allumette et allumé la bougie, elle s'écria d'une voix sonore :

— *Your turn now ! He's all yours* [1] !

Deux hommes firent irruption dans la chambre : l'immense Morbid, dont la tête touchait le linteau de la porte, et un autre, petit et leste.

Au comble de la confusion, Fandorine ne réagit même pas quand le majordome lui mit un couteau sous la gorge, tandis que l'autre le fouillait habilement et découvrait le *derringer* dans la tige de sa botte.

— Cherche le revolver, ordonna Morbid en anglais.

Le nabot, tel un chien bien dressé, trouva instantanément le colt caché sous l'oreiller.

Pendant ce temps, Amalia était devant la fenêtre en train d'essuyer son visage et ses mains avec un mouchoir.

— Bon, c'est tout ? demanda-t-elle avec impatience. Quelle saleté, ce phosphore. Et le pire, c'est que toute cette mascarade était inutile. Il n'a même pas eu assez de jugeote pour cacher le portefeuille convenablement. John, cherchez dans le fauteuil.

Elle ne regardait pas Fandorine, comme s'il se fût subitement transformé en objet inanimé.

Morbid éjecta Eraste Pétrovitch de son siège, sans cesser de presser sa lame sur sa gorge. Quant au nabot frétillant, il plongea la main dans l'assise du fauteuil et en extirpa le portefeuille bleu.

— Donnez-le-moi, ordonna Béjetskaïa en s'approchant de la table et en vérifiant le contenu. C'est bon, tout y est. Il n'a pas eu le temps de faire suivre. Grâce à Dieu. Frantz, apportez-moi mon manteau, je suis transie.

---

1. Maintenant, à votre tour ! Je vous le laisse !

— Ainsi, c'était une mise en scène ? prononça Fandorine d'un air bravache et d'une voix mal assurée. Félicitations. Vous êtes une grande actrice. Je suis heureux que ma balle vous ait manquée. Quand je pense qu'un si grand talent aurait pu se perdre...

— N'oubliez pas le bâillon, dit Amalia au majordome.

Puis, ayant passé sur ses épaules le manteau apporté par Frantz, elle sortit de la chambre, sans même jeter un dernier regard à Eraste Pétrovitch, couvert de honte.

Le nabot – c'était évidemment lui qui surveillait l'hôtel et nullement Zourov – sortit de sa poche une pelote de fine corde et en ficela étroitement le prisonnier, les bras le long du corps. Ensuite, de deux doigts il attrapa Fandorine par le nez, et quand, suffoquant, celui-ci ouvrit la bouche, il y enfourna une poire en caoutchouc.

— C'est bon, déclara Frantz, satisfait du résultat, avant d'ajouter avec un léger accent allemand : J'apporte le sac.

Il bondit dans le couloir et en revint presque aussitôt. Avant qu'on lui enfile par la tête un sac de toile grossière lui arrivant jusqu'aux genoux, la dernière chose qu'Eraste Pétrovitch eut sous les yeux fut la physionomie de pierre, absolument impassible, de John Morbid. Dommage, bien sûr, que ce bas monde, en guise d'adieu, n'ait pas montré à Eraste Pétrovitch son visage le plus séduisant. Mais, dans l'obscurité poussiéreuse du sac, la vision se révéla bien pire encore.

— Donne la ficelle, que je resserre bien le haut du sac, fit la voix de Frantz. On n'a pas loin à aller, mais ce sera plus sûr comme ça

— Où veux-tu qu'il aille ? répondit Morbid de sa voix de basse. Au moindre mouvement, je lui plante mon couteau dans la panse.

— N'empêche, on va quand même le faire, chantonna Frantz.

Et il enroula la ficelle si fort autour du sac qu'Eraste Pétrovitch en eut soudain du mal à respirer.

— Allez, on y va ! fit le majordome en poussant le prisonnier.

Fandorine se mit à avancer à l'aveuglette, sans très bien comprendre ce qui empêchait qu'on l'égorge ici même, dans la chambre. Il trébucha deux fois, manqua tomber sur le perron de l'hôtel, mais la grosse patte de John le rattrapa de justesse par l'épaule.

Cela sentait la pluie, des chevaux renâclaient.

— Vous deux, dès que vous en aurez terminé, revenez ici et remettez tout en ordre, résonna la voix de Béjetskaïa. Nous, nous rentrons.

— Ne vous faites pas de souci, m'am, mugit le majordome. Vous avez fait votre travail, nous ferons le nôtre.

Oh, comme Eraste Pétrovitch aurait aimé pouvoir dire quelque chose d'important, quelque chose de particulier afin qu'elle ne garde pas de lui le souvenir d'un gamin stupide et mort de peur, mais celui d'un homme courageux, tombé héroïquement dans un combat inégal contre toute une armée de nihilistes. Hélas, la maudite poire le priva de cet ultime plaisir.

Mais un nouveau choc attendait l'infortuné jeune homme, même si, après tout ce qu'il venait d'endurer, on était en droit de se demander quels malheurs pouvaient encore l'éprouver.

— Amalia Kazimirovna, ma mie, prononça en russe l'agréable voix de ténor, bien connue de notre héros. Permettez au vieillard que je suis de partager votre landau. Nous parlerons de choses et d'autres, et je serai plus au sec. Voyez vous-même, je suis trempé. Votre Patrick n'a qu'à prendre mon phaéton et nous suivre. Vous n'y voyez pas d'inconvénient, ma chérie ?

— Montez, répondit sèchement Béjetskaïa. Sachez seulement, Pyjov, que je ne suis pas votre mie, et encore moins votre chérie.

Faute de pouvoir éclater en sanglots à cause de la poire, Eraste Pétrovitch émit un grognement sourd. Le monde entier s'était ligué contre le malheureux jeune homme. Où aurait-il puisé assez de force pour se mesurer à cette multitude de malfaiteurs ? Il n'était entouré que de traîtres, de serpents venimeux (et quand on pense qu'il s'était laissé contaminer par le verbiage de ce maudit Porfiri Martinovitch !). Béjetskaïa avec ses coupe-jarrets, Zourov, et même Pyjov, ce renégat, tous étaient des ennemis. En cet instant, Eraste Pétrovitch n'avait plus envie de vivre tant il était accablé de dégoût et de lassitude.

Du reste, personne n'essayait vraiment de le convaincre de continuer à vivre. Il semblait, en effet, que son escorte eût pour lui des projets d'une tout autre nature.

Des mains puissantes saisirent le prisonnier et le firent asseoir dans une voiture. Le lourd Morbid grimpa et vint se coller à sa gauche. Le léger Frantz prit place à sa droite, fit claquer son fouet, et Eraste Pétrovitch se sentit projeté en arrière.

— Où ? demanda le majordome.

— Quai six, on m'a dit. Là-bas, c'est plus profond et en plus il y a du courant. Qu'est-ce que tu en penses ?

— Pour moi, c'est égal. Si on t'a dit le six, allons-y pour le six.

Ainsi, l'avenir immédiat d'Eraste Pétrovitch se présentait de manière assez limpide. On allait le conduire à un débarcadère désert, lui accrocher une pierre autour du cou et l'envoyer au fond de la Tamise, pourrir parmi les chaînes d'ancre rouillées et les tessons de bouteille. Le conseiller titulaire Fandorine disparaîtrait sans laisser de traces, car il s'avérerait que pas une seule personne ne l'avait vu après l'agent militaire à Paris. Ivan Frantsévitch comprendrait que son protégé avait fait un faux pas quelque part, mais il n'apprendrait jamais la vérité. Et il ne viendrait à l'esprit de personne, à Moscou et à Pétersbourg, qu'une infâme canaille s'était infiltrée au sein des services secrets. Voilà qui il aurait fallu démasquer.

Mais, après tout, peut-être que tout n'était pas perdu.

Même ligoté et enfermé dans son long sac poussiéreux, Eraste Pétrovitch se sentait incomparablement mieux que vingt minutes plus tôt quand le spectre phosphorescent le regardait à travers la fenêtre et que sa raison était paralysée par la peur.

Le fait est qu'il restait au captif une chance de s'en sortir. Frantz avait beau être rusé, il n'avait pas eu l'idée de tâter sa manche droite. Or, dans cette manche, se trouvait son stylet, et avec lui tous ses espoirs... Si seulement il trouvait le moyen d'attraper l'extrémité avec ses doigts... Mais ce n'était pas simple avec le bras ficelé le long du corps. Combien cela prendrait-il pour arriver à ce fichu quai six ? Aurait-il le temps ?

— Reste tranquille, intima Morbid en donnant un coup de coude dans les côtes du prisonnier, qui n'arrêtait pas de se tortiller (de peur, sans doute).

— De toute manière, l'ami, qu'il gigote ou pas, le résultat sera le même, fit remarquer Frantz avec philosophie.

L'homme dans le sac s'agita encore un peu, poussa un cri sourd et se tut, visiblement résigné à accepter son sort (avant qu'il ait pu l'attraper, le maudit stylet lui avait cruellement tailladé le poignet).

— On est arrivés, annonça John en se haussant pour observer les environs. Il n'y a personne.

— Et qui voudrais-tu qu'il y ait en pleine nuit et sous cette pluie battante ? répliqua Frantz. Allez, remue-toi un peu. Après il faut encore qu'on retourne là-bas.

— Prends-le par les jambes.

Ils soulevèrent le paquet soigneusement ficelé et le portèrent jusqu'à une longue jetée de planches pour petites embarcations, qui, telle une flèche, s'étirait au-dessus de l'eau noire.

Eraste Pétrovitch entendit les planches qui craquaient sous les pas, le clapotis du fleuve. La délivrance était proche. A peine l'eau de la Tamise se refermerait-elle au-dessus de sa tête qu'il devrait trancher ses liens avec le stylet, éventrer le sac et, sans bruit, aller faire surface sous la jetée. Il attendrait que les autres partent, et il aurait gagné : le salut, la vie, la liberté. Cela paraissait si simple qu'une voix intérieure murmura à Fandorine : non, Eraste, dans la vie les choses ne se passent pas comme ça, une sale tuile va immanquablement te tomber dessus et tout ton merveilleux plan sera réduit à néant.

Hélas, en le prédisant, la petite voix avait attiré le malheur. La tuile ne tarda guère à se présenter – et non du fait du cauchemardesque mister Morbid, mais à l'initiative de ce brave Frantz.

— Attends, John, dit ce dernier lorsqu'ils s'arrêtèrent à l'extrémité de la jetée et déposèrent leur fardeau sur les planches. Ça ne se fait pas de jeter un homme vivant dans l'eau, comme si c'était un vulgaire chiot. Tu aimerais être à sa place, toi ?

— Non, répondit John.

— Et voilà, se réjouit Frantz. C'est bien ce que je te disais. Boire la tasse dans ce liquide pourri et immonde.... Br-r-r. Je ne souhaite ça à personne. Allez, faisons une bonne action : saigne-le d'abord pour qu'il ne souffre pas. Un bon coup et c'est fini, d'accord ?

Face à cet élan d'humanité, Eraste Fandorine commença à se sentir très mal, mais le bon, le merveilleux mister Morbid grogna :

— C'est ça, je vais salir mon couteau. Et éclabousser mes manches de sang, en plus. Comme si on ne s'était pas déjà donné assez de mal pour ce morveux. De toute façon, qu'il crève comme ça ou autrement... Et puis, si tu es si bon, étrangle-le avec ta corde, dans ce domaine tu n'as pas ton pareil. Moi, pendant ce temps, je vais chercher un morceau de ferraille.

Ses lourds pas s'éloignèrent, et Fandorine resta seul avec le petit Frantz au grand cœur.

— Il n'aurait pas fallu nouer le haut du sac, prononça-t-il, réfléchissant tout haut. J'y ai laissé tout ce qui restait de ficelle.

Eraste Pétrovitch émit un mugissement approbateur, qui voulait dire quelque chose comme : ne t'en fais pas, j'arriverai bien à m'en passer.

— Ah, le pauvre petit, soupira Frantz. Ces gémissements, ça vous arrache le cœur. Du calme, mon garçon, n'aie pas peur. Pour toi, tonton Frantz ne va pas épargner sa ceinture.

On entendit des pas qui approchaient.

— Tiens, un bout de rail. Exactement ce qu'il fallait, tonna le majordome. Fourre-le sous la corde. Avec ça, il ne remontera pas avant un mois.

— Attends un peu, le temps que je l'étrangle.

— Va au diable avec ta sensiblerie ! Le temps presse, bientôt ce sera l'aube !

— Excuse-moi, fiston, dit Frantz, compatissant. Visiblement, c'était ton destin. *Das hast du dir selbst zu verdanken*[1].

Ils ramassèrent Eraste Pétrovitch et le balancèrent.

— Azazel ! s'exclama Frantz d'une voix sévère et triomphante, et, dans la seconde qui suivit, le corps emmailloté percutait l'eau putride avec fracas.

Fandorine ne sentit ni le froid, ni même le poids de son scaphandre alourdi par les graisses en suspension, tant il était occupé à taillader avec son stylet la ficelle imbibée d'eau. Il eut surtout des difficultés avec la main droite, mais, dès que celle-ci fut libérée, tout alla très vite : un ! la main gauche vint à la rescousse de la droite ; deux ! le sac fut éventré de haut en bas ; trois ! le lourd morceau de rail s'enfonça dans la vase.

Le tout maintenant était de ne pas remonter prématurément à la surface. Eraste Pétrovitch donna

1. Tu l'as bien cherché.

une impulsion avec les jambes, tandis qu'il tendait ses bras en avant et se frayait un chemin dans l'obscurité glauque. Quelque part, tout près, devaient se trouver les poteaux de soutènement de la jetée. Voilà, ses doigts venaient d'effleurer du bois gluant, recouvert d'algues. Doucement, sans se presser, il fallait remonter le long du poteau. Sans un clapotis, sans un bruit.

Sous le plancher de bois de la jetée, l'obscurité était totale. Soudain, l'eau noire sortit silencieusement de ses entrailles une tache blanche et ronde. Dans le cercle blanc s'en forma un autre, petit et noir – c'était le conseiller titulaire Fandorine qui aspirait avidement l'air du fleuve. Cela sentait la pourriture et le kérosène. L'odeur magique de la vie.

Pendant ce temps, en haut, sur la jetée, on discutait tranquillement. L'homme caché en dessous distinguait chaque mot. Il était arrivé à Eraste Pétrovitch d'avoir les larmes aux yeux lorsqu'il imaginait, attendri, les termes dans lesquels ses amis et ses ennemis évoqueraient sa mémoire, celle d'un héros disparu prématurément, et les discours qui seraient prononcés au-dessus de sa tombe béante. On peut dire que toute sa jeunesse s'était nourrie de ces rêves. Aussi, quelle ne fut pas l'indignation du jeune homme quand il entendit de quelles futilités bavardaient ceux qui se considéraient comme ses assassins ! Pas un seul mot de celui sur qui s'étaient refermées les eaux sombres du fleuve – un être humain doué de cœur et d'esprit, à l'âme noble et aux aspirations sublimes !

— A tous les coups, cette petite balade va me coûter une belle crise de rhumatisme, soupira Frantz. Il monte une telle humidité... Bon, mais qu'est-ce qu'on fait à attendre ici ? On y va, non ?

— Pas encore.

— Ecoute, avec toute cette agitation, je n'ai même pas dîné. Qu'est-ce que tu en penses, on va nous donner quelque chose à nous mettre dans le ventre ou on nous a déjà concocté un nouveau boulot ?

— On n'a pas à le savoir. On fera ce qu'on nous dira de faire.

— On pourrait au moins avaler un peu de veau froid. J'ai le ventre qui gargouille... C'est vrai qu'on va devoir se tirer d'ici ? On commençait tout juste à s'acclimater, à se sentir chez soi... Et pourquoi ? Pourtant, tout s'est bien passé.

— Elle, elle sait pourquoi. Si elle a décidé ça, c'est qu'il le faut.

— Ça, c'est bien vrai. Elle ne se trompe jamais. Pour elle, je ferais n'importe quoi – je lui aurais même sacrifié mon propre père. Si j'en avais eu un, bien sûr. Aucune mère n'aurait jamais fait pour nous tout ce qu'elle a fait.

— Ça, c'est sûr... Bon, maintenant on peut y aller.

Eraste Pétrovitch attendit que les pas s'éloignent ; par sécurité, il compta encore jusqu'à trois cents et alors seulement il regagna la rive.

Quand, après plusieurs tentatives infructueuses, il parvint à grand-peine à se hisser sur le parapet, bas mais quasiment vertical, l'obscurité commençait déjà à se dissoudre, pressée par l'aube. Le supposé noyé tremblait de froid, claquait des dents et, pour couronner le tout, il était maintenant affligé d'un hoquet – visiblement, il avait ingurgité de l'eau putride. Mais cela ne retirait rien au bonheur d'être en vie. Eraste Pétrovitch promena un regard amoureux sur l'étendue grise du fleuve (de l'autre côté, de petites lumières brillaient amicalement), il s'attendrit devant un entrepôt, bas mais robustement construit, il opina au balancement régulier des remorqueurs et des chaloupes qui s'alignaient le long du quai. Un sourire serein illuminait le visage mouillé, au front barré d'une traînée de mazout, de celui qui venait de ressusciter des morts. Il s'étira voluptueusement et, dans cette position ridicule, il se figea : une petite silhouette agile venait de se détacher d'un coin de l'entrepôt et se précipitait dans sa direction.

— Ah, les canailles, les monstres ! pestait, d'une voix aiguë, audible de loin, la silhouette qui continuait d'avancer. On ne peut vraiment rien leur confier, il faut tout vérifier. Qu'est-ce que vous deviendriez sans Pyjov ? Vous seriez complètement perdus. Perdus comme des chiots aveugles.

Saisi d'une colère bien compréhensible, Fandorine s'élança en avant. Le renégat avait tout l'air de ne pas soupçonner que sa traîtrise satanique avait été découverte.

Cependant, dans la main du secrétaire de gouvernement quelque chose de métallique se mit à briller d'un éclat qui ne présageait rien de bon, et Eraste Pétrovitch s'arrêta tout d'abord, pour ensuite reculer.

— Voilà qui est frappé au coin du bon sens, mon joli, l'approuva Pyjov, dévoilant une démarche féline aux foulées élastiques. Vous êtes un garçon intelligent, je l'ai compris immédiatement. Ce que j'ai là, dans la main, vous connaissez ?

Il brandit la chose métallique, et Fandorine distingua un pistolet à double canon, d'un calibre impressionnant.

— Un machin à faire frémir, poursuivit-il. Dans leur jargon, les bandits locaux l'appellent *smasher*. Tenez, si vous voulez bien regarder. Ici, on met deux balles explosives – celles-là mêmes qui ont été interdites par la conférence de Saint-Pétersbourg de 68. Mais, que voulez-vous, mon petit Eraste, ce sont des criminels, d'horribles malfaiteurs. Que leur importent les conférences humanitaires ! Or, dès qu'elle pénètre dans un corps mou, la balle explosive s'ouvre telle une fleur à pétales. Viande, os, veines, elle transforme tout en chair à pâté. Et vous, mon joli, tout doux, pas un geste, sinon dans l'affolement je vais tirer, et je ne me pardonnerai jamais une telle sauvagerie. D'autant qu'une balle comme ça dans le ventre ou quelque part dans cette région, cela fait très, très mal.

Secoué par un frisson, non plus de froid mais de peur, Fandorine cria :

— Iscariote ! Tu as vendu ta patrie pour trente pièces d'argent !

Et, de nouveau, il s'éloigna du sinistre canon.

— Comme disait le grand Derjavine, l'inconstance est le lot des mortels. En outre, vous m'offensez injustement, mon petit ami. Je me suis laissé séduire par une somme autrement plus sérieuse, que j'ai pris grand soin de transférer dans une banque suisse, pour mes vieux jours, afin de ne pas crever comme un chien. Mais vous, petit imbécile, dans quoi vous êtes-vous mis ? A qui avez-vous eu l'idée de vous attaquer ? A tirer dans la pierre, on ne fait que perdre ses flèches. C'est une forteresse, c'est la pyramide de Khéops. On ne l'abat pas d'un coup de tête.

Tandis qu'il parlait, Eraste Pétrovitch continua de reculer jusqu'à la rive et dut s'arrêter en sentant le parapet heurter sa cheville. De toute évidence, c'était exactement ce que cherchait Pyjov.

— Très bien, voilà qui est parfait ! fredonna-t-il, s'arrêtant à dix pas de sa proie. Sinon, j'aurais eu le plus grand mal à traîner jusqu'à l'eau un jeune homme aussi bien nourri. Et ne vous en faites pas, mon précieux, Pyjov connaît son affaire. Pan ! et c'est fini. A la place d'un beau petit visage, une belle petite bouillie. Même si on te repêche, personne ne te reconnaîtra. Mais ton âme s'envolera immédiatement vers les anges. Une âme si jeune n'a pas encore eu le temps de pécher.

Sur ces mots, il leva son arme, ferma l'œil gauche et sourit avec délectation. Il prit son temps pour tirer, afin de jouir de l'instant. Fandorine regarda désespérément la rive déserte, faiblement éclairée par les premières lueurs de l'aube. Personne, pas âme qui vive. Cette fois, c'était la fin pour de bon. Il crut percevoir un mouvement près de l'entrepôt, mais n'eut pas le temps de bien regarder. Un coup de feu épouvantablement fort éclata, bien plus fort que le plus fort des coups de tonnerre, et Eraste Pétrovitch, chancelant en arrière et poussant un cri déchirant, tomba dans ce fleuve dont il avait eu tant de peine à s'extirper quelques minutes plus tôt.

Chapitre douzième,

où le héros apprend qu'il a un halo autour de la tête

Cependant, non seulement toute conscience n'avait pas abandonné celui sur qui l'on venait de tirer, mais encore ne ressentait-il aucune douleur. N'y comprenant rien, Eraste Pétrovitch se mit à battre des mains à la surface de l'eau. Que lui arrivait-il ? Etait-il mort ou vivant ? S'il était mort, pourquoi cette impression d'être complètement trempé ?

Au-dessus du parapet surgit la tête de Zourov. Fandorine ne s'en étonna pas le moins du monde : premièrement, en cet instant précis, il eût été difficile de trouver de quoi l'étonner et, deuxièmement, dans l'autre monde (si, bien sûr, c'était là qu'il se trouvait), il s'en passait parfois bien d'autres.

— Erasme ! Tu es vivant ? Ma balle t'a touché ? cria avec fougue la tête de Zourov. Donne-moi la main.

Eraste Pétrovitch sortit sa dextre de l'eau et, en un geste vigoureux, il fut ramené sur la terre ferme. Une fois remis sur ses pieds, la première chose qu'il vit fut la petite silhouette qui gisait face contre terre, la main tendue, refermée sur le lourd pistolet. Sur sa nuque, à travers ses rares cheveux poivre et sel, apparaissait un orifice noir, sous lequel s'élargissait une flaque sombre.

— Tu es blessé ? demanda Zourov avec anxiété, palpant sous toutes les coutures le malheureux Eraste Pétrovitch tout dégoulinant d'eau. Je ne comprends pas comment cela a pu arriver. Une pure et simple *révolution dans la balistique*. Mais non, ce n'est pas possible.

— Zourov, vous ?! fit Fandorine d'une voix enrouée, réalisant enfin qu'il se trouvait dans ce monde et non dans l'autre.

— Pas « vous », mais « tu ». Nous avons bu à l'amitié, l'aurais-tu oublié ?

— Mais pou... pou... pourquoi ? demanda Eraste Pétrovitch, se mettant de nouveau à trembler de froid. Vous tenez absolument à en terminer vous-même avec moi ? Votre Azazel vous a promis une prime en échange, c'est ça ? Eh bien tirez, tirez, et soyez maudit ! J'en ai mon souper de vous tous, plus encore que de la kacha.

D'où cette comparaison avec la kacha lui était-elle subitement venue ? Une lointaine réminiscence resurgie de la petite enfance, sans doute. Eraste Pétrovitch était sur le point d'arracher sa chemise, comme pour dire : voici ma poitrine, tu n'as qu'à tirer, quand Zourov le secoua sans ménagement par les épaules.

— Arrête de délirer, Fandorine. Quel Azazel ? Quelle kacha ? Laisse-moi te remettre les idées en place, dit-il en flanquant une paire de claques retentissantes au pauvre garçon exténué. C'est moi, Hippolyte Zourov. Après tout ce qui t'est tombé dessus, rien d'étonnant à ce que tu aies la cervelle en compote. Appuie-toi sur moi. (Il prit le jeune homme par les épaules.) Je vais t'emmener à l'hôtel. J'ai un bon petit cheval attaché ici, et celui-là (il donna un coup de pied au corps inerte de Pyjov) a laissé son phaéton un peu plus loin. Nous arriverons plus vite que le vent. Tu vas te réchauffer, avaler un bon grog et m'expliquer tout ce cirque.

Fandorine repoussa le comte avec force :

— Non, c'est toi qui vas m'expliquer ! D'abord (hic) qu'est-ce que tu fais là ? Pourquoi m'as-tu suivi ? Tu es de mèche avec eux ?

Gêné, Zourov tortilla sa moustache noire.

— Cela ne se résume pas en deux mots.

— Je m'en fiche, j'ai tout (hic) mon temps. Je ne bougerai pas d'ici !

— Bien, alors écoute.

Et voici ce que narra Hippolyte.

* * *

— Crois-tu que je t'aie donné l'adresse d'Amalia comme ça, sans arrière-pensée ? Non, mon frère, il y a ici tout un jeu psychologique. Tu m'as plu, c'est fou ce que tu m'as plu. Il y a en toi quelque chose... Je ne sais pas, une sorte d'empreinte. J'ai le flair pour repérer les gens comme toi. Parfois, sur la tête de certaines personnes, c'est comme si je voyais un nimbe, tel un léger halo lumineux. Ces gens-là sont particuliers, le sort veille sur eux, les protège de tous les dangers. Pourquoi les protège-t-il ? Ils l'ignorent, comme je l'ignore moi-même. Si tu te bats en duel contre un tel homme, il te tue. Tu joues aux cartes, il te plume, quoi que tu puisses sortir de tes manches. J'ai vu ton halo lorsque tu m'as lessivé au stoss et après, quand tu nous as proposé de tirer au sort à celui qui se suiciderait. On rencontre rarement des gens comme toi Tiens, par exemple, alors que nous marchions dans le désert du Turkestan, il y avait dans mon détachement un lieutenant du nom d'Oulitch. Il ne manquait jamais une occasion d'aller au feu, et cela ne lui faisait ni chaud ni froid, ça le faisait rire. Tu imagines, une fois, aux portes de Khiva, j'ai de mes propres yeux vu la garde du khan tirer une salve sur lui. Pas une égratignure ! Peu après, il a bu un peu de koumis trop fermenté, et basta, on a enterré Oulitch dans le sable. Pourquoi le Seigneur le protégeait-il dans les combats ? Mystère ! Eh bien toi, Erasme, tu es de ceux-là, tu peux me croire. Je t'ai aimé, je t'ai aimé à la minute précise où, sans la moindre hésitation, tu as pressé le revolver sur ta tempe et appuyé sur la détente. Seulement, Fandorine mon frère, mon affection est une réalité sournoise. Je ne peux aimer quelqu'un qui me soit inférieur, et j'envie mortellement quiconque m'est supérieur. Et je t'ai envié. J'étais jaloux de ton auréole, de ta veine insolente. Regarde, aujourd'hui, tu viens de sortir de l'eau comme si de rien n'était. Bien sûr, tu as l'air d'un chiot mouillé, mais tu es vivant et sans une seule égratignure.

Jusque-là Eraste Pétrovitch avait écouté avec le plus vif intérêt, rosissant même de plaisir et cessant pour un temps de trembler, mais au mot « chiot » il se renfrogna et, fâché, il hoqueta deux fois de suite.

— Mais ne sois pas vexé, je disais cela en toute amitié, fit Zourov en lui tapant sur l'épaule. Bref, j'ai alors pensé : c'est le destin qui me l'envoie. Amalia ne saurait manquer de s'enticher d'un tel homme. Pour peu qu'elle le regarde d'un peu plus près, elle s'y laissera prendre. Et ainsi j'en aurai terminé, je serai une fois pour toutes débarrassé de cette hantise satanique. Elle me laissera en paix, cessera de me torturer, de me promener au bout d'une chaîne, tel un ours de foire. Qu'elle aille donc tourmenter ce gosse avec ses supplices. Et ainsi, je t'ai donné le fil à suivre, je savais que tu ne renoncerais pas à ton but... Mets ce manteau sur tes épaules et, tiens, avale une gorgée de ça. Tu es tout grelottant.

Tandis que, claquant des dents, Fandorine buvait un fond de rhum de la Jamaïque au goulot d'une grande flasque, Hippolyte lui jeta sur les épaules son manteau noir de dandy à la doublure de satin écarlate, puis, d'un mouvement des pieds expéditif, il fit rouler le cadavre de Pyjov jusqu'à la limite du rebord, et, le hissant par-dessus le parapet, il le jeta dans le fleuve. Le corps pénétra dans l'eau avec un bruit sourd, et il ne resta de l'indigne secrétaire de gouvernement qu'une flaque sombre sur une dalle de pierre.

— Procure la paix, Seigneur, à ton serviteur Je-ne-sais-pas-comment-il-s'appelait, prononça Zourov avec dévotion.

— Py... Pyjov, hoqueta de nouveau Eraste Pétrovitch, qui toutefois, grâce au rhum, ne claquait plus des dents. Porfiri Martinovitch Pyjov.

— De toute manière je ne retiendrai pas son nom, dit Hippolyte avec un haussement d'épaules indifférent. Et puis qu'il aille au diable. De toute évidence, c'était un sale petit bonhomme. Tirer sur un homme désarmé... pff. C'est qu'il avait bel et bien l'intention de te tuer, Erasme. Et, soit dit en passant, je t'ai sauvé la vie, tu l'avais compris ?

— J'avais compris, j'avais compris. Mais poursuis ton récit.

— Eh bien, s'il faut poursuivre, poursuivons. Je t'ai donc donné l'adresse d'Amalia et, dès le lendemain, j'ai sombré dans une mélancolie, un cafard tel que Dieu t'en préserve. Je buvais, j'allais voir les filles et j'ai paumé jusqu'à cinquante mille roubles au jeu, mais rien n'y faisait. Impossible de dormir, impossible de manger. Boire, ça, je pouvais. Je vous voyais sans cesse toi et Amalia, en train de flirter, en train de vous moquer de moi. Parfois, et c'était pire que tout, vous sembliez m'avoir complètement oublié. J'ai passé ainsi dix jours à broyer du noir, jusqu'au moment où j'ai senti que je risquais de devenir timbré. Jean, mon laquais, tu te souviens de lui ? Il est à l'hôpital. Il est venu me casser les pieds avec ses sermons, et, résultat, je lui ai déplacé le nez et cassé trois côtes. Honte à moi, Fandorine mon frère. J'étais comme fou. Au onzième jour, j'ai explosé. Je me suis dit : ça suffit, je les tue tous les deux et ensuite j'en finis avec moi. Quoi qu'il arrive, rien ne sera pire que maintenant. Quant à savoir comment j'ai traversé l'Europe, on pourrait me couper en morceaux que je serais incapable de m'en souvenir. Il faut dire que je pitanchais comme un chameau du Karakoum. Alors que l'on traversait l'Allemagne, j'ai balancé deux Prussiens hors du train. En fait, je n'en suis pas très sûr. Il est possible que je l'aie rêvé. Je n'ai repris mes esprits qu'une fois arrivé à Londres. Là, première chose : le *Winter Queen*. Elle n'y est pas, toi non plus. L'hôtel est minable. De toute sa vie, Amalia n'a jamais séjourné dans un tel trou à rats. Le portier, cet animal, ne sait pas un seul mot de français. Quant à moi, ma connaissance de la langue anglaise se limite à « bateule ouiski » et « mouve yor as [1] », expressions que j'ai apprises d'un enseigne de vaisseau et qui signifient : « Une bouteille de gnôle, et

1. *Bottle whisky,* « une bouteille de whisky » ; *move your ass,* « bouge tes fesses ».

plus vite que ça. » J'interroge sur miss Olsen cet avorton de portier anglais, lequel baragouine quelque chose dans son sabir, secoue sa caboche et indique je ne sais quoi derrière lui. En fait, il veut dire : « Elle a déménagé d'ici, mais où ? mystère. » Ensuite, je passe à toi : « Fandorine, je lui dis, Fandorine, mouve yor as. » Et là – surtout ne va pas te vexer –, les yeux lui sortent carrément de la tête. Visiblement, en anglais ton nom sonne comme quelque chose de pas très convenable. En un mot comme en cent, le larbin et moi avons le plus grand mal à parvenir à une compréhension mutuelle. Comme je ne vois rien d'autre à faire, je décide de m'installer dans ce nid à punaises, et j'y reste. Mon emploi du temps est simple. Le matin je vais voir le portier et je lui demande : « Fandorine ? » Il me fait une courbette et répond : « Mornine, seu[1]. » Ce qui veut dire : « Il n'est pas encore arrivé. » Je vais alors au mastroquet d'en face, où j'ai établi mon poste d'observation. C'est d'un ennui mortel, les gueules autour sont sinistres, mais, heureusement, j'ai « bateule ouiski » et « mouve yor as » pour me réconforter. Au début, le tenancier me regardait comme une bête curieuse, puis il s'est habitué, et maintenant il m'accueille comme quelqu'un de la famille. Grâce à moi, son commerce s'est animé : les gens se pressent chez lui pour me voir siffler l'eau-de-vie par verres entiers. Mais ils ont peur de s'approcher et regardent de loin. J'ai appris de nouveaux mots : « djine » – c'est un alcool de genièvre ; « ram » – c'est le rhum ; « brendi » – c'est un cognac dégueulasse. Bref, j'étais prêt à rester à mon poste d'observation jusqu'à la crise de delirium tremens quand, le

1. *Morning, sir*, « bonjour, monsieur ».

quatrième jour, Allah soit loué, tu as débarqué. Tu es arrivé comme un vrai dandy, avec moustaches et voiture laquée. A propos, tu as eu tort de les raser, elles te donnaient fière allure. Tiens, je me dis, le petit paon fait la roue. Mais pour ce qui est de « miss Olsen », des clous, il peut toujours attendre. Mais, à toi, cette canaille de portier ne chante pas du tout la même chanson qu'à moi, et je décide de rester caché, d'attendre que tu me mettes sur la bonne piste et d'agir alors en fonction de la donne. Je t'ai suivi dans la rue, tel un flic en filoche. J'avais complètement perdu la boule. Quand je t'ai vu te mettre d'accord avec le cocher, j'ai immédiatement réagi : j'ai pris un cheval à l'écurie et j'ai enveloppé ses sabots avec des serviettes de toilette de l'hôtel pour qu'ils ne fassent pas de bruit. Ce sont les Tchétchènes qui font ça avant de passer à l'attaque. Enfin, pas avec des serviettes d'hôtel mais avec des chiffons quelconques, tu avais compris ?

Eraste Pétrovitch se remémora la nuit précédente. Il avait eu tellement peur de laisser échapper Morbid qu'il n'avait même pas songé à regarder derrière lui. Or, il s'avérait que la filature était double.

— Quand tu as grimpé en direction de sa fenêtre, j'ai senti en moi comme un volcan en fusion, poursuivit Hippolyte. Je me suis mordu la main jusqu'au sang. Tiens, regarde. (Il fourra sous le nez de Fandorine sa belle main puissante, où, effectivement, entre le majeur et l'index, apparaissaient des traces de morsures formant une demi-lune parfaitement régulière.) Bon, cela suffit, me dis-je. Maintenant, ce sont d'un coup trois âmes qui vont s'envoler – l'une au ciel (c'est à toi que je pensais), les deux autres directement en enfer... Pour une raison que j'ignore, tu t'es attardé un instant près de la fenêtre puis, rassemblant ton courage, tu as enjambé le rebord. Il ne me restait plus qu'un seul espoir : peut-être allait-elle te chasser. Elle n'aime pas qu'on lui force la main, elle préfère tout régenter elle-même. J'attends, le cœur battant, les jambes flageolantes. Brusquement, la lumière s'éteint, un coup de feu, puis son cri ! Oh, mon Dieu, pensai-je, cette tête brûlée d'Erasme l'a tuée. Elle l'a bien cherché ! Tant va la cruche à l'eau... Et alors, Fandorine mon frère, le désespoir s'est abattu sur moi, comme si j'étais absolument seul au monde et que je n'eusse plus aucune raison de vivre... Je savais qu'elle terminerait mal, j'avais moi-même songé à en finir avec elle, mais tout de même... Tu m'as bien vu, hein, quand tu es passé près de moi en courant ? Je suis resté figé, comme paralysé, je ne t'ai même pas appelé. J'étais dans une sorte de brouillard... Puis le miracle s'est produit, suivi d'événements de plus en plus étranges. Tout d'abord, il s'est avéré qu'Amalia était en vie. Manifestement, tu l'avais manquée dans l'obscurité. Elle hurlait et houspillait les serviteurs, si fort que les murs en tremblaient. Elle ordonne quelque chose en anglais, les larbins accourent, s'agitent dans tous les sens, fouillent le jardin. Moi, je suis caché dans les fourrés. Dans ma tête, c'est la pagaille la plus totale. Je me fais l'impression d'être le mort dans une partie de préférence. Tous participent au jeu, moi seul suis là à ne rien faire. Non, cela ne peut pas durer, me dis-je. Pour qui me prend-on, à la fin ? De toute sa vie, Zourov ne s'est jamais fait rouler. Au fond du jardin se trouve une maisonnette de gardien condamnée, pas plus grande que deux niches de chien. J'arrache la planche qui barre l'entrée, je me mets aux aguets, je commence à en avoir l'habitude. J'observe tout ce qui se passe, l'œil grand ouvert et l'oreille tendue. Le satyre épiant Psyché. De leur côté, c'est un tohu-bohu incroyable ! On dirait l'état-major avant le passage en revue des troupes par l'empereur. Les serviteurs entrent et sortent de la maison, Amalia crie contre les uns et les autres, des facteurs apportent des télégrammes. Je n'arrive pas à comprendre : qu'est-ce qu'a bien pu lui faire mon Erasme ? Il a pourtant tout d'un garçon bien élevé. Qu'est-ce que tu lui as fait, hein ? Tu as voulu reluquer le lys qu'elle avait sur l'épaule, ou quoi ? Non, elle n'a pas de lys sur l'épaule, ni sur aucune autre partie du corps. Alors raconte, ne me fais pas languir.

Eraste Pétrovitch se contenta d'un geste impatient de la main, comme pour dire : « Continue, l'heure n'est pas à ce genre d'idioties. »

— En tout cas, tu as donné un sacré coup de pied dans la fourmilière. Ton défunt ami (Zourov fit un signe de tête en direction du fleuve, où Porfiri Martinovitch avait rejoint se dernière demeure) est venu deux fois. La seconde hier soir, juste avant...

— Ce qui veut dire que tu es resté toute la nuit et toute la journée du lendemain ? s'étonna Fandorine. Sans manger et sans boire ?

— Oh, je peux tenir un bon bout de temps sans manger, pourvu que j'aie à boire. Et c'était le cas, expliqua Zourov en tapotant sa flasque. Bien sûr, j'ai dû me rationner. Deux gorgées à l'heure. C'est difficile, mais lors du siège de Makhram j'ai enduré bien pire, je te raconterai ça plus tard. Pour faire un peu d'exercice, j'ai quitté deux fois ma cachette, le temps d'une petite visite à ma jument. Je l'avais attachée à la clôture d'un parc voisin. Je lui cueille de l'herbe, je lui parle un peu pour qu'elle ne s'ennuie pas, et je regagne ma petite baraque de gardien. Chez nous, une jument laissée toute seule aurait été volée en moins de deux, mais les gens d'ici sont mollassons et pas dégourdis pour un sou. L'idée ne leur en est même pas venue. Le soir, ma jument isabelle m'a été drôlement utile. Quand le défunt (Zourov indiqua de nouveau le fleuve) a débarqué pour la deuxième fois, tes ennemis se sont aussitôt mis en branle. Imagine le tableau. En tête, tel Bonaparte, Amalia en coupé, avec deux solides gaillards sur la banquette du cocher. Derrière, en phaéton, le défunt. Et ensuite deux laquais en calèche. Enfin, loin derrière, moi sur ma jument isabelle – quatre serviettes de toilette trottinant dans l'obscurité. (Hippolyte éclata d'un gros rire et regarda fugitivement la ligne rouge de l'aube qui s'étirait le long du fleuve.) Nous sommes arrivés dans un endroit perdu, rappelant les pires quartiers de Pétersbourg. Bicoques lépreuses, entrepôts, crasse. Le défunt est allé rejoindre Amalia dans son coupé, visiblement pour tenir conseil. J'ai attaché ma jument sous un porche, afin d'observer la suite des événements. Le défunt est entré dans une maison à l'enseigne de je ne sais quoi, où il est resté une demi-heure. Le temps a alors commencé à se gâter. Dans le ciel, c'est une vraie canonnade, la pluie commence à tomber. J'ai beau être trempé, je reste – c'est trop intéressant. Le défunt reparaît, il court vers le coupé d'Amalia, où il grimpe à la hâte. Nouveau conciliabule, sans doute. L'eau me dégoulinait dans le col et ma flasque se vidait irrésistiblement. J'étais sur le point de leur jouer la scène du Christ apparaissant au peuple, de chasser toute cette canaille et d'exiger une réponse d'Amalia quand, brusquement, la portière du coupé s'est ouverte et j'ai vu une chose diabolique.

— Une apparition ? demanda Fandorine. Qui scintillait ?

— Exact. Brrr, à en avoir la chair de poule. Je n'ai pas réalisé immédiatement que c'était Amalia. Les choses sont redevenues intéressantes. Elle se conduisait de façon singulière. Elle entre d'abord par la même porte que le défunt un peu plus tôt et en ressort presque immédiatement pour disparaître sous le porche voisin puis, de nouveau, elle s'engouffre dans la maison, les laquais à sa suite. Quelques instants plus tard, ils sortent une espèce de sac ambulant. Ce n'est que plus tard que j'ai compris que c'était toi qu'ils avaient capturé, mais sur le moment ça ne m'est pas venu à l'esprit. Puis la troupe se scinde : Amalia et le défunt partent en coupé, suivi du phaéton, tandis que les deux laquais avec le sac, c'est-à-dire toi, montent dans la calèche et prennent une autre direction. Bon, me dis-je, ce sac, ce n'est pas mon affaire. Ce qu'il faut, c'est sauver Amalia ; elle s'est embringuée dans une sale histoire. Je suis donc le coupé et le phaéton – les sabots de ma jument : tiap-tiap, tiap-tiap. Nous n'allons pas très loin, et stop. Je mets pied à terre et je tiens ma jument par le museau pour l'empêcher de hennir. Le défunt descend du coupé et dit (la nuit est calme, on entend de loin) : « Non vraiment, ma chérie, je préfère vérifier pour en avoir le cœur net. Ce gosse est malin comme un singe. Et si vous avez besoin de moi, vous savez où me trouver. » Ma première réaction a été la fureur : « ma chérie », tu parles, espèce de minable. Puis, brusquement, j'ai une illumination. N'était-ce pas d'Erasme qu'il était question ? (Hippolyte hocha la tête, visiblement fier de sa perspicacité.) La suite est simple. Le cocher du phaéton est venu prendre place sur la banquette du coupé. Et moi j'ai suivi le défunt. Je me suis posté là-bas, au coin, dans l'espoir de comprendre enfin quelle crasse tu avais bien pu leur faire. Mais comme vous parliez à voix basse, j'entendais que dalle. A ce moment-là, je ne songeais pas à tirer, d'autant qu'il faisait trop sombre pour être sûr de faire mouche, mais lui, il t'aurait tué à tous les coups – je l'ai vu à son dos. Pour ces trucs-là, mon frère, j'ai l'œil. Et alors, quel tir ! Tu crois que c'est pour rien que Zourov s'entraîne à percer des pièces de cinq kopecks ? Cette fois, j'ai tiré en pleine nuque, à quarante pas, et en plus on doit tenir compte de l'éclairage.

— Disons, pas tout à fait quarante, prononça distraitement Eraste Pétrovitch, pensant à autre chose.

— Comment ça, pas tout à fait quarante ? ! s'exclama Hyppolite, offusqué. Tiens, tu n'as qu'à vérifier !

Et il entreprit de compter ses pas (sans doute un peu courts), mais Fandorine l'arrêta.

— Où vas-tu maintenant ?

Zourov s'étonna :

— Comment cela, où je vais ? Je vais t'aider à reprendre figure humaine, tu vas m'expliquer clairement tout ce bazar, nous allons prendre un petit déjeuner, puis j'irai chez Amalia. Je l'abattrai, cette vipère, et qu'elle aille au diable. Ou bien je l'emmènerai avec moi. Dis-moi seulement une chose : toi et moi, nous sommes alliés ou rivaux ?

— Eh bien voilà, fit Eraste Pétrovitch en plissant le front et en se frottant les yeux d'un air las. Un, je n'ai besoin d'aucune aide. Deux, je ne t'expliquerai rien du tout. Trois, abattre Amalia est une bonne idée, pourvu seulement qu'ils ne te trouent pas la peau avant. Quatre, je ne suis absolument pas ton rival, j'en ai par-dessus la tête de cette bonne femme.

— Peut-être qu'il est tout de même mieux de la tuer, fit Zourov, songeur. Adieu, Erasme. Et à la prochaine, si Dieu le veut.

* * *

Après les turbulences de la nuit et en dépit de toute son intensité, la journée d'Eraste Pétrovitch parut plus ou moins décousue, tel un assemblage d'éléments disparates, sans véritable lien les uns avec les autres. Fandorine avait été capable de réfléchir, de prendre des décisions sensées, voire d'agir, mais tout avait semblé s'enchaîner de soi-même, indépendamment d'un scénario global. Le dernier jour de juin resterait dans la mémoire de notre héros comme une série d'images fortes entrecoupées de vides.

C'est le matin sur le bord de la Tamise, dans le quartiers des docks. Le temps est calme et ensoleillé, l'air est frais après l'orage. Eraste Pétrovitch est assis sur le toit de tôle du hangar, avec son linge de corps pour tout vêtement. Près de lui sont étalés ses effets mouillés et ses bottes, dont la tige de l'une est décousue. Son passeport ouvert et ses billets de banque sèchent au soleil. Les pensées de l'homme sauvé des eaux s'embrouillent, s'égarent, mais finissent toujours par reprendre leur direction principale.

Ils me croient mort, et je suis vivant – et d'un. Ils pensent que personne d'autre ne les soupçonne, mais je suis là – et de deux. Le portefeuille est perdu – et de trois. Personne ne me croira – et de quatre. On va m'enfermer dans une maison de fous – et de cinq...

Non, reprenons. Ils ne savent pas que je suis vivant – et de un. Ils ne me cherchent plus – et de deux. Avant qu'ils s'aperçoivent de la disparition de Pyjov, il se passera un certain temps – et de trois. Il est maintenant possible de s'adresser à l'ambassade et d'envoyer une dépêche codée au chef – et de quatre...

Non. Pas à l'ambassade. Et si jamais il y avait là-bas d'autres Judas que Pyjov ? Amalia serait mise au courant, et il faudrait tout recommencer depuis le début. Par principe, dans cette histoire, il ne faut se fier à personne. Sinon au chef. Or, dans le cas présent, lui envoyer un télégramme n'est pas non plus une bonne idée. Il en conclurait que ses impressions d'Europe ont fait perdre la tête à Fandorine. Envoyer une lettre à Moscou ? C'est possible, mais elle arriverait trop tard.

Comment faire ? Comment faire ? Comment faire ?

Selon le calendrier local, nous sommes le dernier jour de juin. Aujourd'hui, Amalia va tirer un trait sous sa comptabilité du mois et envoyer un pli à Pétersbourg à l'attention de Nicholas Croog. Le premier à tomber sera le conseiller d'Etat actuel, un homme méritant, avec des enfants. Il est sur place, à Pétersbourg, ils auront vite fait de mettre la main sur lui. C'est d'ailleurs assez stupide de la part des conspirateurs d'écrire à Londres depuis Pétersbourg pour recevoir une réponse de nouveau à Pétersbourg. Ce sont les inconvénients du système. De toute évidence, les filiales de l'organisation secrète ne savent pas où est basé le quartier général. A moins que celui-ci ne change régulièrement de pays. Aujourd'hui à Pétersbourg, dans un mois ailleurs. Et si, en fait de quartier général, il n'y avait qu'un seul homme ? Qui ? Croog ? Ce serait trop simple, mais encore fallait-il arrêter Croog avec le pli.

Comment arrêter ce courrier ?

D'aucune façon. C'est impossible.

Stop. Si on ne peut pas l'arrêter, il est en revanche possible de le devancer !

Combien de jours le courrier met-il jusqu'à Pétersbourg ?

La scène suivante se joue quelques heures plus tard, dans le bureau du directeur du secteur centre-est de la poste de Londres. Le directeur est flatté – Fandorine s'est présenté comme un prince russe – et appelle le jeune noble prince ou *Your Highness* [1], prononçant ce titre avec un plaisir non dissimulé. Eraste Pétrovitch est vêtu d'une élégante jaquette et tient une canne, sans laquelle un authentique prince ne peut se concevoir.

— Je suis vraiment désolé, prince, mais vous allez perdre votre pari, explique pour la troisième fois le directeur à ce Russe quelque peu obtus. Votre pays est membre de l'Union postale internationale qui a été constituée il y a deux ans et qui regroupe vingt-deux Etats représentant plus de trois cent cinquante millions d'habitants. L'ensemble de la zone applique les mêmes règlements et les mêmes tarifs. Si une lettre est expédiée de Londres aujourd'hui 30 juin, par envoi express, vous n'avez aucun moyen de la devancer – dans six jours très exactement, le 6 juillet au matin, elle sera au bureau de poste de Saint-

1. Votre Grandeur.

Pétersbourg. Enfin pas le 6, mais à la date correspondant à votre calendrier.

— Et pourquoi peut-elle arriver à cette date et pas moi ? demande le « prince », continuant de ne pas comprendre. Elle n'arrive pas par les airs, que je sache !

Le directeur explique d'un air important :

— Voyez-vous, Votre Grandeur, les paquets portant le tampon « express » sont acheminés sans qu'une seule minute soit perdue. Supposons que vous preniez le même train que ladite lettre à la gare de Waterloo. A Douvres, vous vous retrouvez dans le même vapeur. A Paris, vous arrivez en même temps à la gare du Nord.

— Et alors, où est le problème ?

— Il est en cela, triomphe le directeur, que rien n'est plus rapide que la poste express ! Vous êtes arrivé à Paris, et vous devez changer de train pour prendre celui de Berlin. Vous devez acheter un billet – en effet, vous ne l'avez pas commandé à l'avance. Il vous faut trouver un fiacre et traverser le centre-ville pour rejoindre l'autre gare. Vous devez attendre le train de Berlin qui ne part qu'une fois par jour. Maintenant, revenons à notre lettre express. De la gare du Nord, grâce à une draisine spéciale de la poste empruntant la voie ferrée circulaire, elle est amenée au premier train qui part en direction de l'Est. Cela peut très bien ne pas être un train de voyageurs mais un convoi de marchandises pourvu d'un wagon postal.

— Mais cela, je peux aussi le faire ! s'énerve Eraste Pétrovitch.

A quoi le patriote de la cause postale répond sévèrement :

— Peut-être qu'en Russie de telles choses sont admises, mais pas en Europe. Et en supposant même que vous puissiez soudoyer un Français, au changement à Berlin vous n'obtiendrez rien : en Allemagne, les fonctionnaires des postes comme ceux des chemins de fer sont renommés pour leur intégrité.

— Est-ce possible que tout soit perdu ? s'écrie en russe Fandorine, au comble du désespoir.

— Pardon ?

— Ainsi, selon vous, j'ai perdu mon pari ? demande tristement le « prince », passant de nouveau à l'anglais.

— A quelle heure exactement la lettre est-elle partie ? De toute façon, peu importe. Quand bien même vous vous précipiteriez directement d'ici à la gare, vous arriveriez trop tard.

Les dernières paroles de l'Anglais produisent sur l'aristocrate russe un effet magique.

— A quelle heure ? Mais oui, bien sûr ! Aujourd'hui nous sommes encore en juin ! Morbid n'ira récupérer les lettres que ce soir à dix heures ! Le temps qu'elle les recopie... Qu'elle les code ? Mais oui, c'est évident, elle ne va pas les envoyer directement en clair. Elle les traduit forcément en langage crypté ! Ce qui veut dire que le pli ne partira que demain ! Et qu'il arrivera non pas le 6 mais le 7 ! Le 25 juin, selon notre calendrier ! J'ai donc une journée d'avance !

— Je ne comprends rien, prince, dit le directeur en écartant les mains.

Mais Fandorine n'était déjà plus dans son bureau, la porte venait de claquer derrière lui.

— *Your Highness*, votre canne ! cria en vain le directeur, avant d'ajouter : Ah, ces boyards russes...

Et, enfin, cette journée éprouvante, comme embrumée, mais très importante, arrive à son terme. Sur les eaux de la Manche, le dernier coucher de soleil du mois offre une débauche de lumière et de couleurs. Le vapeur *Duke of Gloucester* fait cap sur Dunkerque. Fandorine se tient en proue, vêtu comme un authentique Britannique : casquette, costume à carreaux et pèlerine écossaise. Il n'a d'yeux que pour la côte française qui se rapproche avec une lenteur insupportable. Pas une seule fois Eraste Pétrovitch ne se retourne pour regarder les falaises de Douvres.

Ses lèvres murmurent :

— Pourvu seulement qu'elle attende demain. Pourvu seulement qu'elle attende...

Chapitre treizième,

où sont décrits les événements survenus le 25 juin

Le délicieux soleil estival dessinait des carrés dorés sur le sol de la salle des opérations de la poste centrale de Pétersbourg. A la tombée du soir, l'un d'eux, se muant en long rectangle, s'étira jusqu'au guichet « Poste restante » et réchauffa instantanément le comptoir. L'atmosphère étouffante prêtait à la somnolence, une mouche voletait avec un bourdonnement apaisant, et le préposé assis derrière son guichet était accablé de chaleur – heureusement, le flot des usagers commençait progressivement à se tarir. Encore une petite demi-heure, et la poste fermerait ses portes. Il n'y aurait plus alors qu'à rendre le registre et à rentrer à la maison. Le préposé (de son nom Kondrati Kondratiévitch Chtoukine, dix-sept ans de service au sein de l'institution postale, parcours glorieux depuis le statut de simple postier à celui de fonctionnaire de quatorzième classe) délivra un paquet en provenance de Révei à une vieille Finnoise répondant au curieux nom de Pyrvu et regarda si l'Anglais était toujours assis à attendre.

L'Anglais était bien là, fidèle à son poste. Pour une nation opiniâtre, c'en était une. L'homme était arrivé dès le matin, alors que la poste ouvrait à peine, et était resté toute la journée dans la même position, assis près du mur avec son journal, sans manger ni boire, et même, pardonnez-moi, sans s'absenter une seule fois pour assouvir un besoin naturel. Une véritable statue. Visiblement, quelqu'un lui avait donné rendez-vous ici et n'était pas venu – chose très fréquente chez nous, mais qui ne viendrait pas à l'esprit d'un Britannique, par nature discipliné et ponctuel. A chaque fois qu'un individu, surtout s'il avait une allure étrangère, s'approchait du guichet, l'Anglais se redressait et faisait même glisser ses lunettes à verres bleu foncé sur le bout de son nez. Mais il ne s'agissait jamais de la personne attendue. Un Russe se serait énervé depuis bien longtemps et, avec force gesticulations, aurait pris à témoin toutes les personnes présentes, alors que celui-là se rasseyait tranquillement et se replongeait dans son *Times*.

A moins qu'il n'ait nulle part où aller. Il était venu ici directement depuis la gare – en témoignaient son costume à carreaux et son sac de voyage –, où, contrairement à ce qu'il croyait, personne n'était venu l'accueillir. Quelle autre solution avait-il ? De retour de déjeuner, Kondrati Kondratiévitch, prenant en pitié le fils d'Albion, envoya le portier Tryphon lui demander s'il n'avait besoin de rien, mais l'homme au costume à carreaux se contenta de secouer la tête d'un air irrité et de donner une pièce de vingt kopecks à Tryphon (Laisse-moi tranquille. – Bien, comme tu voudras).

Soudain, au guichet, se présenta un bonhomme, apparemment un cocher, qui tendit un passeport froissé :

— Regarde donc, mon brave, s'il n'y aurait pas quelque chose pour Kroug Nikola Mitrofanitch.

— En provenance d'où ? demanda sévèrement Kondrati Kondratiévitch en prenant le passeport.

La réponse fut inattendue :

— D'Angleterre, de la ville de Londres.

Le plus étonnant était que le courrier de Londres était effectivement là, mais classé à la lettre latine C, et non à la lettre K. Ça, par exemple, regardez-moi où il se trouve, ce « Mr Nicholas M. Croog » ! C'est fou ce qu'on peut voir, à la poste restante !

— Et c'est vraiment toi ? demanda Chtoukine, moins par méfiance que par curiosité.

— T'en fais pas, c'est bien moi, répondit plutôt grossièrement le cocher avant de glisser sa grosse patte à travers le guichet et de saisir l'enveloppe jaune portant le tampon « express ».

Kondrati Kondratiévitch lui fourra le registre sous le nez.

— Tu sais signer ?

— Pas plus mal que d'autres.

Et le mufle de gribouiller deux grands jambages dans la colonne « Reçu ».

Après avoir suivi le déplaisant personnage d'un œil furieux, Chtoukine porta machinalement son regard sur l'Anglais, mais celui-ci avait disparu. Sans doute avait-il fini par se lasser d'attendre en vain.

Le cœur défaillant, Eraste Pétrovitch attendit le cocher dans la rue. Lui, Nicholas Croog, c'était vraiment la meilleure ! Plus on avançait, moins c'était clair. Mais l'essentiel était que ces six jours de marche forcée à travers l'Europe n'avaient pas été perdus inutilement ! Il avait devancé, rattrapé, intercepté ! Désormais, il avait quelque chose à présenter au chef. Pour autant qu'il ne laisse pas ce Kroug lui échapper.

A quelques pas de la poste, le cocher engagé pour la journée somnolait. L'inactivité forcée l'avait complètement abruti et il regrettait amèrement de n'avoir demandé que cinq roubles à ce drôle de monsieur, alors que pareille torture en méritait bien six. Voyant enfin reparaître son client, le cocher se redressa et ramassa les rênes, mais Eraste Pétrovitch ne regarda même pas de son côté.

L'objet apparut. Il descendit les marches, remit sa casquette bleue et se dirigea vers un landau arrêté non loin. Fandorine, sans hâte excessive, entreprit de le suivre. A la hauteur du landau, l'objet s'arrêta, retira de nouveau sa casquette et, s'inclinant, tendit l'enveloppe jaune. Par la fenêtre, une main d'homme gantée de blanc saisit le pli.

Fandorine accéléra alors le pas, dans l'espoir de parvenir à voir le visage de l'inconnu. Et il y parvint.

A l'intérieur du landau, examinant à la lumière les sceaux imprimés sur la cire à cacheter, était assis un homme aux cheveux roux, aux yeux verts perçants et à la peau claire parsemée de taches de rousseur. Eraste Pétrovitch le reconnut immédiatement : mister Gerald Cunningham en personne, pédagogue brillant, ami des orphelins et bras droit de lady Esther.

Moralité, le cocher avait attendu pour rien, l'adresse de mister Cunningham ne serait guère difficile à découvrir. Mais, en attendant, il y avait plus urgent.

Une surprise attendait Kondrati Kondratiévitch : l'Anglais était de retour. Mais, maintenant, il semblait terriblement pressé. Il se précipita vers le comptoir où l'on envoyait les télégrammes, passa carrément sa tête à travers le guichet et se mit à dicter un message très urgent à Mikhaïl Nikolaiévitch, lequel commença lui aussi à s'affairer, à se dépêcher, ce qui d'ordinaire lui ressemblait peu.

Cela piqua la curiosité de Chtoukine. Il se leva (par chance, il n'y avait personne à son guichet) et, tout en ayant l'air de se dégourdir les jambes, il se dirigea vers l'autre bout de la salle où se trouvait le télégraphe. Il s'arrêta près de Mikhaïl Nikolaiévitch, qui s'activait, l'air absorbé, puis, se penchant légèrement, il lut, griffonné hâtivement :

A la Direction de la police judiciaire de Moscou. Extrêmement urgent. Au conseiller d'Etat monsieur Brilling. Suis de retour. Prière me contacter sans délai. Attends réponse près de l'appareil. Fandorine.

Ah voilà, maintenant c'était clair. Chtoukine regarda « l'Anglais » d'un œil nouveau. Il était donc de la police judiciaire. Il arrêtait les malfaiteurs. Ça, par exemple !

L'agent faisait les cent pas dans la salle depuis à peine une dizaine de minutes quand Mikhaïl Nikolaiévitch, qui était resté à attendre près de l'appareil, lui fit un signe de la main et lui tendit la bande du télégramme de réponse.

A M. FANDORINE. MONSIEUR BRILLING SE TROUVE A ST PETERSBOURG. ADRESSE : KATENINSKAÏA, MAISON SIVERS. FONCTIONNAIRE DE GARDE LOMEÏKO.

Pour une raison quelconque, cette information remplit l'homme au costume à carreaux d'une joie indicible. Il alla même jusqu'à frapper dans ses mains et demanda à Chtoukine, qui observait la scène avec le plus vif intérêt :

— Rue Katéninskaïa, où est-ce ? C'est loin ?

— Pas du tout, monsieur, répondit poliment Kondrati Kondratiévitch. C'est très commode pour y aller. Prenez le fiacre collectif, descendez à l'angle de Nievski et de Litieïny, puis...

— Inutile, j'ai mon cocher, l'interrompit l'agent, ramassant son sac de voyage et se précipitant vers la sortie.

La rue Katéninskaïa plut énormément à Eraste Pétrovitch. Elle rappelait au détail près les rues les plus respectables de Berlin ou de Vienne : asphalte, lampadaires électriques modernes, maisons cossues à plusieurs étages. En un mot, l'Europe.

Avec ses cavaliers de pierre ornant le fronton et son perron généreusement éclairé nonobstant la soirée encore claire, la maison Sivers était particulièrement belle. Mais fallait-il s'en étonner de la part d'un homme tel qu'Ivan Frantsévitch Brilling ? Il était absolument impossible de l'imaginer habitant quelque hôtel particulier délabré avec une cour poussiéreuse devant et une petite pommeraie derrière.

Le portier de service rassura Eraste Pétrovitch en lui disant que monsieur Brilling était à la maison, précisant qu'il était « rentré depuis cinq minutes ». Aujourd'hui, pour Fandorine, tout marchait comme sur des roulettes.

Sautant deux marches à la fois, il se précipita au premier étage et pressa le bouton de la sonnette électrique, si bien astiquée qu'on l'eût cru en or.

Ce fut Ivan Frantsévitch lui-même qui ouvrit la porte. Il n'avait pas encore eu le temps de se changer, ayant seulement ôté sa redingote, mais sous son haut col empesé brillait l'émail irisé d'une croix de Saint-Vladimir flambant neuve.

— Chef, c'est moi ! annonça joyeusement Fandorine, savourant son effet.

Et, en vérité, l'effet qu'il produisit surpassa toutes ses attentes.

Ivan Frantsévitch resta planté sur place, allant même jusqu'à agiter ses bras devant lui comme pour dire : « Saint, saint ! Loin de moi, Satan ! »

Eraste Pétrovitch éclata de rire.

— Quoi, vous ne m'attendiez pas ?

— Fandorine ! Mais d'où venez-vous ? Je n'espérais déjà plus vous revoir vivant !

— Et pourquoi donc ? interrogea le voyageur, non sans un brin de coquetterie.

— Mais enfin, vous vous étiez volatilisé. On vous a vu pour la dernière fois à Paris, le 26. Vous n'êtes jamais arrivé à Londres. J'ai voulu m'informer auprès de Pyjov, mais on m'a répondu qu'il avait disparu sans laisser de traces et que la police le recherchait !

— De Londres, je vous ai envoyé une lettre détaillée à l'adresse de la police judiciaire de Moscou. Je vous y parlais de Pyjov et du reste. Elle devrait arriver aujourd'hui ou demain. Evidemment, j'ignorais que vous étiez à Pétersbourg.

Le chef fronça les sourcils d'un air préoccupé :

— Vous avez une mine épouvantable. Vous n'êtes pas malade, au moins ?

— Pour être franc, j'ai affreusement faim. Toute la journée j'ai monté la garde à la poste, si bien que je n'ai rien avalé depuis ce matin.

— Vous avez monté la garde à la poste ? Non, non, ne me racontez rien pour l'instant. Voilà ce que nous allons faire. Tout d'abord, je vais vous offrir du thé et des gâteaux. Mon Sémion, cette canaille, n'a pas dessoûlé depuis trois jours et je dois m'occuper de tout, ici. Je me nourris essentiellement de confiserie et de gâteaux de chez Filippov. A propos, vous aimez le sucré ?

— Je l'adore, confirma Eraste Pétrovitch avec fougue.

— Moi aussi. Je garde cela de mon enfance d'orphelin. Cela ne vous gêne pas si nous mangeons à la cuisine comme deux vieux garçons ?

Pendant qu'ils longeaient le couloir, Fandorine put remarquer que l'appartement de Brilling, bien que de taille assez modeste, était agencé de manière pratique et ordonnée – tout le nécessaire mais rien de superflu. L'attention du jeune homme fut tout particulièrement attirée par une boîte laqué munie de deux tubes métalliques, accrochée au mur.

— Un véritable prodige de la science actuelle, expliqua Ivan Frantsévitch. Cela s'appelle « appareil de Bell ». On vient tout juste de me le rapporter d'Amérique, de la part de notre agent. Là-bas, ils ont un inventeur génial, un certain mister Bell, grâce à qui l'on peut désormais mener une conversation à une distance considérable, pouvant atteindre plusieurs verstes. Le son est transmis par des fils semblables à ceux du télégraphe. Celui-ci est un appareil expérimental, la production en série n'a pas encore commencé. Il n'existe que deux lignes dans toute l'Europe : la première relie mon appartement au secrétariat du directeur de la Troisième Section, la seconde a été installée à Berlin, entre le cabinet du

Kaiser et la chancellerie de Bismarck. De sorte que nous ne sommes pas en retard sur le progrès.

— Formidable ! s'exclama Eraste Pétrovitch, plein d'admiration. Et on entend bien ?

— Pas très bien, mais on peut se comprendre. Parfois, on entend de forts craquements dans l'appareil... Et qu'est-ce que vous diriez d'une orangeade à la place du thé ? Je ne me débrouille pas très bien avec le samovar.

— Cela me convient parfaitement, assura Eraste Pétrovitch à son chef.

Brilling, tel un magicien bienveillant, disposa devant lui, sur la table de la cuisine, une bouteille d'orangeade et un plat contenant des éclairs, des paniers fourrés à la crème, des massepains aériens et des cornets en pâte d'amande saupoudrés de sucre.

— Allez-y, mettez-vous-en plein la lampe, dit Ivan Frantsévitch, et pendant ce temps je vous informerai de nos affaires. Ensuite, ce sera à votre tour de passer à confesse.

La bouche pleine et le menton poudré de cristaux de sucre, Fandorine acquiesça d'un signe de tête.

— Donc, commença le chef, si je ne me trompe, c'est le 27 mai que vous êtes parti chercher le courrier diplomatique à Pétersbourg ? Sitôt après a commencé chez nous une série d'événements passionnants. J'ai regretté de vous avoir laissé partir – vous n'auriez pas été de trop. Par l'intermédiaire de mes agents, j'ai appris que quelque temps auparavant s'était constitué à Moscou un groupe, petit mais extrêmement actif, de révolutionnaires radicaux, de véritables cinglés. Si les terroristes ordinaires s'assignent pour tâche d'exterminer « ceux dont les mains ont trempé dans le sang », à savoir les plus hauts dignitaires de l'Etat, ceux-là ont décidé de s'en prendre « aux jouisseurs qui traînent leur ennui ».

— Qui ça, qui ça ? demanda Fandorine, qui, tout à son délicieux éclair, n'avait pas bien compris.

— Il y a un poème de Nékrassov qui dit : « Loin des jouisseurs qui traînent leur ennui, loin de ceux dont les mains ont trempé dans le sang, emmène-moi vers l'asile de ceux qui se sacrifient à la noble cause de l'amour. » Ainsi, « ceux qui se sacrifient à la noble cause de l'amour » se sont spécialisés, l'organisation principale étant chargée de « ceux dont les mains ont trempé dans le sang » – ministres, gouverneurs, hauts fonctionnaires. Quant à la fraction moscovite, elle a décidé de s'en prendre aux « jouisseurs », car ils sont « gras et repus ». Ainsi que je l'ai appris par un agent infiltré au sein du groupe, la fraction a pris pour nom « Azazel » – par défi sacrilège. Il était prévu toute une série d'assassinats parmi la jeunesse dorée, les « parasites » et les « viveurs ». Béjetskaïa est affiliée à Azazel. Tout porte à croire qu'elle est l'émissaire d'une organisation anarchiste internationale. Le suicide, ou plus exactement le meurtre, de Piotr Kokorine, organisé par elle, a été la première action d'Azazel. Mais, concernant Béjetskaïa, je suppose que vous aurez des tas d'autres choses à me raconter. La victime suivante a été Akhtyrtsev, lequel intéressait les conjurés plus encore que Kokorine, dans la mesure où il était le petit-fils d'un chancelier, le prince Kortchakov. Voyez-vous, mon jeune ami, en même temps qu'il était fou, le plan des terroristes était calculé de manière diabolique. Ils ont considéré qu'il était infiniment plus simple d'atteindre les rejetons des personnalités importantes que ces personnalités elles-mêmes, et que le coup porté à la hiérarchie de l'Etat n'en serait pas moins sévère. Le prince Mikhaïl Alexandrovitch, par exemple : terrassé par la mort de son petit-fils, il s'est pratiquement retiré des affaires et songe sérieusement à la retraite. Et pourtant, c'est un homme d'une immense valeur, à qui nous devons en grande partie la physionomie actuelle de la Russie.

— Quelle monstruosité ! s'indigna Eraste Pétrovitch, au point de laisser de côté un massepain à peine entamé.

— A quel moment déjà ai-je compris que le but ultime d'Azazel était la mise à mort du tsarévitch ... ?

— Pas possible !

— Hélas, si. Aussi, dès que ce projet s'est confirmé, on m'a donné pour instruction de prendre des mesures radicales. J'ai dû me soumettre, bien que j'eusse préféré, au préalable, éclaircir certaines zones d'ombre du tableau. Mais, vous le comprenez vous-même, dès l'instant où la vie de Son Altesse Impériale était en jeu... Nous avons mené une opération, mais sans le résultat escompté. Le 1er juin, les terroristes devaient se réunir dans une datcha de Kouzminki. Vous vous souvenez, je vous en avais parlé. Il est vrai que vous étiez alors obnubilé par votre idée. Et alors, à propos ? Vous avez mis la main sur quelque chose ?

Eraste Pétrovitch émit un grognement, avala tout rond un morceau de cornet à la crème, à tel point que Brilling eut des remords :

— C'est bon, c'est bon, après. Mangez tranquillement. Donc, nous avons cerné la datcha de toutes parts. J'ai dû agir avec mes seuls agents de Pétersbourg, sans faire appel à la gendarmerie ni à la police de Moscou – cela pour éviter coûte que coûte la publicité. (Ivan Frantsévitch soupira, l'air contrarié.) Là est mon erreur, j'ai fait preuve d'une prudence excessive. Bref, faute d'hommes en nombre suffisant, l'assaut a été un échec. Une fusillade a commencé. Deux agents ont été blessés, un tué. Je ne me le pardonnerai jamais... Du côté des autres, nous ne sommes pas arrivés à prendre une seule personne vivante. En revanche, nous avons récolté quatre cadavres. D'après les descriptions, l'un d'eux ressemble à votre homme aux yeux pâles. Quoique, pour ce qui est des yeux en tant que tels, il n'en restait pas grand-chose – avec sa dernière balle, votre cher ami s'est arraché la moitié du crâne. Dans la cave, on a trouvé un laboratoire pour la fabrication de machines infernales, divers documents, mais, comme je vous l'ai dit, concernant les plans et les liaisons d'Azazel, de nombreux points demeurent une énigme. Insoluble, je le crains... Néanmoins, le souverain, le chancelier et le chef du corps des gendarmes ont hautement apprécié notre opération moscovite. J'ai notamment parlé de vous à Lavrenty Arkadiévitch. S'il est vrai que vous n'avez pas participé au final, vous avez tout de même largement contribué à faire avancer l'enquête. Si vous n'y voyez pas d'objection, nous continuerons à travailler ensemble. Je prends votre destin en main... Ça y est, vous avez repris des forces ? Maintenant, à vous de raconter. Que se passe-t-il à Londres ? Avez-vous pu retrouver la trace de Béjetskaïa ? Qu'est-ce que c'est que cette embrouille avec Pyjov ? Il est mort ? Reprenez tout en ordre, sans rien omettre.

A mesure que le récit du chef s'acheminait vers son dénouement, le regard d'Eraste Pétrovitch s'était embrasé d'une envie croissante, et ses propres aventures, dont il était tellement fier il y a si peu de temps encore, lui étaient soudain apparues pâles et ternes. Un attentat contre le tsarévitch ! Une fusillade ! Des machines infernales ! Le sort s'était bien joué de Fandorine. En lui faisant miroiter la gloire, il l'avait détourné de la grand-route pour le fourvoyer sur un pitoyable chemin de traverse...

Il exposa néanmoins à Ivan Frantsévitch tous les détails de son épopée, à l'exception des circonstances dans lesquelles il avait perdu le portefeuille bleu. Sur ce point, il resta assez nébuleux et rougit même légèrement, ce qui, apparemment, n'échappa pas à l'attention de Brilling, lequel écouta tout le récit, l'air sombre et sans prononcer un mot. Sur le point de terminer, Eraste Pétrovitch reprit du poil de la bête, s'anima et ne ménagea pas ses effets.

— Et j'ai vu cet homme ! s'exclama-t-il alors qu'il abordait l'épisode de la poste. Je sais qui a en mains à la fois le contenu du portefeuille et tous les fils de l'organisation ! Azazel est vivant, Ivan Frantsévitch, et nous le tenons !

— Mais parlez donc, que diable ! s'écria le chef. Cessez ces enfantillages ! Qui est cet homme ? Où est-il ?

— Ici, à Pétersbourg, répondit Fandorine, savourant sa revanche. Il s'agit d'un certain Gerald Cunningham, principal adjoint de cette même lady Esther sur laquelle j'ai à plusieurs reprises attiré votre attention. (Là, Eraste Pétrovitch toussota délicatement.) Et pour le testament de Kokorine, tout s'éclaire. On comprend maintenant pourquoi Béjetskaïa a orienté ses soupirants précisément vers les esthernats. Et remarquable, la façon dont ce rouquin s'est débrouillé ! Pouvait-on trouver meilleure couverture ? Des orphelins, des filiales dans le monde entier, une dame patronnesse devant qui toutes les portes s'ouvrent. Habile, rien à dire.

— Cunningham ? interrogea le chef, visiblement troublé. Gerald Cunningham ? Mais je connais très bien ce monsieur, nous sommes membres du même club. (Il écarta les mains dans un geste d'incompréhension.) Le personnage est effectivement très curieux, mais je ne peux cependant imaginer qu'il soit lié aux nihilistes et qu'il ait tué des conseillers d'Etat actuels.

— Mais il n'en a pas tué, il n'en a pas tué ! s'écria Eraste Pétrovitch. C'est moi, au début, qui pensais que la liste renfermait les noms des victimes. Je vous ai dit cela afin que vous puissiez suivre le cheminement de ma pensée. Dans la précipitation, on ne saisit pas tout immédiatement. C'est plus tard, cahoté dans le train alors que je traversais l'Europe, que j'ai eu brusquement la révélation. S'il s'agissait de la liste des futures victimes, à quoi rimaient les dates ? Surtout des dates passées ! Cela n'avait pas de sens ! Non, Ivan Frantsévitch, nous sommes face à tout autre chose !

Enfiévré par ses pensées, Fandorine bondit de sa chaise.

— Autre chose ? Quelle autre chose ? demanda Brilling en plissant ses yeux clairs.

— Je pense que cette liste est celle des membres d'une puissante organisation internationale. Et que vos terroristes moscovites ne sont que le plus petit, le plus infime de leurs maillons.

A ces mots, le chef fit une mine telle qu'Eraste Pétrovitch en éprouva une joie mesquine, sentiment indigne qu'il se reprocha immédiatement. Il poursuivit :

— Le personnage central de l'organisation, dont le but essentiel nous est pour l'instant inconnu, est Gerald Cunningham. Vous comme moi avons pu constater que ce monsieur sortait de l'ordinaire. « Miss Olsen », dont, depuis le début du mois de juin, le rôle est tenu par Amalia Béjetskaïa, est le centre d'enregistrement de l'organisation, quelque chose comme une direction des cadres. C'est là que, du monde entier, convergent les informations relatives aux changements de fonction des membres de la société. Régulièrement, une fois par mois, « Miss Olsen » adresse les dernières informations à Cunningham, lequel est depuis l'année dernière basé à Pétersbourg. Je vous ai dit que Béjetskaïa avait un coffre secret dans sa chambre. Il est probable qu'elle y conserve la liste complète des membres de ce fameux Azazel – puisqu'il semble que ce soit effectivement comme cela que se nomme cette organisation. A moins que ce ne soit un signe de reconnaissance ou une sorte de formule imprécatoire. J'ai entendu ce mot deux fois, et les deux fois alors qu'un meurtre était sur le point d'être commis. Dans l'ensemble, tout cela rappelle une société maçonnique, à ceci près que l'on voit mal ce que l'ange déchu vient faire dans l'histoire. Et que l'organisation semble d'une tout autre envergure que celles des maçons. Vous imaginez : quarante-cinq lettres en un seul mois ! Et pas n'importe qui : un sénateur, un ministre, des généraux !

Le chef regardait Eraste Pétrovitch en attendant tranquillement la suite, car le jeune homme n'avait visiblement pas terminé son discours : le front plissé, il réfléchissait intensément à quelque chose.

— Ivan Frantsévitch, concernant Cunningham, je pense... Il est citoyen britannique, on ne peut pas débarquer comme ça chez lui, avec un mandat de perquisition, n'est-ce pas ?

— Bon, admettons, fit le chef, encourageant Fandorine à poursuivre. Continuez.

— Or, le temps que vous receviez l'autorisation, il aura eu tout loisir de cacher le pli, de sorte que nous ne trouverons rien et qu'il sera impossible de prouver quoi que ce soit. Nous ignorons encore les relations dont il dispose dans les hautes sphères et qui le protège. Là, il faut sans doute faire preuve d'une prudence toute particulière. Commencer par saisir l'extrémité russe de la chaîne et tirer maillon après maillon. Qu'en dites-vous ?

— Et comment vous y prendriez-vous ? demanda Brilling avec le plus vif intérêt. Par le biais d'une filature secrète ? C'est sensé.

— Une filature, c'est en effet possible, mais il y a un moyen plus sûr.

Ivan Frantsévitch réfléchit un instant, puis écarta les mains en signe de reddition. Flatté, Fandorine rappela avec tact :

— Et le conseiller d'Etat actuel promu le 7 juin ?

— Vérifier les ordres de promotion impériaux ! fit Brilling en se tapant le front. Disons, au cours de la première décade de juin, c'est ça ? Bravo, Fandorine, Bravo !

— Bien sûr, chef. Et même pas de toute la décade, mais seulement du lundi au samedi, entre le 3 et le 8. On imagine difficilement qu'un général nouvellement promu se prive plus longtemps du plaisir d'annoncer la bonne nouvelle. Combien compte-t-on de nouveaux conseillers d'Etat actuels par semaine, à travers tout l'empire ?

— Peut-être deux, trois, et encore, les semaines fastes. Mais, à vrai dire, je ne me suis jamais vraiment intéressé à la question.

— Eh bien, il suffit donc de les placer tous sous surveillance, de vérifier leurs états de service, leur cercle de fréquentations et ainsi de suite. Nous n'aurons plus qu'à cueillir notre petit Azazel comme une fleur.

— Ainsi, dites-vous, vous avez envoyé toutes vos informations par la poste, à la police judiciaire de Moscou ? demanda Brilling, comme toujours changeant brutalement de sujet.

— Oui, chef. Le pli arrivera à destination demain au plus tard. Pourquoi, vous soupçonnez quelqu'un parmi les fonctionnaires de la police de Moscou ? Pour souligner l'importance de l'envoi, j'ai bien pris soin d'écrire sur l'enveloppe : *A l'attention de sa Haute Noblesse le conseiller d'Etat Brilling. A lui remettre en mains propres ou, en cas d'absence, à remettre à Son Excellence monsieur le grand maître de la police.* De cette manière, personne n'osera décacheter l'enveloppe. Quant au grand maître de la police, sans doute se mettra-t-il en contact avec vous dès qu'il en aura lu le contenu.

— Bien pensé, approuva Ivan Frantsévitch.

Puis il demeura un long moment silencieux, à contempler le mur. Son visage se faisait de plus en plus sombre.

Eraste Pétrovitch restait assis en retenant son souffle. Il savait que le chef était en train de peser soigneusement tout ce qu'il venait d'entendre et qu'il allait bientôt annoncer se décision, laquelle, à en juger par sa mine, n'était pas facile à prendre.

Brilling expira bruyamment, puis une pensée lui arracha un sourire amer.

— D'accord, Fandorine, je prends tout sur moi. Il est des maladies qui nécessitent des moyens chirurgicaux pour guérir. C'est donc à ces moyens que nous allons recourir. Nous sommes face à une affaire d'Etat, et dans un cas comme celui-ci je suis en droit de ne pas m'encombrer de formalités. Nous allons appréhender Cunningham. Immédiatement et en flagrant délit, c'est-à-dire en possession du pli. Vous pensez que le contenu est chiffré ?

— Sans aucun doute. Les informations sont trop importantes. Fût-ce en express, ce courrier n'a jamais été envoyé que par la poste ordinaire. On ne pouvait pas exclure qu'il puisse tomber dans d'autres mains ou se perdre. Non, Ivan Frantsévitch, ces gens-là n'aiment pas prendre des risques inutiles.

— Tant mieux. Cela veut dire que Cunningham doit tout déchiffrer, lire et recopier sur des fiches. Il doit en avoir un de ces fichiers ! Je crains que Béjetskaïa ne lui ait fait part de vos aventures dans une lettre d'accompagnement. Or Cunningham est un homme intelligent, l'éventualité que vous ayez envoyé un rapport en Russie lui viendra immédiatement à l'esprit. Non, pas de doute, il faut le pincer maintenant, sans perdre une minute de plus ! Sans compter qu'il serait très intéressant de lire cette lettre d'accompagnement. Je n'arrête pas de penser à Pyjov. Et s'il n'était pas le seul à s'être fait acheter ? Pour Cunningham, nous nous expliquerons plus tard avec l'ambassade britannique. Ils seront les premiers à nous remercier. Vous confirmez bien que des sujets de la reine Victoria figuraient aussi dans la liste ?

— Oui, environ une douzaine, fit Eraste Pétrovitch avec un hochement de tête, en regardant amoureusement son supérieur. Naturellement, pincer Cunningham maintenant, c'est ce qu'il y a de mieux, mais... Si jamais nous arrivons et que nous ne trouvions rien ? Je ne me le pardonnerais jamais, si, à cause de moi, vous... Disons que je suis prêt, devant n'importe quelle instance, à...

— Arrêtez de dire des sottises, l'interrompit Brilling le menton tremblant d'irritation. Croyez-vous vraiment qu'en cas de fiasco j'irais me couvrir derrière un gamin ? Je vous fais confiance, Fandorine. Et cela est suffisant.

— Merci, dit doucement Eraste Pétrovitch.

Ivan Frantsévitch, sarcastique, s'inclina devant le jeune homme.

— Je n'ai pas besoin de remerciements. Et maintenant on arrête de s'attendrir, et au travail. Je connais l'adresse de Cunningham. Il habite dans l'île Aptiékarski, dans l'annexe de l'esthernat de Pétersbourg. Vous avez une arme ?

— Oui, j'ai acheté un Smith & Wesson à Londres. Il est dans mon sac de voyage.

— Montrez-le-moi.

Fandorine alla rapidement dans l'entrée et revint avec le lourd revolver, qui lui avait tant plu par son poids et sa robustesse.

— Ça ne vaut rien, dit le chef, catégorique, en soupesant le pistolet. C'est tout juste bon pour les « garçons vachers » américains qui s'amusent à se tirer dessus quand ils sont soûls. Cela ne convient pas à un agent sérieux. Je vous le retire. A la place, je vais vous donner quelque chose de mieux.

Il s'éclipsa quelques instants et revint avec un petit revolver plat, qui tenait presque entièrement dans le creux de sa main.

— Tenez, c'est un Herstal belge à sept coups. Une nouveauté, je l'ai commandé spécialement. Ça se porte dans le dos, sous la redingote, dans un petit étui. C'est un objet irremplaçable dans notre métier. Léger, ses tirs sont de faible portée et mal groupés, mais, en revanche, il dispose d'un système de rechargement automatique qui assure une grande rapidité d'action. Nous n'allons pas tirer dans l'œil d'un écureuil, n'est-ce pas ? Et celui qui, généralement, s'en sort vivant, c'est l'agent qui tire le premier et plusieurs coups de suite. A la place du chien, il y a un dispositif de sûreté – là, ce petit levier. Il est assez dur pour éviter qu'un coup parte involontairement. On le débloque comme ça, et l'on n'a plus qu'à tirer jusqu'à sept coups de suite. Est-ce clair ?

— Très clair, fit Eraste Pétrovitch sans pouvoir détacher ses yeux du ravissant joujou.

— Vous l'admirerez plus tard, pour l'instant nous n'avons pas le temps, lui dit Brilling en le poussant vers la porte.

— Nous allons l'arrêter à deux ? demanda Fandorine, exalté à cette idée.

— Ne dites pas de bêtises.

Ivan Frantsévitch s'arrêta près de « l'appareil de Bell », décrocha le tube en forme de cornet, le porta à son oreille et fit tourner une sorte de manivelle. L'appareil émit un grognement, quelque chose cliqueta à l'intérieur. Brilling pressa alors l'oreille contre l'autre cornet, qui saillait de la boîte laquée, et l'on entendit un piaillement. Fandorine eut l'impression de distinguer une petite voix fine prononçant de façon amusante les mots « adjudant de garde » ainsi que « chancellerie ».

— Novgorodtsev, c'est vous ? hurla Brilling dans le cornet. Est-ce que Son Excellence est là ? Non ? Je ne vous entends pas ! Non, non, pas la peine. Pas la peine, je vous dis ! (Il remplit ses poumons d'air et cria plus fort encore :) J'ai besoin d'urgence d'un détachement pour une arrestation. Envoyez-le immédiatement dans l'île Aptiékarski ! Ap-tié-kar-ski ! Oui ! l'annexe de l'esthernat ! Es-ther-nat ! Peu importe ce que ça veut dire, ils comprendront ! Et qu'un autre groupe les accompagne pour la perquisition. Quoi ? Oui, j'y serai personnellement. Vite, major, vite !

Il remit le tube en place et s'épongea le front.

— Ouf ! J'espère que mister Bell va améliorer son équipement, sinon tous mes voisins seront au courant des opérations secrètes de la Troisième Section.

Eraste Pétrovitch était sous le charme de ce qui venait de s'accomplir sous ses yeux.

— C'est un conte des *Milles et Une Nuits* ! Un véritable prodige ! Et quand on pense qu'il y a encore des gens qui critiquent le progrès !

— Nous parlerons du progrès en cours de route. Malheureusement, j'ai laissé repartir mon coupé, et il va nous falloir trouver un fiacre. Mais laissez donc votre fichu sac de voyage ! Allez, en avant, marche !

Toutefois, on ne parla ni du progrès ni de rien d'autre. Le trajet jusqu'à Aptiékarski se déroula dans le silence le plus complet. Eraste Pétrovitch tremblait d'excitation, et à plusieurs reprises il tenta d'entraîner le chef dans une discussion, mais en vain : Brilling était d'humeur exécrable. Visiblement il risquait tout de même gros en agissant de son propre chef.

Le soir blême, propre aux contrées nordiques, se profilait à peine sur l'étendue de la Néva. Fandorine se dit que cette nuit claire ne pouvait mieux tomber – de toute façon il n'était pas près de dormir. Déjà, la nuit précédente, dans le train, il n'avait pas fermé l'œil tant il était obnubilé par la crainte de manquer le fameux pli... Le cocher mena rondement sa jument alezane, méritant largement le rouble promis, et ils arrivèrent rapidement sur les lieux.

L'esthernat de Pétersbourg, un beau bâtiment jaune qui appartenait précédemment au corps des ingénieurs, était de dimensions plus modestes que celui de Moscou, mais, en revanche, il était noyé dans la verdure. Un lieu paradisiaque dont les alentours n'étaient que jardins et riches datchas.

— Mon Dieu, que vont devenir les enfants ? soupira Fandorine.

— Rien de spécial, répondit Ivan Frantsévitch d'un ton glacial. Milady nommera un autre directeur, un point c'est tout.

L'annexe de l'esthernat se révéla être un imposant hôtel particulier datant de la Grande Catherine et donnant sur une charmante rue ombragée. Eraste Pétrovitch avisa un orme carbonisé par la foudre qui étendait ses branches mortes jusqu'aux hautes fenêtres éclairées du premier étage. A l'intérieur de la maison, tout était calme.

— Parfait, les gendarmes ne sont pas encore arrivés, dit le chef. Nous ne les attendrons pas, l'essentiel pour nous est de ne pas effrayer Cunningham. C'est moi qui parle ; vous, gardez votre langue. Et tenez-vous prêt à toute éventualité.

Eraste Pétrovitch glissa la main sous le pan de sa veste et sentit le froid rassurant du Herstal. Il avait le cœur serré, non pas de peur – car avec Ivan Frantsévitch il n'avait rien à craindre – mais d'impatience. Bientôt, maintenant, tout allait se décider !

Brilling secoua énergiquement la clochette de bronze, et un tintement aux modulations harmonieuses retentit. A une fenêtre ouverte de l'étage d'honneur apparut une tête rousse.

— Ouvrez, Cunningham, dit le chef d'une voix tonitruante. J'ai à vous parler d'une affaire urgente !

— Brilling, c'est vous ? s'étonna l'Anglais. De quoi s'agit-il ?

— Un événement extraordinaire au club. Je dois vous avertir.

— Une minute, je descends. Aujourd'hui mon laquais est de sortie.

Et la tête disparut.

— Ah, ah, murmura Fandorine. Il a fait exprès de se débarrasser de son laquais. Il doit être occupé avec ses papiers !

Brilling tapota nerveusement les articulations de ses doigts contre la porte – Cunningham ne se pressait guère.

— Et s'il s'échappait par la porte de service ? s'alarma Eraste Pétrovitch. Je devrais peut-être faire le tour et me poster de l'autre côté ?

Mais, au même instant, des pas résonnèrent à l'intérieur de la maison et la porte s'ouvrit.

Sur le seuil se tenait Cunningham en longue robe de chambre à brandebourgs. Ses yeux verts et perçants s'attardèrent un court instant sur le visage de

Fandorine, et ses paupières frémirent presque imperceptiblement. Il l'avait reconnu !

— *What's happening*[1] ? demanda l'Anglais, sur ses gardes.

— Allons dans votre bureau, répondit Brilling en russe. C'est très important.

Cunningham hésita une seconde, puis d'un geste invita les deux hommes à le suivre.

Après avoir gravi un escalier de chêne, le maître des lieux et ses deux hôtes inattendus se retrouvèrent dans une pièce qui respirait l'opulence, mais pas l'oisiveté. Le long des murs s'alignaient des étagères entières de livres et de dossiers ; près de la fenêtre, à côté d'une immense table de travail en bouleau de Carélie, se dressait une pile de petites boîtes, portant chacune une étiquette dorée.

Toutefois, ce ne furent pas les boîtes qui retinrent l'attention d'Eraste Pétrovitch (Cunningham n'allait sûrement pas laisser des documents secrets en évidence), mais les papiers posés sur la table, dissimulés à la hâte sous le dernier numéro des *Nouvelles de la Bourse*.

Visiblement, les pensées d'Ivan Frantsévitch étaient analogues – il traversa le bureau et se posta près de la table, le dos face à la fenêtre ouverte, dont l'appui était particulièrement bas. Le petit vent du soir faisait légèrement onduler le rideau de tulle.

Ayant parfaitement compris la manœuvre du chef, Fandorine resta près de la porte. Désormais, Cunningham n'avait plus par où s'enfuir.

Apparemment, l'Anglais soupçonna quelque chose d'anormal.

---

1. Que se passe-t-il ?

— Vous vous comportez étrangement, Brilling, dit-il dans un russe impeccable. Et que fait cet homme ici ? Je l'ai déjà vu, il est de la police.

Ivan Frantsévitch regardait Cunningham par en dessous et gardait les mains enfoncées dans les poches de sa vaste redingote.

— En effet, il est policier. Et d'une minute à l'autre, il y aura beaucoup d'autres policiers ici, raison pour laquelle je n'ai pas de temps à perdre en explications.

La main droite du chef émergea de sa poche, et Fandorine reconnut son Smith & Wesson, mais il n'eut pas le temps de s'étonner, car lui-même avait saisi son revolver – cette fois, c'était parti !

— *Don't...* [1] ! s'écria l'Anglais en levant la main tandis qu'au même moment éclatait le coup de feu.

Cunningham tomba à la renverse. Frappé de stupeur, Eraste Pétrovitch vit les yeux verts écarquillés, encore vivants, et, au milieu du front, un trou sombre et précis.

— Mon Dieu, chef, pourquoi ? !

Il se tourna vers la fenêtre. Un canon noir le regardait droit dans les yeux.

— C'est vous qui l'avez tué, prononça Brilling d'une ton affecté. Vous êtes un trop bon enquêteur. C'est pourquoi, mon jeune ami, il va me falloir vous tuer, ce que je regrette sincèrement.

---

1. Ne faites pas ça...

Chapitre quatorzième,

où le récit prend un tour entièrement nouveau

N'y comprenant rien, le malheureux Fandorine avança de quelques pas.

— Restez où vous êtes ! rugit le chef avec fureur. Et inutile d'agiter votre pistolet, il n'est pas chargé. Vous auriez pu au moins jeter un coup d'œil dans le barillet ! Que le diable vous emporte, avec votre crédulité ! Sachez qu'on ne peut se fier qu'à soi !

De sa poche gauche, Brilling sortit un Herstal strictement identique à l'autre et jeta par terre, juste aux pieds de Fandorine, le Smith & Wesson encore fumant.

— Ça, c'est mon propre Herstal, et il est entièrement chargé, ainsi que vous allez pouvoir vous en convaincre sur-le-champ, dit fiévreusement Ivan Frantsévitch, plus enragé à chaque parole qu'il prononçait. Je vais le mettre dans la main de l'infortuné Cunningham, et l'on en conclura que vous vous êtes entre-tués au cours d'une fusillade. Je vous garantis des obsèques officielles et des discours compassés. Je sais que cela compte beaucoup pour vous. Et ne me regardez pas comme ça, satané morveux !

Fandorine comprit avec horreur que le chef avait complètement perdu ses esprits et, dans une ultime tentative de réveiller sa raison subitement égarée, il s'écria :

— Chef, c'est moi, Fandorine ! Ivan Frantsévitch ! Monsieur le conseiller d'Etat !

— Conseiller d'Etat *actuel*, précisa Brilling avec un sourire mauvais. Vous retardez d'un train, Fandorine. J'ai été promu par le décret impérial du 7 juin. Suite au succès de l'opération de neutralisation de l'organisation terroriste Azazel. Ainsi, vous pouvez m'appeler « Votre Excellence ».

Avec la fenêtre pour toile de fond, la silhouette sombre de Brilling semblait découpée au ciseau et collée sur un papier gris. Dans son dos, les branches mortes de l'orme partaient dans tous les sens, telle une lugubre toile d'araignée. Une pensée traversa l'esprit de Fandorine : « Une araignée, une araignée venimeuse. Elle a tissé sa toile et je m'y suis laissé prendre. »

Le visage de Brilling se déforma comme sous l'effet de la douleur, et Eraste Pétrovitch comprit que le chef avait atteint le niveau de rage voulu et qu'il allait tirer. D'on ne sait où, dans l'esprit de Fandorine surgit une pensée impétueuse qui aussitôt se décomposa en une suite d'idées brèves : le Herstal possède une sûreté qu'il faut débloquer, sinon impossible de tirer, le levier est dur, cela demande une demi-seconde, au mieux un quart de seconde, il n'a pas le temps, impossible...

Plissant les yeux et poussant un hurlement déchirant, Eraste Pétrovitch se rua en avant, visant le menton du chef avec sa tête. Fandorine n'entendit pas le déclic du levier de sûreté, mais seulement l'impact du coup de feu sur le plafond, car les deux protagonistes, ayant franchi le rebord de la fenêtre, venaient de basculer dans le vide.

Dans la chute, la poitrine de Fandorine percuta le tronc de l'orme sec et, dans un craquement des branches, le visage égratigné, le jeune homme s'écrasa lourdement sur le sol. L'atterrissage fut d'une telle violence qu'il fut tenté de se laisser glisser dans l'inconscience, mais un puissant instinct de conservation l'en empêcha. Eraste Pétrovitch se mit à quatre pattes, lançant autour de lui des regards hébétés.

Le chef n'était nulle part. En revanche, au pied du mur, gisait le petit Herstal noir. Toujours à quatre pattes, Fandorine bondit dessus tel un chat, s'en empara et se mit à tourner la tête dans tous les sens.

Mais Brilling avait disparu.

Ce n'est qu'en entendant un râle d'outre-tombe que Fandorine eut l'idée de lever la tête.

Ivan Frantsévitch était suspendu en l'air dans une position absurde et irréelle. Ses chaussures lustrées se balançaient juste au-dessus de la tête de Fandorine. Sous la croix de Saint-Vladimir, là où sur sa chemise empesée s'élargissait une tache pourpre, saillait la pointe acérée de la branche qui, en se cassant, avait transpercé le nouveau promu. Plus effrayant que tout était le regard de ses yeux clairs rivé sur Fandorine.

— Pourriture... prononça distinctement le chef, grimaçant, soit de douleur, soit de dégoût. Pourriture...

Puis, d'une voix sifflante et méconnaissable, il lâcha :

— A-za-zel...

Une onde glaciale parcourut le corps de Fandorine. Brilling continua de pousser des râles pendant encore une demi-minute, puis se tut.

Au même instant, un martèlement de sabots et un cahotement de roues résonnèrent au coin de la rue, comme si les gendarmes avaient attendu ce moment précis pour arriver.

* * *

L'aide de camp général Lavrenty Arkadiévitch Mizinov, directeur de la Troisième Section et chef du corps des gendarmes, essuya ses yeux rouges de fatigue. Les aiguillettes dorées de son uniforme de gala tintaient sourdement. Au cours des dernières vingt-quatre heures, il n'avait pas trouvé le temps de se changer, et encore moins de dormir. La veille au soir, un exprès avait obligé Lavrenty Arkadiévitch à quitter le bal donné à l'occasion de la fête du grand-duc Sergueï Alexandrovitch. Et tout avait commencé...

Le général posa un regard peu amène sur le gamin qui était assis à côté, les cheveux ébouriffés, le nez égratigné plongé dans des papiers. Le garçon venait de passer deux nuits sans dormir, et il était frais comme un gardon. Et en plus il se comportait comme s'il avait passé toute sa vie dans les cabinets ministériels. Enfin soit, pourvu qu'il trouve. Mais ce Brilling ! Cela dépassait purement et simplement l'entendement !

— Alors, Fandorine, vous en avez encore pour longtemps ? Ou bien vous êtes-vous encore laissé entraîner par une de vos « idées » ? demanda sévèrement le général, sentant que, pour sa part, après une nuit sans sommeil et une journée exténuante, il n'était plus en état d'avoir quelque idée que ce fût.

— Tout de suite, Votre Haute Excellence, tout de suite, marmonna le blanc-bec. Il me reste encore cinq inscriptions. Je vous avais prévenu que la liste risquait d'être chiffrée. Voyez comme ce code est astucieux. Nous n'avons pas déchiffré la moitié des lettres et, quant à moi, je ne me souviens pas de tout ce qu'il y avait là-bas... Tiens, ça, c'est le directeur de la poste du Danemark. Et ici, qu'avons-nous ? La première lettre n'est pas codée : une petite croix, la deuxième : aussi une croix, les troisième et quatrième : deux M, ensuite de nouveau une croix, puis un N et un D suivi d'un point d'interrogation, et les deux dernières lettres sont supprimées. Ce qui nous donne : ++MM+ND(?)++.

— Cela paraît n'avoir ni queue ni tête, soupira Lavrenty Arkadiévitch. Brilling, lui, aurait deviné en moins de deux. A propos, vous êtes vraiment sûr que ce n'était pas un coup de folie ? On n'arrive pas à imaginer qu'il...

— Absolument sûr, Votre Haute Excellence, répéta Eraste Pétrovitch pour la énième fois. Et je l'ai très clairement entendu prononcer « Azazel ». Ça y est ! Je me souviens ! Dans la liste de Béjetskaïa figurait un certain *commander*. On peut supposer que c'est de lui qu'il s'agit.

— *Commander*, c'est un grade des flottes britannique et américaine, expliqua le général. Qui correspond chez nous au capitaine de frégate. (Il traversa la pièce, l'air furieux.) Azazel, Azazel, qu'est-ce que c'est que cet Azazel qui nous tombe dessus ? De fait, nous ne savons rien de lui, rien de rien ! L'enquête moscovite de Brilling ne vaut pas un clou ! Tout cela n'est sans doute que du vent, de la fiction, des craques – aussi bien les terroristes que l'attentat contre le tsarévitch ! Il voulait brouiller les pistes, c'est cela ? Il ne nous a laissé que des cadavres à nous mettre sous la dent ! Et si les morts en question étaient effectivement des idiots de nihilistes ? De lui on aurait pu s'y attendre – c'était un homme très, très capable... Mais, diable, où sont les résultats de la perquisition ? Voilà déjà vingt-quatre heures qu'ils fouillent partout !

La porte s'ouvrit tout doucement et, dans l'interstice, se glissa une tête émaciée à lunettes à monture dorée.

— Votre Haute Excellence, le capitaine de gendarmerie Biélozérov.

— Ah, enfin ! Quand on parle du loup... Qu'il entre.

Dans le bureau, clignant les yeux de fatigue, entra un officier d'un certain âge, qu'Eraste Pétrovitch avait déjà vu la veille chez Cunningham.

— Voilà, Votre Haute Excellence, nous avons trouvé, rapporta-t-il d'une voix faible. Nous avons méthodiquement délimité des carrés, tout fouillé, tout passé au crible : rien. C'est alors que l'agent Eilenson, un enquêteur au flair remarquable, a eu l'idée de frapper des coups sur les parois de la cave de l'esthernat. Et vous savez quoi, Lavrenty Arkadiévitch ? Nous avons découvert une cavité secrète, comme une sorte de laboratoire photographique, et, à l'intérieur, vingt boîtes, contenant chacune deux cents cartes. Le code est étrange, des espèces d'idéogrammes, rien à voir avec la lettre. J'ai donné ordre que l'on transfère toutes les boîtes ici. J'ai mis tout le service de décodage sur l'affaire ; ils vont immédiatement se mettre au travail.

— Bravo, Biélozérov, bravo, le félicita le général, sensiblement radouci. Quant à cet agent au flair remarquable, proposez-le pour une décoration. Et maintenant, allons au décodage voir ce qu'ils trouvent. Venez, Fandorine, cela vous intéresse aussi. Vous terminerez ensuite, c'est moins urgent, maintenant.

Ils montèrent de deux étages et longèrent à la hâte un couloir qui n'en finissait pas. A l'angle, ils tournèrent. Là, ils virent un fonctionnaire qui courait à leur rencontre en gesticulant.

— C'est un malheur, Votre Haute Excellence, un grand malheur ! L'encre pâlit à vue d'œil, nous n'y comprenons rien !

Mizinov se mit à trotter, ce qui ne convenait pas du tout à sa silhouette massive ; les cannetilles d'or de ses épaulettes battaient telles des ailes de papillon. Au mépris des convenances, Biélozérov et Fandorine dépassèrent le grand chef et franchirent les premiers les hautes portes blanches.

Sur la grande pièce entièrement occupée par des tables soufflait un vent de panique. Une dizaine de fonctionnaires s'affairaient sur des amas de petites cartes blanches, réparties en tas sur les tables. Eraste Pétrovitch en prit une, y vit des caractères qu'on distinguait à peine et qui ressemblaient à des idéogrammes chinois. Les caractères disparurent sous ses yeux, et la carte devint uniformément blanche.

— Qu'est-ce que c'est que cette diablerie ? s'écria le général, hors d'haleine. Un genre d'encre sympathique ?

— Je crains, Votre Haute Excellence, que ce ne soit bien pire, dit un monsieur à l'air docte en regardant la carte à la lumière. Capitaine, vous avez dit que le fichier était conservé dans une sorte de chambre noire ?

— Oui, très exactement, monsieur, confirma respectueusement Biélozérov.

— Et vous souvenez-vous du type d'éclairage qu'il y avait là-bas ? Pas une lampe rouge, par hasard ?

— Si, absolument, une lampe électrique rouge.

— C'est bien ce que je pensais. Hélas, Lavrenty Arkadiévitch, le fichier est bel et bien perdu, sans aucun espoir de le restaurer.

— Comment cela ? ! s'échauffa le général. Monsieur le conseiller de collège, vous allez bien nous trouver un moyen quelconque. Vous êtes passé maître dans votre art, vous êtes une lumière...

— Mais pas un magicien, Votre Haute Excellence. De toute évidence, les cartes ont été traitées avec une solution spéciale, et l'on ne peut les utiliser qu'à la lumière rouge. Or, maintenant, la couche sur laquelle étaient portées les inscriptions a été exposée à la lumière. C'est très habile, rien à dire. C'est la première fois que je suis confronté à pareil phénomène.

Le général leva ses sourcils broussailleux et renifla d'un air menaçant. Un silence de mort s'abattit sur la pièce – il y avait de l'orage dans l'air. Toutefois, aucun coup de tonnerre n'éclata.

— Allons-y, Fandorine, prononça le chef de la Troisième Section d'une voix éteinte. Vous avez à terminer votre travail.

Finalement, il fut impossible de décoder les deux dernières inscriptions. Il s'agissait du report des informations arrivées le dernier jour, le 30 juin, et Fandorine ne pouvait donc en avoir eu connaissance. Le moment était venu de tirer les conclusions.

Marchant de long en large et accusant de plus en plus la fatigue, le général Mizinov réfléchissait tout haut.

— Eh bien, rassemblons le peu dont nous disposons. Il existe une organisation internationale qu'il est convenu d'appeler « Azazel ». A en juger par la quantité de cartes – cartes dont nous savons maintenant que nous ne pourrons jamais les lire –, ses adhérents sont au nombre de 3854. Pour quarante-sept d'entre eux, ou plus exactement quarante-cinq étant donné que deux inscriptions n'ont pu être déchiffrées, nous possédons des éléments. Peu nombreux, cependant : l'appartenance nationale et la fonction occupée. Ni nom, ni âge, ni adresse... Que connaissons-nous encore ? Les noms de deux membres aujourd'hui disparus : Cunningham et Brilling. A part eux, il y a Amalia Béjetskaïa en Angleterre. Si votre Zourov ne l'a pas tuée, si elle n'a pas quitté le pays et si, évidemment, elle s'appelle effectivement comme cela... « Azazel » est une organisation violente qui, au besoin, ne recule pas devant les meurtres. Elle poursuit un but bien déterminé, mais lequel ? Il ne s'agit pas de francs-maçons, car je suis moi-même membre d'une loge maçonnique, et pas des moindres... Hum... Evidemment, Fandorine, vous n'avez rien entendu.

Eraste Pétrovitch baissa humblement les yeux.

— Rien à voir non plus avec l'Internationale socialiste, poursuivit Mizinov. Ces messieurs les communistes n'ont pas les reins assez solides pour cela. Sans compter que Brilling ne pouvait absolument pas être un révolutionnaire – c'est exclu. Quelles qu'aient pu être ses activités secrètes, mon cher adjoint faisait sérieusement, et avec succès, la chasse aux nihilistes. Dans ces conditions, quel but poursuit donc Azazel ? La réponse à cette question est essentielle ! Or nous n'avons rien à quoi nous raccrocher. Cunningham est mort. Brilling est mort. Nikolaï Kroug est un simple exécutant, un second couteau. Ce vaurien de Pyjov est mort. Tous les fils sont coupés... (Lavrenty Arkadiévitch écarta les mains, l'air ulcéré :) Non, décidément je n'y comprends rien ! Je connaissais Brilling depuis plus de dix ans. C'est moi-même qui l'ai propulsé dans le monde ! C'est moi qui l'ai trouvé ! Jugez vous-même, Fandorine. Alors que j'étais général gouverneur de Kharkov, j'ai organisé tous les concours possibles et imaginables parmi les collégiens et les étudiants afin de stimuler, parmi la jeune génération, les sentiments patriotiques et les aspirations réformatrices. On m'a présenté un jeune homme maigrichon et gauche, collégien de dernière année, qui avait écrit une dissertation à la fois pertinente et passionnée sur le thème « L'avenir de la Russie ». Croyez-moi, par son esprit et son histoire personnelle, c'était un vrai Lomonossov. Orphelin de père et de mère, sans aucune famille, il avait étudié seul en vivant de rien et avait brillamment réussi l'examen pour entrer directement en septième classe de collège. Un talent inné ! Je l'ai pris sous mon aile, je lui ai alloué une bourse d'études, je l'ai fait entrer à l'université de Pétersbourg, et ensuite je l'ai pris à mon service, ce dont je n'ai pas eu à me plaindre une seule fois. C'était le meilleur de mes collaborateurs, mon homme de confiance ! Il faisait une brillante carrière, toutes les voies s'ouvraient à lui ! Quelle intelligence vive et originale, quel esprit d'initiative, quelle efficacité ! Seigneur, quand je pense que je m'apprêtais même à lui accorder la main de ma fille !

Le général se prit le front dans la main. Eraste Pétrovitch, par respect pour les sentiments du grand chef, observa une pause et toussota avec délicatesse.

— Votre Haute Excellence, je me disais que... Evidemment, nous n'avons pas grand-chose à quoi nous raccrocher, mais tout de même...

Le général secoua la tête, comme pour chasser de mauvais souvenirs, et s'assit à sa table de travail.

— Je vous écoute. Dites, Fandorine, dites. Personne ne connaît cette histoire mieux que vous.

— En fait, voilà... commença Eraste Pétrovitch en regardant la liste puis en soulignant quelque chose au crayon. Nous avons ici quarante-quatre personnes puisque deux restent mystérieuses et que le conseiller d'Etat actuel, c'est-à-dire Ivan Frantsévitch, ne compte plus. Parmi eux, au moins huit ne devraient pas être très difficiles à identifier. Voyez vous-même, Votre Haute Excellence. Combien peut-il y avoir de chefs de la garde impériale au Brésil ? Ou encore le numéro 47F, directeur de département belge ; envoyé le 11 juin, reçu le 15. Il sera facile d'établir de qui il s'agit. Cela fait déjà deux. Trois : numéro 549F, vice-amiral de la flotte française ; envoyé le 15 juin, reçu le 17. Quatre : numéro 1007F, baronnet anglais frais émoulu ; envoyé le 9 juin, reçu le 10. Cinq : numéro 694F, ministre portugais ; envoyé le 29 mai, reçu le 7 juin.

— Laissons tomber celui-là, l'interrompit le général, qui écoutait avec une extrême attention. En mai, le Portugal a changé de gouvernement, si bien que tous les ministres du cabinet sont nouveaux.

— Ah oui ? fit Eraste Pétrovitch, contrarié. Bon, alors cela fait sept et non huit. Le cinquième est donc l'Américain : numéro 852F, vice-président de la commission sénatoriale ; envoyé le 10 juin, reçu le 28, alors que je suis à Londres. Le sixième :

numéro 1042F, Turquie, secrétaire particulier du prince Abdül-Hamîd ; envoyé le 1er juin, reçu le 20.

— Vraiment ? Oh, mais c'est très important. Et justement le 1er juin ? Tiens, tiens. Le 30 mai, un coup d'Etat a eu lieu en Turquie. Le sultan Abdül-Aziz a été déposé, et le nouvel homme fort, Midhat pacha, a appelé Murâd V sur le trône. Et dès le lendemain, il aurait assigné un nouveau secrétaire à Abdül-Hamîd, frère cadet de Murâd ? Quelle précipitation, dites-moi ! Cette nouvelle est de la plus haute importance. Midhat pacha ne serait-il pas en train d'élaborer un plan visant à se débarrasser de Murâd et à placer Abdül-Hamîd sur le trône ? Eh, eh... Bien, mais cela n'est pas de votre ressort, Fandorine. Cela étant, nous aurons vite fait d'identifier ce secrétaire. Je vais sur-le-champ me mettre en relation télégraphique avec Nikolaï Pavlovitch Gnatiev, notre ambassadeur à Constantinople, nous sommes de vieux amis. Continuez.

— Et le dernier et septième : numéro 1508F, Suisse, préfet de police de canton ; envoyé le 25 mai, reçu le 1er juin. Il sera beaucoup plus compliqué d'identifier les autres, voire impossible pour certains. Mais si déjà nous retrouvons ces sept-là et que nous les fassions surveiller discrètement...

— Donnez-moi la liste, dit le général en tendant la main. Je vais immédiatement ordonner que l'on envoie des messages codés aux ambassades concernées. Il est évident que nous allons devoir collaborer avec les services spéciaux de tous ces pays. A part la Turquie, où nous disposons d'un excellent réseau... Vous savez, Eraste Pétrovitch, j'ai été brusque avec vous, mais n'en prenez pas ombrage. J'apprécie énormément votre contribution et tout le reste... Simplement, j'ai été très affecté... par Brilling... Enfin, vous comprenez.

— Je comprends, Votre Haute Excellence. Moi-même, d'une certaine manière, j'ai été aussi...

— Très bien, parfait. Vous allez travailler auprès de moi. Creuser l'affaire « Azazel ». Je vais créer un groupe spécial et y affecter les gens les plus expérimentés. Nous parviendrons coûte que coûte à démêler cet écheveau.

— Votre Haute Excellence, j'aurais besoin de faire un saut à Moscou...

— Pour quelle raison ?

— J'aimerais avoir une petite discussion avec lady Esther. N'étant pas tant une personne terrestre que céleste (là, Fandorine sourit), il est peu probable qu'elle ait été au fait des véritables activités de Cunningham, mais elle connaît ce monsieur depuis l'enfance et pourrait nous apprendre sur lui des choses utiles. Toutefois, s'adresser à elle officiellement, par l'intermédiaire de la gendarmerie, serait maladroit, n'est-ce pas ? J'ai la chance de connaître un peu milady, elle n'aura pas peur de moi, et en plus je parle anglais. Le passé de Cunningham peut nous mettre sur une voie prometteuse, qui sait ?

— Eh bien, s'il le faut, allez-y. Mais pour une journée, pas plus. Maintenant, allez dormir, mon aide de camp va vous indiquer vos appartements. Et demain vous prendrez le train du soir pour Moscou. Avec un peu de chance, nous aurons déjà reçu les premières réponses des ambassades. Le 28 au matin, discutez avec lady Esther et rentrez le soir même. Dès votre arrivée, venez me présenter votre rapport. Quelle que soit l'heure, c'est clair ?

— Parfaitement clair, Votre Haute Excellence.

* * *

Dans le couloir de la voiture de première classe du train Saint-Pétersbourg – Moscou, un imposant monsieur avec des bacchantes à faire pâlir d'envie et un brillant piqué à sa cravate fumait le cigare en observant avec une curiosité non dissimulée la porte close du compartiment numéro un.

— Hé, mon brave, dit-il en faisant un signe de son doigt potelé au contrôleur qui venait fort à propos d'apparaître.

Celui-ci se précipita auprès du dignitaire et s'inclina avec respect :

— A votre service, monsieur.

Le noble monsieur le saisit de deux doigts par le col et lui demanda d'une voix étouffée :

— Le jeune homme du premier compartiment, qui est-ce ? Tu le connais ? Il est sacrément jeune.

— Je suis le premier à en être étonné, murmura le contrôleur. Comme chacun le sait, le premier compartiment est réservé aux personnages particulièrement importants, on n'y accepte pas tous les hauts fonctionnaires. Seulement ceux qui voyagent pour affaire d'Etat cruciale et urgente.

— Je sais, fit le noble monsieur en exhalant un jet de fumée. J'ai moi-même eu l'occasion d'y voyager à l'occasion d'une mission secrète d'inspection à Novorossia. Mais celui-là est un vrai gamin. Le fils de quelqu'un, peut-être ? Un de ces représentants de la jeunesse dorée ?

— Impossible, on ne loge pas les fils à papa dans le compartiment un, là-dessus la règle est très stricte. A moins qu'il ne s'agisse d'un grand-duc. Mais celui-là, comme il m'intriguait, je suis allé voir sur la liste de monsieur le chef de train, expliqua le contrôleur, baissant un peu plus la voix.

— Et alors ? demanda le monsieur avec une curiosité fébrile.

Escomptant un généreux pourboire, le contrôleur porta l'index à ses lèvres :

— Il est de la Troisième Section. Chargé d'affaires particulièrement importantes.

— « Particulièrement », je n'en doute pas. Pour affaires seulement « importantes », on ne vous installe pas dans le compartiment un. Et que fait-il ?

— Imaginez-vous que depuis qu'il s'est enfermé dans son compartiment, il n'est pas sorti une seule fois. Je lui ai proposé du thé à deux reprises – rien à faire. Il est plongé dans ses papiers et n'en lève pas le nez. A Piter, le départ a été retardé de vingt minutes, vous vous rappelez ? Eh bien, c'était à cause de lui. On a dû attendre qu'il arrive.

— Oh, oh, s'écria le voyageur. Mais c'est absolument inouï !

— Cela arrive, mais très rarement.

— Et son nom était mentionné dans la liste des passagers ?

— Pas du tout. Ni son nom ni son rang.

Pendant ce temps, Eraste Pétrovitch continuait de chercher un sens aux maigres informations contenues dans les rapports et s'ébouriffait nerveusement les cheveux. Une angoisse irrationnelle le serrait à la gorge.

Juste avant qu'il parte pour la gare, l'ordonnance de Mizinov s'était présentée à l'appartement de fonction, où Fandorine avait dormi d'un sommeil de plomb pendant près de vingt-quatre heures d'affilée, et lui avait demandé de patienter : les trois premières dépêches en provenance des ambassades venaient d'arriver, on allait les lui apporter sitôt décodées. Il avait fallu attendre presque une heure entière, et Eraste Pétrovitch craignait de manquer son train, mais l'ordonnance l'avait rassuré sur ce point.

A peine entré dans son immense compartiment tapissé de velours vert, pourvu d'une table de travail, d'un confortable divan et de deux chaises vissées au sol, Fandorine avait ouvert l'enveloppe et s'était plongé dans la lecture des documents.

Trois dépêches étaient arrivées : une de Washington, l'autre de Paris et la troisième de Constantinople. Toutes commençaient par la même formule : « *Urgent. A Sa Haute Excellence Lavrenty Arkadiévitch Mizinov, en réponse à la dépêche n° 13476-8J du 26 juin 1876.* » Les rapports étaient signés par les ambassadeurs en personne. Là s'arrêtaient les similitudes. Pour le reste, les textes étaient les suivants :

« 27 juin (9 juillet) 1876. 12 h 15. Washington.

La personne qui Vous intéresse est John Pratt Dobbs, élu le 9 juin dernier vice-président de la commission sénatoriale pour le budget. L'homme est très connu en Amérique. Millionnaire, il fait partie de ces gens que l'on appelle ici self made men. Age : 44 ans. On ignore tout de ses origines, où il est né, ce qu'il a fait dans sa jeunesse. On suppose qu'il s'est enrichi en Californie, au moment de la fièvre de l'or. Il est considéré comme un entrepreneur de génie. A l'époque de la guerre civile entre le Nord et le Sud, il était le conseiller

du président Lincoln pour les questions financières. Une opinion répandue veut que ce soit le zèle de Dobbs et nullement la vaillance des généraux fédérés qui ait assuré la victoire du Nord capitaliste sur le Sud conservateur. En 1872, il a été élu sénateur de l'Etat de Pennsylvanie. On sait, de source bien informée, qu'il est pressenti pour le poste de ministre des Finances. »

« 09 juillet (27 juin) 1876. 16 h 45. Paris.

Grâce à Coco, l'agent que Vous connaissez, nous avons pu apprendre par le ministère de la Guerre que, le 15 juin, au grade de vice-amiral, avait été promu le contre-amiral Jean Intrépide, depuis peu affecté au commandement de l'escadre du Siam. C'est une des figures les plus légendaires de la flotte française. Il y a vingt ans, une frégate française a découvert, au large des côtes portugaises, une barque à bord de laquelle se trouvait un adolescent, de toute évidence rescapé d'un naufrage. Fortement choqué, le garçon avait totalement perdu la mémoire, au point de ne plus connaître son nom ni même sa nationalité. Enrôlé comme mousse, on lui a attribué comme nom de famille le nom de la frégate qui l'avait repêché. Il a une brillante carrière. Il a pris part à de nombreuses expéditions et guerres coloniales. Il s'est notamment illustré au cours de la guerre du Mexique. L'année passée, Jean Intrépide a fait littéralement sensation à Paris en épousant la fille aînée du duc de Rohan. Je Vous enverrai, dans un prochain rapport, le détail des états de service de la personne qui Vous intéresse. »

« 27 juin 1876. Deux heures de l'après-midi. Constantinople.

Cher Lavrenty, ta demande m'a considérablement étonné. En effet, Anvar effendi, envers qui tu manifestes un si pressant intérêt, fait depuis quelque temps l'objet d'une attention soutenue également de ma part. Cet individu, proche de Midhat pacha et d'Abdül-Hamîd, est, selon mes informations, une des figures centrales du complot qui mûrit au palais. On doit s'attendre incessamment au renversement de l'actuel sultan et à son remplacement par Abdül-Hamîd. Anvar effendi deviendra alors un personnage extraordinairement influent. Il est très intelligent, a été éduqué à l'européenne, possède une quantité innombrable de langues étrangères, occidentales comme orientales. Malheureusement, nous ne disposons pas d'informations détaillées sur la biographie de cet intéressant monsieur. On sait qu'il n'a pas plus de trente-cinq ans, qu'il est né soit en Serbie, soit en Bosnie. Ses origines sont obscures et il n'a pas de parents, ce qui laisse présager de grands bienfaits pour la Turquie, si Anvar devient un jour vizir. Imagine un peu – un vizir sans une horde de parents avides ! Cela n'existe tout simplement pas ici. Anvar est quelque chose comme une « éminence grise » auprès de Midhat pacha, il est un membre actif du parti des Jeunes-Turcs. J'ai satisfait ta curiosité ? A toi de satisfaire la mienne. En quoi as-tu besoin de mon Anvar effendi ? Que sais-tu de lui ? Fais-le-moi savoir sans tarder, cela pourrait s'avérer important. »

Pour la énième fois, Eraste Pétrovitch relut les dépêches, soulignant dans la première : *On ignore tout de ses origines, où il est né, ce qu'il a fait dans sa jeunesse* ; dans la seconde : *au point de ne plus connaître son nom ni même sa nationalité* ; dans la troisième : *Ses origines sont obscures et il n'a pas de parents*. Il en ressortait quelque chose d'effrayant. Ainsi, les trois hommes semblaient avoir surgi de nulle part ! A un moment donné, brusquement, ils avaient émergé du néant pour lentement se hisser vers les sommets avec une opiniâtreté véritablement surhumaine. Qui étaient-ils ? Les membres d'une secte secrète ? Et si, effectivement, ils n'étaient pas des humains mais des êtres venus d'un autre monde ? Des émissaires de la planète Mars, par exemple ? Ou quelque chose de plus diabolique encore ? Fandorine frissonna au souvenir de sa rencontre nocturne avec le « spectre d'Amalia ». Une personne elle-même à l'origine inconnue, cette Béjetskaïa. Et l'invocation satanique « Azazel »... Oh, il y avait des relents de soufre dans tout cela...

Quelqu'un gratta à la porte, et Eraste Pétrovitch sursauta, porta la main à son étui de revolver, accroché dans son dos, et ses doigts sentirent la crosse finement striée du Herstal.

Dans l'ouverture de la porte apparut la physionomie obséquieuse du contrôleur.

— Votre Excellence, nous approchons d'une gare. Ne souhaiteriez-vous pas vous dégourdir un peu les jambes ? Et, là-bas, il y aura aussi un buffet.

Au mot d'« Excellence », Eraste Pétrovitch redressa le buste et se regarda furtivement dans le miroir. Etait-il possible qu'on pût effectivement le prendre pour quelqu'un ayant le même rang qu'un général ?

Après tout, l'idée de se « dégourdir un peu les jambes » n'était pas mauvaise, d'autant qu'on réfléchit mieux en marchant. Une vague petite idée lui tournait dans la tête, mais elle lui échappait sans cesse, refusant pour le moment de se laisser attraper mais l'incitant à persévérer. Creuse, semblait-elle dire, creuse.

— Pourquoi pas ? Combien de temps resterons-nous arrêtés ?

— Vingt minutes. Mais ne vous en faites surtout pas, promenez-vous tranquillement, fit le conducteur avant d'ajouter avec un petit rire entendu : Nous ne repartirons pas sans vous, monsieur.

Eraste Pétrovitch sauta du marchepied sur le quai inondé des lumières de la gare. Çà et là, des compartiments étaient éteints. Visiblement, certains passagers avaient déjà cédé au sommeil. Fandorine s'étira voluptueusement et croisa les mains dans le dos, prêt pour l'exercice de marche censé favoriser une activité cérébrale plus intense. C'est alors que, de la même voiture, descendit un imposant monsieur moustachu en chapeau haut de forme. Il lança un regard plein de curiosité au jeune homme et tendit la main à la demoiselle qui l'accompagnait. A la vue du minois charmant et empreint de fraîcheur, Eraste Pétrovitch se sentit défaillir. Quant à la jeune fille, elle s'illumina et s'écria d'une voix sonore :

— *Papa* [1], c'est lui, c'est ce monsieur de la police ! Tu te souviens, je t'en ai parlé ? Tu sais, celui qui est venu nous voir, *Fräulein* Pful et moi, et qui nous a *interrogées* !

1. Le mot est prononcé avec l'accent français.

Le dernier mot avait été prononcé avec un évident plaisir, tandis que les yeux clairs regardaient Fandorine avec le plus grand intérêt. Il fallait reconnaître que les événements étourdissants des dernières semaines avaient quelque peu étouffé le souvenir de celle qu'en son for intérieur Eraste Pétrovitch appelait exclusivement « Lisanka », et même parfois, dans les moments de particulière rêverie, « doux ange ». Cependant, à la vue de cette charmante créature, la petite flamme qui avait en son temps embrasé le cœur du pauvre registrateur de collège se ranima instantanément, et des étincelles de feu lui brûlèrent les poumons.

— Je ne suis pas à proprement parler de la police, balbutia le jeune homme en rougissant. Fandorine, fonctionnaire chargé de missions spéciales auprès de...

— Je sais tout, *je vous le dis tout cru,* prononça, d'un air de conspirateur, le moustachu au diamant étincelant piqué à la cravate. Une affaire d'Etat vous autorise à la réserve. *Entre nous soit dit,* de par mes fonctions, je me suis moi-même maintes fois trouvé dans cette situation, si bien que je comprends parfaitement. (Il souleva légèrement son haut-de-forme.) Mais permettez-moi de me présenter. Conseiller privé actuel Alexandre Apollodorovitch Evert-Kolokoltsev, président de la chambre de justice régionale de Moscou. Ma fille Lisa.

— Mais je vous en prie, appelez-moi Lizzi. Je n'aime pas Lisa, cela fait penser à *podliza* [1], implora la jeune fille avant d'ajouter le plus ingénument du monde : J'ai souvent pensé à vous. Vous avez beau-

1. Flagorneur. (*N.d.T.*)

coup plu à Emma. Et je me souviens de la façon dont vous vous appelez : Eraste Pétrovitch. C'est joli comme prénom, Eraste.

Fandorine eut l'impression de s'être endormi et de faire un rêve merveilleux. L'important était de ne pas bouger, sinon, Dieu l'en préserve, il allait se réveiller.

Chapitre quinzième,

où l'importance d'une respiration correcte est prouvée de la manière la plus convaincante

En compagnie de Lisanka (Eraste Pétrovitch n'arrivait pas à se faire à « Lizzi »), il faisait pareillement bon de parler ou de se taire.

La voiture se balançait au rythme des éclisses, et, faisant de temps à autre retentir sa sirène, le train traversait à une vitesse étourdissante les forêts du Valdaï endormies, nappées des premières brumes de l'aube. Assis sur les chaises bien rembourrées du compartiment un, Lisanka et Eraste observaient le silence. La plus grande partie du temps, ils regardaient par la fenêtre, mais il leur arrivait parfois de s'observer l'un l'autre, et si par mégarde leurs regards se croisaient, ils n'en éprouvaient aucune gêne mais, au contraire, de la joie et du plaisir. Fandorine faisait maintenant exprès de se détourner de la fenêtre et à chaque fois qu'il parvenait à capter le regard de Lisanka, celle-ci pouffait d'un petit rire.

S'ils ne parlaient pas, c'était aussi pour ne pas réveiller monsieur le baron, qui sommeillait tranquillement sur le divan. Peu de temps auparavant, Alexandre Apollodorovitch avait mené une discussion passionnée avec Eraste Pétrovitch sur la question des Balkans, puis, pratiquement au milieu d'un mot, il avait brusquement laissé tomber sa tête sur sa poitrine et s'était endormi. Pour l'heure, sa tête dodelinait au rythme des secousses : ta-dam, ta-dam (d'un côté, de l'autre) ; ta-dam, ta-dam (d'un côté, de l'autre).

Lisanka se mit à rire en pensant à quelque chose et, voyant le regard interrogateur de Fandorine, elle expliqua :

— Vous êtes si intelligent, vous savez tout. Tout à l'heure vous avez expliqué des tas de choses à papa sur Midhat pacha et sur Abdül-Hamîd. Alors que moi, je suis stupide à un point que vous n'imaginez même pas.

— Vous ne pouvez pas être stupide, murmura Fandorine d'un ton profondément convaincu.

— Je vous raconterais bien, mais j'ai honte... Mais tant pis, je vous raconte quand même. Je ne sais pas pourquoi mais quelque chose me dit que vous n'allez pas vous moquer de moi. Ou du moins que vous rirez avec moi, mais pas dans mon dos. Vrai, n'est-ce pas ?

— Vrai ! s'exclama Eraste Pétrovitch, mais le baron remua les sourcils dans son sommeil, et le jeune homme reprit le chuchotement. Jamais je ne me moquerai de vous.

— Attention, vous avez promis. Après votre visite, je me suis mise à imaginer toutes sortes de choses... Des choses très belles. Mais tristes aussi, avec toujours une fin tragique. C'est à cause de *Pauvre Lisa* [1]. Lisa et Eraste, vous vous souvenez ? Ce prénom m'a toujours terriblement plu... Eraste. Je m'imagine étendue dans mon cercueil, belle et pâle, tout entourée de roses blanches. Je me suis noyée ou bien je

1. Célèbre roman « sentimentaliste » de Karamzine. (*N.d.T.*)

suis morte de phtisie. Vous, vous sanglotez, papa et maman sanglotent aussi, Emma se mouche. C'est drôle, non ?

— C'est drôle, admit Fandorine.

— C'est un vrai miracle que nous nous soyons ainsi rencontrés à la gare. Nous sommes allés rendre visite à *ma tante* et nous devions rentrer hier, mais papa a été retenu pour des affaires au ministère, et nous avons changé nos billets. Franchement, n'est-ce pas un miracle ?

— Pourquoi un miracle ? s'étonna Eraste Pétrovitch. C'est seulement le doigt du destin.

Dehors le ciel était étrange : tout noir avec, le long de l'horizon, un liseré écarlate. Blanches sur la table sombre, les dépêches oubliées s'étalaient tristement.

* * *

Le cocher traversa tout le Moscou matinal pour conduire Fandorine depuis la gare Nikolaievski jusqu'au quartier de Khamovniki. La journée s'annonçait claire et joyeuse, et aux oreilles d'Eraste Pétrovitch continuaient de résonner les dernières paroles de Lisanka : « Vous viendrez donc sans faute ce soir ! C'est promis ? »

Pour ce qui était de son emploi du temps, tout s'agençait à merveille. Dans l'immédiat, l'esthernat et milady. Mieux valait passer voir le chef des gendarmes après. Ainsi, s'il obtenait des renseignements importants de lady Esther, il pourrait immédiatement envoyer un télégramme à Lavrenty Arkadiévitch. D'autre part, il était possible que de nouvelles dépêches en provenance des ambassades fussent arrivées pendant la nuit... D'un étui d'argent tout neuf, Fandorine sortit une cigarette, qu'il alluma maladroitement. Quoique, ne devrait-il pas tout de même commencer par la gendarmerie ? Mais le cheval trottinait déjà le long de la rue Ostojenka et faire demi-tour eût été idiot. Donc, d'abord milady, ensuite les gendarmes, ensuite la maison. Là, il prendrait quelques affaires et irait s'installer dans un hôtel convenable. Il se changerait, achèterait des fleurs et, vers six heures, il se rendrait chez les Evert-Kolokoltsev, rue Malaïa Nikitskaïa. Eraste Pétrovitch sourit béatement et se mit à fredonner : « Il était conseiller titulai-aire, elle fille de haut fonctionnai-aire, il lui déclara timidement son amou-our, elle le chassa sans détou-our. »

Mais voilà que déjà se profilait le bâtiment aux portes de fonte et, près de la guérite rayée, le même serviteur en uniforme bleu marine.

— Où puis-je trouver lady Esther ? cria Fandorine en se penchant à l'extérieur de la voiture. A l'esthernat ou bien chez elle ?

— A cette heure, elle est habituellement chez elle, répondit avec empressement le portier.

Dans le fracas de ses roues, la calèche poursuivit sa course en direction de la petite rue paisible.

A la hauteur de la maison à un étage qui abritait la direction, Fandorine demanda au cocher de patienter, non sans le prévenir que l'attente risquait de se prolonger.

Le même suisse bouffi d'orgueil, que milady appelait « Timofeï », flemmardait près de la porte, à cela près qu'au lieu de se chauffer au soleil il s'était mis à l'ombre, car le soleil de juin chauffait incomparablement plus fort que celui de mai.

Cette fois, Timofeï se conduisit de façon radicalement différente, faisant preuve d'un rare talent de psychologue : il ôta sa casquette, s'inclina et, d'une voix mielleuse, demanda qui il devait annoncer. Visiblement, en l'espace d'un mois, quelque chose avait changé dans l'apparence d'Eraste Pétrovitch, car il ne déclenchait plus parmi la gent suisse l'irrésistible désir de l'empoigner et de l'envoyer promener.

— Pas besoin de m'annoncer, je le ferai moi-même.

Timofeï se plia en deux et, sans broncher, ouvrit la porte en grand pour laisser entrer le visiteur dans le vestibule aux murs tapissés de damas. De là, suivant le couloir baigné de soleil, Eraste Pétrovitch gagna la porte blanche et dorée. Elle s'ouvrit avant même qu'il ait eu à frapper, et une espèce d'escogriffe, comme Timofeï en livrée bleue et bas blancs, braqua sur lui un regard interrogateur.

— Fandorine, fonctionnaire de la Troisième Section, pour affaire urgente, annonça Eraste Pétrovitch d'un ton sec, puis, voyant que la physionomie chevaline du laquais demeurait impénétrable, il jugea nécessaire de s'expliquer en anglais : *State police, inspector Fandorine, on urgent official business* [1].

De nouveau, pas un seul muscle ne frémit sur le visage de pierre du laquais, bien qu'il eût parfaitement saisi le sens de ce qui venait d'être dit. Il hocha la tête de son air sinistre et disparut derrière la porte, dont il referma soigneusement les deux battants.

Moins d'une minute plus tard, ceux-ci s'ouvrirent de nouveau. Sur le seuil se tenait lady Esther en per-

---

1. Police d'Etat. Inspecteur Fandorine. Pour affaire officielle urgente.

sonne. Voyant une vieille connaissance, elle sourit joyeusement :

— Oh, c'est vous, mon garçon. Mais Andrew m'a parlé d'un monsieur important de la police secrète. Entrez, entrez. Comment allez-vous ? D'où vous vient cette mine fatiguée ?

— J'arrive tout juste de Pétersbourg par le train de nuit, milady, commença à expliquer Fandorine tout en entrant dans le bureau. Je suis venu chez vous directement de la gare, car l'affaire est d'une extrême urgence.

— Oh oui, acquiesça tristement la baronne, s'asseyant dans un fauteuil et, d'un geste de la main, invitant Fandorine à prendre place en face d'elle. Vous désirez bien sûr parler avec moi de ce cher Gerald Cunningham. C'est un affreux cauchemar, je n'y comprends rien... Andrew, débarrasse monsieur le policier de son chapeau... C'est un serviteur de longue date, il vient d'arriver d'Angleterre. Merveilleux Andrew, je m'ennuyais de lui. Va, Andrew, va, mon ami, je n'ai pas besoin de toi pour le moment.

Le sac d'os, dont Eraste Pétrovitch ne voyait vraiment pas ce qu'il avait de merveilleux, se retira avec une inclination respectueuse, et Fandorine gigota dans son fauteuil particulièrement dur, essayant de trouver une position plus confortable – la conversation promettait d'être longue.

— Milady, je suis profondément attristé de ce qui vient de se passer. Cependant, vous devez savoir que votre plus proche et très ancien collaborateur monsieur Cunningham était impliqué dans une affaire criminelle très grave.

— Et vous allez fermer mes esthernats russes, n'est-ce pas ? demanda doucement milady. Mon

Dieu, que vont devenir les enfants... ? Ils commençaient tout juste à s'habituer à une vie normale. Et parmi eux, combien de talents ! Je vais adresser une requête au souverain, peut-être m'autorisera-t-on à faire sortir les enfants du pays.

— Vous vous inquiétez inutilement, dit Eraste Pétrovitch d'un ton rassurant. Il n'arrivera rien à vos esthernats. D'ailleurs, ce serait un crime. Je ne désire rien d'autre que vous poser des questions sur Cunningham.

— Mais bien sûr ! Tout ce que vous voulez ! Pauvre Gerald... Vous savez, il était originaire d'une excellente famille, le petit-fils d'un baronnet, mais ses parents ont péri dans un naufrage alors qu'ils revenaient des Indes, et le garçon, alors âgé de onze ans, est resté orphelin. Or chez nous, en Angleterre, les règles de succession sont très strictes. Titre, fortune, tout va à l'aîné, et les plus jeunes se retrouvent bien souvent sans un sou. Gerald était le fils cadet d'un fils cadet, sans argent, sans maison, délaissé par sa famille... Tenez, j'étais justement en train d'écrire une lettre de condoléances à son oncle, un gentleman absolument bon à rien, qui n'a jamais manifesté le moindre intérêt pour Gerald. Que voulez-vous, nous, les Anglais, accordons une grande importance aux convenances. (Lady Esther montra une feuille de papier couverte d'une écriture ample et démodée avec toutes sortes d'arabesques et d'enjolivures.) Bref, j'ai pris l'enfant sous mon aile. Gerald a rapidement montré de remarquables capacités dans le domaine des mathématiques. Je pensais qu'il se consacrerait à la recherche et à l'enseignement, mais la vivacité d'esprit et l'ambition ne sont guère de nature à favoriser une carrière scientifique. J'ai vite remarqué que le garçon jouissait d'une grande autorité auprès des autres enfants, qu'il aimait jouer le premier rôle. Il possédait un talent de leader inné : une rare force de volonté, le sens de la discipline, une capacité à distinguer de manière infaillible les points forts et les faiblesses de chaque individu. A l'esthernat de Manchester, il a été élu chef des élèves. Je supposais que Gerald voudrait entrer au service de l'Etat ou bien s'occuper de politique – il aurait fait un excellent fonctionnaire de l'administration coloniale et, avec le temps, aurait même pu devenir gouverneur général. Quel ne fut pas mon étonnement quand il exprima son désir de rester auprès de moi pour se consacrer aux activités éducatives !

— Je pense bien, fit Fandorine en hochant la tête. Cela lui offrait la possibilité de soumettre à son influence les esprits d'enfants encore malléables et, par la suite, de maintenir des contacts avec les anciens...

Frappé par le soupçon qui venait de l'assaillir, Eraste Pétrovitch ne termina pas sa phrase. Mon Dieu, comme tout cela était simple ! C'était même stupéfiant que la chose ne lui soit pas apparue plus tôt !

— Très rapidement, Gerald est devenu mon irremplaçable adjoint, continua milady sans remarquer que le visage de son interlocuteur avait changé d'expression. Quel travailleur infatigable et plein d'abnégation ! Et exceptionnellement doué pour les langues – sans lui, je n'aurais tout simplement jamais été capable de superviser l'activité des filiales dans un si grand nombre de pays. Je sais, son ennemi a toujours été son ambition démesurée. Cela résultait du traumatisme psychique subi dans son enfance, d'un désir de prouver à sa famille que, même sans son aide, il était capable de fort bien réussir. Je sentais... je sentais une étrange contradiction : vu ses capacités et ses aspirations, il ne devait certainement pas se satisfaire d'un modeste rôle de pédagogue, fût-il assorti d'une rémunération plus que confortable.

Mais déjà Eraste Pétrovitch n'écoutait plus. C'était comme si dans sa tête une lampe électrique s'était allumée, éclairant tout ce qui jusque-là demeurait dans l'ombre. Tout convergeait ! Le sénateur Dobbs surgi de nulle part, l'amiral français qui « avait totalement perdu la mémoire », l'effendi turc d'origine inconnue, et feu Brilling – oui, oui, même lui ! Des loups-garous ? Des Martiens ? Des émissaires d'un autre monde ? Rien de tout cela ! D'anciens pupilles de lady Esther, voilà ce qu'ils étaient tous ! Des enfants trouvés, à cette différence près que, au lieu d'être déposés devant la porte de l'orphelinat, ils en avaient été sortis pour être dispersés dans la société. Chacun était préparé de manière adéquate, chacun possédait un talent particulier, habilement révélé et soigneusement cultivé ! Ce n'était pas un hasard si Jean Intrépide avait été justement mis sur la route d'une frégate française – de toute évidence, le jeune homme possédait un don exceptionnel pour le métier de marin. Cela étant, pour une raison inconnue, le talentueux garçon avait dû cacher d'où il venait. Quoique... la raison était évidente ! S'il avait su combien de brillants sujets sortaient des orphelinats de lady Esther, le monde n'aurait pas manqué de se méfier. Alors que tout pouvait se passer de la façon la plus naturelle. Une légère impulsion dans la direction voulue, et le don n'avait plus qu'à se manifester. Voilà pourquoi chacun des membres de la cohorte des « orphelins » obtenait d'aussi stupéfiants succès dans sa carrière ! Voilà pourquoi il était tellement important pour eux d'informer Cunningham de leur avancement – ainsi confirmaient-ils leur valeur et la justesse des choix opérés. Par ailleurs, il était tout naturel que tous ces génies fussent entièrement et exclusivement dévoués à leur confrérie, leur unique famille, une famille qui les avait défendus face à un monde cruel, qui les avait élevés, qui avait dévoilé en chacun d'eux un « moi » à nul autre pareil. Une petite famille de près de quatre mille génies, dispersés à travers le monde ! Ah, Cunningham et son « talent de leader » ! Quoique... Stop !

— Milady, quel âge avait Cunningham ? demanda Eraste Pétrovitch en plissant le front.

— Trente-trois ans, répondit volontiers lady Esther. Et le 16 octobre prochain il en aurait eu trente-quatre. Le jour de son anniversaire, Gerald organisait toujours une fête pour les enfants. A cette occasion, les enfants ne lui offraient pas de cadeaux, mais lui en revanche offrait quelque chose à chacun d'entre eux. A mon avis, il ne devait pas être loin d'y laisser toute sa paie...

— Non, ça ne colle pas ! s'exclama Fandorine, au désespoir.

— Qu'est-ce qui ne colle pas, mon enfant ? s'étonna milady.

— Intrépide a été repêché en mer il y a vingt ans ! Cunningham n'avait alors que treize ans. Dobbs a fait fortune il y a un quart de siècle alors que Cunningham n'était pas encore orphelin ! Non, ce n'est pas lui !

— Mais que dites-vous donc ? interrogea l'Anglaise, déconcertée, ses petits yeux bleus papillotant d'incompréhension.

Eraste Pétrovitch la fixa en silence, atterré par son effroyable découverte.

— Ainsi, ce n'est pas Cunningham... murmura-t-il. C'est vous... Vous-même et en personne ! Il y a vingt ans, vingt-cinq ans et même quarante ans, vous étiez déjà là ! Bien sûr, qui d'autre cela pourrait-il être ? Quant à Cunningham, il n'était effectivement que votre bras droit ! Quatre mille orphelins, de fait vos enfants ! Et pour chacun d'entre eux vous êtes comme une mère ! C'est de vous et nullement d'Amalia que parlaient Morbid et Frantz ! Vous avez donné à chacun un but dans l'existence, vous les avez mis « sur la voie » ! Mais c'est épouvantable, épouvantable ! (Eraste gémit comme s'il avait mal.) Dès le début vous avez eu l'intention d'utiliser votre théorie pédagogique pour fomenter un complot mondial.

— Enfin, pas au tout début, objecta calmement lady Esther, chez qui venait de se produire un changement imperceptible mais néanmoins évident.

Il ne restait plus rien de la vieille dame chaleureuse et inoffensive. Ses yeux étincelaient d'intelligence, de volonté et d'une force indomptable.

— Au début, poursuivit-elle, je voulais seulement sauver de pauvres petits êtres humains déshérités. Je désirais les rendre heureux, en nombre le plus grand que je pouvais. Cent, mille. Mais mes efforts étaient un grain de sable dans le désert. Je sauvais un enfant mais, pendant ce temps, le féroce Moloch de la société broyait mille, un million de petits êtres humains dans chacun desquels brûlait l'étincelle divine. Et je compris que mon activité était dénuée de sens. On ne vide pas la mer avec une cuillère. (La voix de lady Esther avait pris de la vigueur, ses épaules voûtées s'étaient redressées.) Je compris aussi que le Seigneur m'avait donné la force de faire plus. Je pouvais sauver non pas une poignée d'enfants mais l'humanité entière. Si ce n'était de mon vivant, que ce soit dans les vingt, trente, cinquante ans qui suivraient ma mort. C'était ma vocation, c'était ma mission. Chacun de mes enfants est un joyau, le summum de l'univers, le chevalier d'une humanité nouvelle. Chacun est porteur d'un bien inestimable, par sa vie il change le monde en mieux. Ils écriront de sages lois, ils découvriront les secrets de la nature, ils créeront des chefs-d'œuvre artistiques. D'année en année, ils seront plus nombreux et, avec le temps, ils transformeront ce monde abject, injuste, criminel !

— Quels secrets de la nature, quels chefs-d'œuvre ? interrogea amèrement Fandorine. En réalité, seul le pouvoir vous intéresse. Je l'ai bien vu : vous n'avez partout que hauts fonctionnaires et futurs ministres.

Milady sourit avec condescendance :

— Mon ami, Cunningham était seulement en charge de la catégorie F, une catégorie très importante mais loin d'être unique. *F*, c'est la *Force,* c'est-à-dire tout ce qui a trait au mécanisme direct du pouvoir : la politique, l'appareil d'Etat, les forces armées, la police, etc. Mais il y a aussi la catégorie *S* : *Science*, la catégorie *A* : *Art*, la catégorie *B* : *Business*. Et d'autres encore. En quarante années d'activité pédagogique, j'ai mis sur la voie seize mille huit cent quatre-vingt-treize individus. Est-il possible que vous n'ayez pas remarqué les progrès fulgurants réalisés au cours des dernières décennies, aussi bien dans le domaine de la science que dans ceux de le technique, de l'art, de la législation, de l'industrie ? N'avez-vous pas remarqué qu'à partir de la moitié de notre dix-neuvième siècle, le monde est brusquement devenu meilleur, plus raisonnable, plus beau ? C'est une véritable révolution pacifique. Et elle est absolument indispensable, sinon l'organisation injuste de la société conduira à une autre révolution, sanglante celle-ci, qui renverra l'humanité plusieurs siècles en arrière. Jour après jour, mes enfants contribuent à sauver le monde. Et attendez de voir ce qui arrivera dans les années qui viennent. A propos, je me souviens que vous m'avez demandé pourquoi je ne prenais pas de filles dans mes institutions. Cette fois-là, je l'avoue, je vous ai menti. Je prends des filles. Très peu mais j'en prends. En Suisse, j'ai un esthernat spécialement réservé à l'éducation de mes chères petites. Il s'agit d'un matériau très particulier, sans doute plus précieux encore que mes garçons. Il me semble que vous connaissez l'une de mes pupilles, dit milady avec un rire malicieux. Actuellement, il est vrai, elle se conduit de manière déraisonnable et a momentanément failli à son devoir. Avec les jeunes femmes, cela arrive. Mais elle me reviendra infailliblement, je connais mes petites.

De ces paroles, Eraste Pétrovitch conclut qu'Hippolyte n'avait finalement pas tué Amalia et qu'il l'avait apparemment emmenée quelque part. Cependant, le souvenir de Béjetskaïa raviva d'anciennes blessures et atténua quelque peu l'impression (considérable, il faut le dire) produite sur le jeune homme par les réflexions de la baronne.

— Noble dessein... C'est bien sûr remarquable ! s'exclama-t-il avec emportement. Mais qu'en est-il des moyens employés ? Pour vous, tuer un homme équivaut à écraser un moustique.

— C'est faux ! protesta avec virulence milady. Je regrette sincèrement chaque vie perdue. Mais on ne peut pas nettoyer les écuries d'Augias sans se salir. Pour un homme mort, c'est mille, un million d'autres qui sont sauvés.

— Et qui Kokorine a-t-il donc sauvé ? interrogea Eraste Pétrovitch, sarcastique.

— Avec l'argent de ce jouisseur et bon à rien, j'éduque des milliers d'esprits brillants pour le bien de la Russie et de l'humanité. Que voulez-vous, mon enfant, ce n'est pas moi qui ai créé ce monde cruel dans lequel tout se paie. Selon moi, dans ce cas précis, le prix à payer était tout à fait raisonnable.

— Et la mort d'Akhtyrtsev ?

— Premièrement, ce jeune homme était beaucoup trop bavard. Deuxièmement, il avait excessivement déçu Amalia. Et troisièmement, le pétrole de Bakou, comme vous l'avez vous-même si bien dit à Brilling. Personne ne pourra contester le testament établi par Akhtyrtsev, il garde toute sa valeur.

— Et le risque d'une enquête policière ?

— De la blague, fit milady en haussant les épaules. Je savais que mon cher Ivan s'occuperait de tout. Tout jeune déjà, il se distinguait par son brillant esprit d'analyse et son talent d'organisateur. Quelle tragédie qu'il ne soit plus là... Brilling aurait tout arrangé de manière parfaite, s'il n'y avait eu un jeune gentleman extraordinairement obstiné. Ce fut une malchance, une grande malchance pour nous tous.

— Un instant, milady, l'interrompit Eraste Pétrovitch, réalisant enfin qu'il serait peut-être temps de se mettre sur ses gardes. Et pourquoi êtes-vous si franche avec moi ? Auriez-vous dans l'idée de m'attirer dans votre camp ? Si le sang n'avait pas coulé, je me serais entièrement rangé à vos côtés, mais vos méthodes...

Lady Esther l'interrompit avec un sourire imperturbable :

— Non, mon ami, je n'ai aucun espoir de vous gagner à ma cause. Malheureusement, nous nous sommes connus trop tard – votre esprit, votre caractère, votre système de valeurs morales ont eu le temps de se forger, et il est maintenant quasiment impossible de les modifier. Je suis franche avec vous pour trois raisons. Premièrement, vous êtes un jeune homme intelligent et vous éveillez en moi une sincère sympathie. Je ne voudrais pas que vous me preniez pour un monstre. Deuxièmement, vous avez commis une grave bévue en venant ici directement de la gare sans en informer votre direction. Enfin, troisièmement, ce n'est pas par hasard que je vous ai fait asseoir dans ce fauteuil extrêmement inconfortable, au dossier si bizarrement incurvé.

Elle fit alors un imperceptible mouvement de la main et, des hauts accoudoirs, surgirent deux barres d'acier, qui clouèrent Fandorine à son siège. Sans encore comprendre ce qui lui arrivait, il tenta vivement de se lever, mais fut incapable de faire le moindre geste. Quant aux pieds du fauteuil, ils étaient comme enracinés au sol.

Milady agita une clochette, et, à la seconde même, comme s'il avait été en train d'écouter à la porte, Andrew pénétra dans la pièce.

— Mon brave Andrew, s'il te plaît, fais venir le professeur Blank au plus vite, ordonna lady Esther. Explique-lui la situation en chemin. Et qu'il se munisse de chloroforme. Quant au cocher, confie-le à Timofeï. (Elle soupira tristement.) Il n'y a rien d'autre à faire...

Andrew s'inclina sans rien dire et sortit. Dans le bureau régnait un silence de mort : Eraste Pétrovitch suffoquait, se débattant dans son piège d'acier et essayant de se retourner pour attraper le Herstal salvateur, accroché dans son dos, mais les maudits arceaux le serraient si fermement qu'il dut renoncer à cette idée. Milady observait d'un air compatissant les contorsions du jeune homme, hochant la tête de temps à autre.

Bientôt, des pas rapides résonnèrent dans le couloir, et deux hommes entrèrent : le génie de la physique, le professeur Blank, et le taciturne Andrew.

Jetant un rapide coup d'œil au captif, le professeur demanda en anglais :

— C'est grave, milady ?

— Oui, assez grave, soupira-t-elle. Mais pas irrémédiable. Naturellement, il va falloir se donner un peu de mal. Je ne veux pas recourir inutilement au moyen extrême. Or je viens de me souvenir, mon garçon, que vous rêviez depuis longtemps de réaliser des expérimentations sur du matériau humain. Il semble qu'une possibilité se présente.

— Toutefois, je ne suis pas encore tout à fait prêt à travailler sur le cerveau humain, dit Blank, indécis, en examinant Fandorine, qui restait coi. D'un autre côté, ce serait du gâchis de laisser échapper pareille occasion...

— Dans tous les cas il faut l'endormir, fit observer la baronne. Vous avez apporté le chloroforme ?

— Oui, oui, voilà.

D'une vaste poche, le professeur sortit une fiole remplie d'un liquide dont il imprégna généreusement un mouchoir blanc. Eraste Pétrovitch sentit une violente odeur de médecine et voulut se rebeller, mais

Andrew fit deux bonds jusqu'au fauteuil et, avec une force incroyable, saisit le prisonnier à la gorge.

— Adieu, pauvre petit, dit milady avant de se retourner.

Blank sortit sa montre en or de la poche de son gilet, regarda le cadran par-dessus ses lunettes et recouvrit soigneusement le visage de Fandorine du tissu blanc puissamment odorant. Pour le coup, la science ô combien salutaire de l'incomparable Chandra Johnson allait servir à Eraste Pétrovitch ! Le jeune homme fit en sorte de ne pas inhaler l'effluve traître, dans lequel *prana* ne figurait manifestement pas. Le moment était idéal pour s'exercer à retenir sa respiration.

— Une minute sera plus que suffisante, déclara le savant en pressant fortement le mouchoir sur la bouche et le nez du condamné.

— Et-et huit, et-et neuf, et-et dix, comptait mentalement Eraste Pétrovitch, sans oublier d'ouvrir convulsivement la bouche, d'écarquiller les yeux et de feindre des spasmes. A vrai dire, quand bien même l'aurait-il voulu, aspirer l'air n'eût pas été si facile avec Andrew qui lui serrait la gorge de sa poigne de fer.

Il dépassa le chiffre de quatre-vingts. Ses poumons luttaient désespérément contre l'envie d'aspirer l'air, et l'infâme chiffon humide continuait de refroidir son visage en feu. Quatre-vingt-cinq, quatre-vingt-six, quatre-vingt-sept... accéléra Fandorine, essayant, avec les dernières forces qui lui restaient, de tromper l'insupportable lenteur du chronomètre. Brusquement, il réalisa qu'il devait cesser de s'agiter et qu'il était plus que temps de perdre connaissance. Il se relâcha, s'immobilisa et, pour plus de crédibilité, laissa tomber sa mâchoire inférieure. A quatre-vingt-treize, Blank ôta sa main.

— Sapristi, constata-t-il, quelle capacité de résistance ! Presque soixante-quinze secondes.

L'homme censé être évanoui laissa tomber sa tête sur le côté et fit mine de respirer régulièrement et profondément, alors que sa bouche avide d'oxygène n'aspirait qu'à happer l'air à grandes goulées.

— Ça y est, milady, annonça le professeur. On peut procéder à l'expérience.

Chapitre seizième,

où l'électricité est promise à un grand avenir

— Transportez-le dans le laboratoire, dit milady. Mais il faut se dépêcher. La récréation commence dans douze minutes. Les enfants ne doivent pas voir ça.

On frappa à la porte.

— Timofeï, c'est toi ? demanda la baronne dans un russe au fort accent. *Come in*[1] !

Eraste Pétrovitch se refusait à regarder ce qui se passait, même à travers ses cils, car, si quelqu'un le remarquait, c'en serait fini, terminé. Il entendit les pas lourds du suisse et sa voix très forte, comme s'il s'adressait à un sourd :

— Tout est pour le mieux, Votre Honneur. *Ol raït*[2]. J'ai invité le cocher à boire du thé. Du thé ! *Ti ! Drink*[3] ! Dur à cuire, le bougre. Il boit, il boit, et ça ne lui fait ni chaud ni froid. *Drink, drink – nassing*[4]. Mais après il a fini par plonger. J'ai rangé la calèche derrière la maison. *Bihaïnd* notre *aousse*[5]. Je dis que

1. Entre !
2. *All right*, « Tout va bien. »
3. *Tea ! Drink !*, « Du thé ! Boire ! »
4. *Drink, drink – nothing*, « Il boit, il boit – rien. »
5. *Behind* notre *house*, « Derrière notre maison. »

je l'ai mise dans la cour. Qu'elle y reste pour l'instant, je m'en occuperai après, ne vous inquiétez pas.

Blank traduisit à la baronne ce qui venait d'être dit.

— *Fine* [1], répondit-elle, avant d'ajouter à mi-voix : *Andrew, just make sure that he doesn't try to make a profit selling the horse and the carriage* [2].

Fandorine n'entendit pas de réponse, sans doute le silencieux Andrew s'était-il contenté d'un hochement de tête.

Alors, bande de canailles, qu'est-ce que vous attendez pour m'enlever ces barres ? pensa Eraste Pétrovitch, pressant mentalement les malfaiteurs. N'oubliez pas que c'est bientôt la récréation. Et moi, je vais vous en faire, une expérience, et pas plus tard que maintenant. Pourvu seulement que je n'oublie pas le levier de sûreté.

Mais une cruelle déception attendait Eraste Pétrovitch : personne ne se décida à le détacher. Juste près de son oreille, il entendit un reniflement et sentit une odeur d'oignon (« Timofeï », reconnut immédiatement le prisonnier). Quelque chose grinça tout doucement, une fois, puis une deuxième, une troisième, une quatrième.

— C'est fait. J'ai dévissé les pieds, annonça le suisse. Prends, Andreï, on l'emmène.

Ils soulevèrent le fauteuil avec Eraste Pétrovitch dedans et l'emportèrent. Entrouvrant à peine un œil, le jeune homme aperçut la galerie et les hautes fenêtres hollandaises, illuminées par le soleil. Tout était

---

1. Parfait.

2. Andrew, assure-toi seulement qu'il n'essaie pas de se faire de l'argent en vendant les chevaux et la voiture.

clair : on le transbahutait dans le bâtiment principal, où se trouvait le laboratoire.

Quand, s'efforçant de ne pas faire de bruit, les porteurs mirent le pied dans la salle de récréation, Eraste Pétrovitch se demanda sérieusement s'il ne ferait pas mieux de reprendre connaissance et d'interrompre le déroulement des cours en hurlant comme un forcené. Que les enfants voient donc de quoi s'occupait leur bonne milady. Mais, des salles de classe, provenaient des bruits si charmants et si pacifiques – la voix basse et mesurée d'un enseignant, un éclat de rire enfantin, le chant d'un chœur – qu'Eraste Pétrovitch ne s'en sentit pas le courage. Tans pis, l'heure n'est pas encore venue de dévoiler ses cartes, se dit-il pour justifier sa passivité.

Mais, sitôt après, il était trop tard : les bruits venant des classes étaient déjà loin derrière. Eraste Pétrovitch distingua vaguement qu'on le faisait monter par un escalier, puis il y eut un grincement de porte, suivi d'un bruit de clé qu'on tourne.

La lumière électrique qui jaillit alors était d'une telle intensité qu'on pouvait la voir même à travers des paupières closes. Un rapide clignement d'œil suffit à Fandorine pour avoir un aperçu de la situation. Il distingua des accessoires en porcelaine, des câbles, des bobines de fil métallique. Autant d'objets qui lui déplaisaient souverainement. Au loin résonna le tintement assourdi d'une cloche – manifestement, la classe était terminée –, puis, presque aussitôt, des voix sonores retentirent.

— J'espère que tout se terminera bien, soupira lady Esther. Cela me chagrinerait de voir mourir ce garçon.

— Je l'espère également, milady, répondit le professeur avec une évidente inquiétude, avant de se mettre à faire cliqueter un objet métallique. Mais, hélas, sans victime il n'y a pas de science possible. Le moindre pas nouveau exige un prix élevé. Et avec les sentiments on ne va pas loin. Quant à ce jeune homme, s'il vous est si cher, il suffisait que votre ours fasse avaler un somnifère au cocher au lieu de l'empoisonner. J'aurais alors commencé par le cocher et j'aurais laissé le jeune homme pour plus tard. Cela lui aurait donné une chance supplémentaire.

— Vous avez raison, mon ami. Absolument raison. C'est une erreur impardonnable, admit milady, la voix empreinte d'une affliction sincère. Mais faites tout de même votre possible. Et maintenant, expliquez-moi une fois encore ce que vous vous apprêtez exactement à faire.

Eraste Pétrovitch dressa l'oreille. Cette question l'intéressait énormément lui aussi.

— Mon idée générale vous est connue, prononça Blank avec exaltation, au point qu'il cessa son cliquetis. Je considère que l'assujettissement de l'élément électrique est la clé qui ouvrira les portes du prochain siècle. Oui, oui, milady ! Il reste vingt-quatre ans avant le vingtième siècle, mais c'est finalement assez peu. Au cours du nouveau siècle, le monde se transformera au point d'être méconnaissable, et ce grand changement se fera grâce à l'électricité. L'électricité n'est pas seulement le moyen de s'éclairer, comme le pensent les profanes. Elle est susceptible d'accomplir des miracles, petits et grands. Imaginez une calèche se déplaçant grâce à un électromoteur ! Imaginez un train sans locomotive à vapeur, rapide, propre, silencieux ! Et de puissants canons capables d'anéantir l'ennemi par une salve d'éclairs bien orientée. Et une diligence de ville sans chevaux !

— Vous m'avez déjà dit tout cela de nombreuses fois, fit doucement remarquer la baronne, interrompant le fougueux professeur. Parlez-moi plutôt de l'utilisation médicale de l'électricité.

— Oh, c'est le plus intéressant, reprit Blank, redoublant d'enthousiasme. C'est précisément à ce domaine de la science électrique que j'ai décidé de consacrer ma vie. La macroélectricité – les turbines, les moteurs, les puissantes dynamos – transformera le monde environnant, alors que la microélectricité changera l'homme lui-même, elle corrigera les imperfections pouvant apparaître dans la constitution naturelle de l'*homo sapiens*. L'électrophysiologie et l'électrothérapie, voilà ce qui sauvera l'humanité, et nullement vos petits futés qui jouent aux grands politiques ou barbouillent des toiles.

— Vous avez tort, mon enfant. Leur œuvre aussi est importante et nécessaire. Mais poursuivez.

— Je vous offrirai la possibilité de rendre l'homme, n'importe quel homme, parfait, de le débarrasser de ses tares. Tous les défauts qui déterminent le comportement de l'être humain se nichent là, dans l'écorce cérébrale. (Un doigt de fer frappa douloureusement Eraste Pétrovitch au sinciput.) En termes plus simples, le cerveau comporte différentes parties, dont certaines régissent la logique ou les plaisirs, d'autres la peur, la cruauté, le penchant sexuel, et cetera, et cetera. L'homme pourrait être une personnalité harmonieuse si toutes les parties de son cerveau fonctionnaient de manière équilibrée, mais cela n'arrive pratiquement jamais. Tel homme aura exagérément développée la partie qui commande l'instinct de conservation, et cet homme-là sera un froussard pathologique. Chez tel autre, la zone de la logique sera déficiente, et celui-là sera d'une bêtise crasse. Ma théorie repose sur le fait qu'au moyen d'une électroforeuse, à savoir une décharge électrique correctement dirigée et savamment dosée, il est possible de stimuler telle ou telle partie du cerveau ou d'en inhiber telle ou telle autre s'avérant indésirable.

— Cela est très, très intéressant, dit la baronne. Vous savez, mon cher Gebhardt, que ce n'est pas une question d'argent et que je ne vous ai jamais limité financièrement, mais comment pouvez-vous être aussi certain qu'une telle correction du psychisme est, sur le principe, possible ?

— Elle est possible ! Il n'y a pas le moindre doute là-dessus ! Savez-vous, milady, que l'on a découvert dans les tombes des Incas des crânes présentant un orifice à cet endroit ? (Le même doigt se planta par deux fois dans le crâne d'Eraste Pétrovitch.) Là, se trouve la partie du cerveau qui régit la peur. Les Incas le savaient et, à l'aide de leurs instruments primitifs, ils enlevaient la peur aux enfants des castes guerrières, faisant d'eux des combattants d'une audace illimitée. Et la souris ? Vous vous souvenez ?

— Oui, votre « souris sans peur » se jetant sur le chat a produit sur moi une impression certaine.

— Oh, mais ce n'était qu'un début. Représentez-vous une société dénuée de criminels ! Au lieu d'être exécuté ou envoyé au bagne, le cruel assassin, le maniaque, le voleur n'aurait qu'à subir une petite opération, et le pauvre homme, à tout jamais débarrassé de sa cruauté maladive, de sa concupiscence ou de son avidité démesurée, deviendrait un membre utile de la société ! Imaginez n'importe lequel de vos enfants, déjà très talentueux, dont mon électroforeuse développerait encore plus le don, ne serait-ce pas merveilleux ?

— Ça non, je ne vous donnerai pas mes enfants, l'interrompit la baronne. Trop de talent rend fou. Faites plutôt vos expérience sur les criminels. Et qu'entendez-vous exactement par « homme pur » ?

— L'expérience est relativement simple. Je pense y être quasiment prêt. Il suffit de frapper l'endroit où s'accumule la mémoire pour que le cerveau de l'homme devienne une feuille blanche, comme si vous y aviez passé une gomme. Toutes les facultés intellectuelles sont conservées, alors que les acquis et les connaissances disparaissent. Vous obtenez un individu aussi pur qu'un nouveau-né. Vous vous rappelez l'expérience avec la grenouille ? Après l'opération, elle avait désappris à sauter, mais n'avait pas perdu les réflexes moteurs. Elle ne savait plus attraper les moucherons mais avait gardé le réflexe de déglutition. Théoriquement, on aurait pu tout lui réapprendre. Prenons maintenant notre patient... Alors, vous deux, c'est quoi, cet air ahuri ? Prenez-le et allongez-le sur la table. *Macht schnell* [1] !

C'était maintenant qu'il fallait agir ! Fandorine y était prêt. Mais l'infâme Andrew le saisit si fermement par les épaules qu'il n'essaya même pas d'attraper son revolver. Timofeï fit claquer quelque chose, et les arceaux métalliques qui comprimaient la poitrine du prisonnier s'ouvrirent.

— Un, deux, on le soulève ! commanda Timofeï, attrapant Eraste Pétrovitch par les pieds, tandis que,

---

1. Allez, plus vite que ça !

le serrant toujours aussi fort par les épaules, Andrew le sortait sans difficulté du fauteuil.

On transféra le cobaye sur la table et on l'allongea sur le dos, Andrew le maintenant par les coudes, le suisse par les chevilles. Son étui à revolver meurtrissait sans pitié les reins d'Eraste Pétrovitch. Au loin, la cloche retentit de nouveau : la récréation était terminée.

— Dès que j'aurai traité simultanément deux endroits du cerveau, le patient sera totalement lavé de l'expérience accumulée précédemment et, peut-on dire, se retrouvera à l'état de nourrisson. Il devra tout réapprendre : à marcher, à mâcher, à aller aux toilettes et, plus tard, à lire, écrire et ainsi de suite. Je suppose que cela intéressera vos pédagogues, d'autant que vous avez déjà une certaine idée des dispositions de cet individu.

— En effet. Il se distingue par une excellente réactivité, il est audacieux, possède un esprit logique bien développé et une intuition incomparable. J'espère que tout cela pourra être rétabli.

En d'autres circonstances, Eraste Pétrovitch eût été flatté d'une aussi louangeuse description mais, pour l'heure, cela le faisait plutôt frémir d'horreur. Il se voyait couché dans un berceau rose, une tétine dans la bouche, émettant des sons inarticulés, tandis que lady Esther était penchée au-dessus de lui et lui disait sur un air de reproche : « Oh, comme nous sommes vilain, nous sommes encore mouillé. » Non, plutôt la mort !

— Il a des convulsions, sir, fit remarquer Andrew, desserrant les lèvres pour la première fois. Est-ce qu'il ne serait pas en train de se réveiller ?

— Impossible, coupa net le professeur. Le narcotique est suffisant pour au moins deux heures. De légers mouvements convulsifs n'ont rien d'anormal. Le danger, milady, est ailleurs. Je n'ai pas eu assez de temps pour calculer très précisément la puissance électrique requise. Un courant trop fort tuera le patient ou bien fera de lui un idiot à vie. A l'inverse, si la décharge est trop faible, il restera dans le subconscient de vagues images résiduelles, qui, sous l'effet des stimulations extérieures, pourraient engendrer une certaine forme de mémoire.

Après un silence, la baronne prononça, avec un regret évident :

— Nous ne pouvons prendre ce risque. Envoyez une décharge suffisamment forte.

Un étrange grésillement se fit entendre, suivi d'un crépitement qui donna froid dans le dos à Fandorine.

— Andrew, rasez-le en faisant deux petites plaques rondes, une ici et une là, fit Blank en effleurant les cheveux du patient. C'est nécessaire pour brancher les électrodes.

— Non, que Timofeï s'en occupe, déclara résolument lady Esther. Et moi, je sors. Je ne veux pas voir ça, sinon je n'en dormirai pas de la nuit. Andrew, viens avec moi. Je vais rédiger quelques dépêches que tu porteras au télégraphe. Il faut prendre des précautions, car on va vite remarquer l'absence de notre ami.

— Oui, oui, milady, vous ne feriez que me gêner, répondit distraitement le professeur, tout à ses préparatifs. Je vous informerai immédiatement du résultat.

Les tenailles qui étreignaient les coudes de Fandorine se desserrèrent enfin.

A peine, derrière la porte, les pas s'éloignèrent-ils que Fandorine ouvrit les yeux, libéra d'un coup ses jambes et, avec une détente fulgurante, envoya ses pieds dans la poitrine de Timofeï, qui alla dinguer dans un coin de la pièce. L'instant suivant, Eraste Pétrovitch avait déjà sauté de la table et, clignant des yeux à cause de la lumière vive, plongeait la main sous le pan de sa veste et s'emparait du précieux Herstal.

— Pas un geste ou je vous tue ! maugréa le ressuscité d'un ton vengeur.

Et, effectivement, en cet instant précis, rien ne lui aurait fait plus plaisir que d'abattre les deux hommes : Timofeï, qui écarquillait les yeux d'un air hébété, et le professeur fou, figé dans la plus totale perplexité, ses deux tiges métalliques à la main. Des tiges partaient des fils électriques reliés à une machine infernale qui lançait des étincelles. D'ailleurs, le laboratoire regorgeait de curieux ustensiles, mais ce n'était vraiment pas le moment de les examiner.

Le suisse n'essayait même pas de se relever, se limitant à faire de petits signes de croix, mais, avec Blank, quelque chose avait l'air ne pas aller. Il sembla à Eraste Pétrovitch que loin d'avoir peur, le savant était seulement furieux de cet imprévu qui risquait d'interrompre son expérience. Une pensée lui traversa l'esprit : il va se jeter sur moi ! Et le désir de tuer recula, se dissipa sans laisser de trace.

— Pas de bêtises ! Restez où vous êtes ! cria Fandorine, la voix tremblant très légèrement.

Au même instant, Blank rugit :

— *Mistkerl ! Du hast alles verdorben* [1] !

---

1. Salaud ! Tu as tout gâché !

Et il se rua en avant, son côté heurtant au passage le bord de la table.

Eraste Pétrovitch appuya sur la détente. Rien. La sûreté ! Il fit claquer le levier et pressa la détente deux fois de suite. Une double déflagration retentit, et le professeur tomba à plat ventre, la tête aux pieds de l'homme qui venait de tirer.

Craignant une attaque par l'arrière, Fandorine se retourna brusquement, prêt à tirer une nouvelle fois, mais Timofeï colla le dos au mur et débita d'un ton pleurnichard :

— Votre Noblesse, me tuez pas ! Je voulais pas ! Par le Christ-Dieu ! Votre Noblesse !

— Debout, canaille ! hurla furieusement Eraste Pétrovitch, à demi assourdi par les coups de feu. En avant, marche !

Lui plantant le canon de son revolver dans le dos, Fandorine poussa le suisse dans le couloir, puis dans l'escalier. Timofeï avançait à pas menus et rapides, poussant un gémissement à chaque fois que l'arme lui rentrait dans l'épine dorsale.

Ils traversèrent en courant la salle de récréation, et Fandorine s'efforça de ne pas regarder vers les portes ouvertes des salles de classe, où, observant la scène, se tenaient les enseignants et, penchés derrière leur dos, les enfants silencieux dans leurs petits uniformes bleus.

— C'est la police ! cria Eraste Pétrovitch à la cantonade. Messieurs les maîtres, veuillez ne pas laisser sortir les enfants ! Et vous-mêmes, restez à l'intérieur des classes !

De la même allure, entre la marche et la course, ils suivirent la longue galerie et gagnèrent l'annexe. Arrivé devant la porte blanche à dorures, Eraste

Pétrovitch poussa de toutes ses forces Timofeï, et, front en avant, le suisse ouvrit les portes en grand et parvint de justesse à garder l'équilibre. Personne ! Vide !

— En avant, marche ! Ouvre toutes les portes ! ordonna Fandorine. Et attention : au moindre geste suspect, je t'abats comme un chien.

Le suisse se contenta de lever les bras au ciel et s'élança dans le couloir. En cinq minutes, ils eurent inspecté toutes les pièces du rez-de-chaussée. Personne. Seul, dans la cuisine, son buste pesant de tout son poids sur la table et son visage sans vie tourné de côté, le malheureux cocher dormait du sommeil éternel. Après avoir jeté un coup d'œil rapide aux cristaux de sucre accrochés à sa barbe et à la petite flaque de thé répandue près de lui, Eraste Pétrovitch ordonna à Timofeï d'avancer.

Au premier étage se trouvaient deux chambres, la garde-robe et la bibliothèque. La baronne et son laquais n'étaient pas là non plus. Où pouvaient-ils bien être ? Avaient-ils entendu les coups de feu et s'étaient-ils cachés quelque part dans l'esthernat ? A moins qu'ils ne se fussent carrément enfuis ?

Dans sa fureur, Eraste Pétrovitch fit un geste brusque de la main qui tenait le revolver, et le coup partit inopinément. Avec un sifflement strident, la balle ricocha sur le mur pour aller percuter la fenêtre, laissant sur la vitre une petite étoile rayonnante, d'une forme parfaite. Diable, la sûreté est débloquée et la détente est molle, se rappela Fandorine, et il secoua la tête pour essayer de chasser son tintement d'oreilles.

Le coup de feu inattendu produisit un effet magique sur Timofeï. Le suisse se laissa tomber à genoux et se mit à geindre :

— Votre Nobl... Votre Haute Noblesse... M'ôtez pas la vie ! C'était pas moi, c'était le diable. Je vais tout vous dire. Tout, comme à confesse ! C'est que j'ai des gamins, une femme malade ! Je vais vous montrer ! Aussi vrai que Dieu est saint, je vais vous montrer ! Ils sont dans la cave, dans la cave secrète ! Je vous montre, mais surtout épargnez mon âme !

— Quelle cave ? demanda Eraste Pétrovitch sur un ton menaçant, en brandissant son pistolet comme quelqu'un qui s'apprête effectivement à faire justice sur-le-champ.

— Tenez, venez par ici, suivez-moi.

Le suisse bondit sur ses jambes et, se retournant à chaque instant, il fit redescendre Fandorine au rez-de-chaussée, dans le bureau de la baronne.

— Une fois, je l'ai surprise par hasard... Elle me laissait pas approcher. Elle se méfiait de moi. Forcément, un Russe, un orthodoxe, ça vaut pas un Anglais. (Timofeï se signa.) C'est seulement son Andreï qui avait le droit de descendre, mais moi, pas question.

Il contourna rapidement la table de travail, tourna une poignée du secrétaire, lequel glissa brusquement sur le côté, dévoilant une petite porte de cuivre.

— Ouvre ! ordonna Eraste Pétrovitch.

Timofeï se signa encore trois fois et poussa la porte. Elle s'ouvrit sans bruit, et apparut un escalier qui s'enfonçait dans l'obscurité.

Poussant le suisse dans le dos, Fandorine commença précautionneusement à descendre. L'escalier se terminait sur une paroi, mais au coin, à droite, partait un couloir bas de plafond.

— Allez, allez ! dit Eraste Pétrovitch, activant un Timofeï peu pressé d'avancer.

Ils tournèrent à l'angle, dans le noir le plus total. Il aurait fallu prendre une chandelle, pensa Fandorine, et il plongea la main gauche dans sa poche à la recherche d'une boîte d'allumettes, mais, devant, quelque chose explosa dans un fracas assourdissant. Le suisse poussa un gémissement et s'affaissa, tandis qu'Eraste Pétrovitch tendait son Herstal devant lui et appuyait sur la détente jusqu'à ce que le percuteur claque sur les douilles vides. Un silence assourdissant tomba. Les doigts tremblants, Fandorine trouva la boîte qu'il cherchait et frotta une allumette. Tel un amas informe, Timofeï était assis contre le mur, immobile. Avançant de quelques pas, Eraste Pétrovitch vit Andrew qui gisait sur le dos. La petite flamme vacillante dansa un instant dans les prunelles vitreuses puis s'éteignit.

Quand on se trouve dans l'obscurité complète, enseigne le grand Fouché, il convient de fermer les yeux en comptant jusqu'à trente, le temps que les pupilles se rétrécissent et que la vue soit alors en mesure de distinguer la plus infime source de lumière. Pour plus de sécurité, Eraste Pétrovitch compta jusqu'à quarante, ouvrit les yeux et, de fait, il put distinguer un rai de lumière provenant de quelque part. Brandissant son Herstal désormais inutile, il fit un pas, un deuxième, un troisième et aperçut devant lui une porte entrouverte, d'où filtrait une faible lumière. La baronne ne pouvait être que là. Fandorine se dirigea résolument vers l'étroite bande lumineuse et poussa la porte avec force.

Une pièce exiguë aux murs couverts de rayonnages s'offrit à son regard. Au centre de la pièce se trouvait une table sur laquelle une chandelle brûlait dans un bougeoir de bronze, éclairant le visage, quadrillé d'ombres, de lady Esther.

— Entrez, mon enfant, dit-elle calmement. Je vous attendais.

Eraste Pétrovitch franchit le seuil, et la porte se referma brusquement dans son dos. Il tressaillit, se retourna et vit qu'il n'y avait sur la porte ni poignée ni gonds.

— Approchez-vous, demanda doucement milady. Je voudrais mieux voir votre visage, car c'est le visage du destin. Vous êtes la pierre rencontrée sur mon chemin. La petite pierre sur laquelle j'étais vouée à trébucher.

Blessé d'une telle comparaison, Fandorine s'approcha de la table et vit, posé devant la baronne, un coffre de métal lisse.

— Qu'est-ce ? demanda-t-il.

— Pour cela, attendez un peu. Qu'avez-vous fait de Gebhardt ?

— Il est mort. C'est sa faute, il n'avait qu'à pas se fourrer sous ma balle, répondit grossièrement Eraste Pétrovitch, essayant de ne pas penser qu'en l'espace de quelques minutes à peine il avait occis deux personnes.

— C'est une grande perte pour l'humanité. Un homme étrange, passionné, mais un immense savant. Cela nous fait un Azazel de moins...

— Qu'est-ce qu'Azazel ? s'anima Fandorine. Quel rapport existe-t-il entre vos orphelins et ce Satan ?

— Azazel n'est pas Satan, mon enfant. Il est le grand symbole des lumières et du salut de l'humanité. Le Seigneur a créé ce monde, il a créé les hommes et les a livrés à eux-mêmes. Mais les gens sont si faibles et si aveugles qu'ils ont transformé le monde divin en enfer. L'humanité aurait péri depuis longtemps si, parmi les hommes, n'étaient de temps en temps apparues des personnalités particulières. Il ne sont ni des démons ni des dieux, je les appelle *héros civilisateurs*. Grâce à chacun d'eux, l'humanité a fait un bond en avant. Prométhée nous a donné le feu. Moïse nous a donné le concept de loi. Le Christ nous a donné les fondements moraux. Mais le plus précieux de tous ces héros est l'Azazel des juifs, qui a enseigné à l'homme le sens du respect de lui-même. Dans le *Livre d'Hénoch*, il est dit : « Il était rempli d'amour envers les hommes et leur a ouvert les secrets qu'il avait appris dans les cieux. » Il offrit le miroir à l'homme, afin que celui-ci puisse voir derrière lui, c'est-à-dire qu'il ait de la mémoire et comprenne son passé. Grâce à Azazel, les hommes peuvent exercer des métiers et protéger leur maison. Grâce à Azazel, les femmes, de reproductrices soumises, se sont transformées en êtres humains égaux en droits, jouissant de la liberté de choix : être laide ou belle, être mère ou amazone, vivre pour sa famille ou pour l'humanité tout entière. Dieu a distribué des cartes aux hommes, Azazel, lui, enseigne comment jouer pour gagner. Chacun de mes pupilles est un Azazel, bien que tous ne le sachent pas.

— Comment cela ? l'interrompit Fandorine.

— Peu sont initiés à la cause secrète, seulement les plus fidèles et les plus inflexibles, expliqua milady. Ceux-là prennent sur eux tout le sale travail, afin que mes autres enfants demeurent sans tache. « Azazel » est mon détachement avancé, qui doit progressivement prendre en main le gouvernail qui dirige le monde. Oh, comme s'épanouira notre planète quand mes Azazels seront à sa tête ! Et cela pourrait advenir très vite – dans quelque vingt ans... Les autres pupilles des esthernats, ceux qui ne sont pas initiés au secret d'Azazel, poursuivent simplement leur chemin dans la vie, apportant à l'humanité des bienfaits inestimables. Moi, je me limite à suivre leurs succès, à me réjouir de leur réussite, tout en sachant qu'en cas de nécessité aucun d'eux ne refusera jamais d'aider sa mère. Ah, que deviendront-ils sans moi ? Que deviendra le monde ?... Mais, peu importe, « Azazel » est vivant, il mènera mon œuvre à son terme.

Eraste Pétrovitch s'indigna :

— Je les ai vus, vos « fidèles et inflexibles » Azazels ! Morbid et Frantz, Andrew et l'autre, cet homme aux yeux de poisson qui a tué Akhtyrtsev ! C'est cela, votre avant-garde, milady ? Ce sont eux les plus méritants de vos pupilles ?

— Pas seulement eux. Mais eux aussi. Souvenez-vous, mon ami, je vous ai dit que mes enfants n'arrivaient pas tous à trouver leur voie dans le monde d'aujourd'hui, parce que leur don appartenait à un lointain passé ou ne pourrait se révéler utile que dans un lointain avenir. Eh bien, ce sont ces pupilles-là qui donnent les exécutants les plus fidèles et les plus dévoués. Certains de mes enfants sont mon cerveau, d'autres sont mes mains. Quant à l'homme qui a éliminé Akhtyrtsev, il ne fait pas partie de mes enfants. C'est notre allié temporaire.

Les doigts de la baronne caressèrent distraitement la surface polie du coffret et, comme fortuitement, ils appuyèrent sur un petit bouton.

— C'est tout, charmant jeune homme. Il ne nous reste plus que deux minutes. Nous quitterons ce monde ensemble. Malheureusement, je ne puis vous laisser en vie. Vous feriez du mal à mes enfants.

— C'est quoi ? s'écria Fandorine en saisissant le coffret, lequel se révéla assez lourd. Une bombe ?

— Oui, répondit lady Esther avec un sourire compréhensif. Un mécanisme à minuterie. Une invention d'un de mes talentueux garçons. Certains de ces coffrets sont réglés sur trente secondes, d'autres sur deux, voire douze heures. Les ouvrir ou arrêter le mécanisme est impossible. Cette bombe est réglée sur cent vingt secondes. Je vais disparaître avec mes archives. Ma vie est terminée, mais j'aurai eu le temps de faire pas mal de choses. Mon œuvre se poursuivra, et l'on parlera encore longtemps de moi en termes élogieux.

Eraste Pétrovitch essaya de relever le bouton avec ses ongles, mais rien n'y fit. Il se rua alors sur la porte et se mit à en palper la surface, à y donner des coups de poing. Le sang battait dans ses oreilles, rythmant le décompte du temps.

— Lisanka ! gémit Fandorine avec le désespoir de l'homme qui se sait perdu. Milady ! Je ne veux pas mourir ! Je suis jeune ! Je suis amoureux !

Lady Esther le regarda avec compassion. Visiblement, elle était en proie à une lutte intérieure.

— Promettez-moi que vous ne ferez pas de la chasse à mes enfants le but de votre existence, prononça-t-elle à voix basse en regardant Eraste Pétrovitch au fond des yeux.

— Je le jure ! s'exclama-t-il, prêt, en cet instant, à promettre n'importe quoi.

Après une pause atroce, d'une durée infinie, milady prononça avec un sourire tendre et maternel :

— D'accord. Vivez, mon enfant. Mais dépêchez-vous, vous n'avez que quarante secondes.

Elle glissa sa main sous la table et, avec un grincement, la porte de bronze s'ouvrit vers l'intérieur.

Après un dernier regard à la vieille dame grisonnante qui se tenait immobile et à la flamme tremblotante de la bougie, Fandorine s'élança à grandes enjambées dans le couloir sombre. Dans sa course, il heurta le mur, grimpa quatre à quatre l'escalier, se redressa et en deux bonds traversa le cabinet de travail.

Dix secondes plus tard, les portes de chêne faillirent sortir de leurs gonds sous une violente poussée, et un jeune homme au visage décomposé dévala les marches du perron. Il fonça jusqu'au coin de la petite rue calme et ombragée et, là seulement, il s'arrêta, hors d'haleine. Il se retourna et resta figé.

Les secondes s'écoulaient et rien ne se passait. Le soleil ornait avec mansuétude les tilleuls d'une couronne d'or, sur un banc somnolait un chat roux, quelque part dans la cour des poules caquetaient.

Eraste Pétrovitch porta la main à son cœur qui battait furieusement. Elle m'a trompé ! Elle m'a roulé comme un gamin ! Et elle-même s'est enfuie par l'entrée de service !

Il se mit à rugir d'une rage impuissante et, comme en réponse, l'aile du bâtiment résonna d'un semblable rugissement. Les murs tremblèrent, le toit vacilla imperceptiblement et, des entrailles de la terre, s'éleva le grondement sourd de l'explosion.

Dernier chapitre,
où le héros dit adieu à sa jeunesse

Demandez à n'importe quel habitant de l'ancienne capitale quelle est la meilleure période pour convoler en justes noces, et l'on vous répondra infailliblement que tout homme sérieux et avisé désirant d'emblée établir sa vie familiale sur des bases solides ne peut se marier qu'à la fin de septembre, parce que ce moment de l'année convient idéalement au départ pour une longue et paisible croisière sur les flots de la vie, avec ses joies et ses peines. Septembre à Moscou est repu et indolent, orné de brocarts d'or et teinté du pourpre des érables, telle une femme de marchand un jour de fête. En se mariant le dernier dimanche du mois, l'on est assuré d'un beau ciel serein d'un bleu d'azur et d'un soleil plein de délicatesse et de retenue – le marié ne risque pas de transpirer sous son col étroit et amidonné, ni dans son frac noir ajusté ; quant à la mariée, elle n'aura pas froid dans cette chose de tulle, magique et aérienne, à laquelle aucune dénomination ne saurait convenir.

Choisir l'église pour la cérémonie est toute une science. Dans la ville aux coupoles dorées, grâce à Dieu, le choix est vaste, ce qui, d'un autre côté, le rend plus délicat encore. Tout Moscovite qui se respecte sait qu'il est bon de se marier à Srétenka, à l'église de la Dormition : les époux vivront longtemps et mourront le même jour. Pour ceux qui souhaitent s'assurer une nombreuse descendance, l'église qui convient le mieux est Saint-Nicolas-Grande-Croix, qui s'étend sur tout un quartier de Kitaï-gorod. Qui aspire surtout au bien-être d'un paisible foyer optera pour Saint-Pimène-le-Grand. Si le fiancé est un militaire qui souhaite finir ses jours non sur le champ de bataille mais au foyer familial, entouré de sa maisonnée, le plus sensé sera de prononcer le serment nuptial à l'église Saint-Georges. Et, bien sûr, aucune mère aimante ne permettra jamais que sa fille se marie à l'église Sainte-Varvara, la grande martyre, car la vie de la malheureuse ne serait alors que tourments et souffrances.

En revanche, les gens illustres et les notables ne sont guère libres de leur choix, car l'église doit être imposante et suffisamment vaste pour accueillir les invités représentant la fine fleur de la société moscovite. Or, au mariage qui était en train de s'achever à la très cérémonieuse et pompeuse église Saint-Jean-Chrysostome était rassemblé le Tout-Moscou. Les badauds, amassés devant l'entrée où s'étirait une longue file d'équipages, montraient du doigt le landau du général gouverneur soi-même, le prince Vladimir Andreiévitch Dolgorouki, ce qui signifiait que le mariage célébré était du plus haut rang.

On ne laissait entrer dans l'église que sur invitation spéciale, ce qui tout de même représentait une assemblée de près de deux cents personnes. Il y avait beaucoup de brillants uniformes, tant militaires que civils, beaucoup d'épaules dénudées et de hautes coiffures, beaucoup de rubans, d'étoiles et de brillants. Lustres et cierges étaient tous allumés, la cérémonie avait commencé depuis longtemps, et les invités étaient fatigués. Sans égard pour leur âge ou pour leur condition, les femmes étaient émues et attendries, tandis que les hommes affichaient leur ennui et échangeaient à voix basse des propos étrangers à l'événement. Sur les jeunes mariés, tout avait déjà été dit. Tout Moscou connaissait le père de la fiancée, le conseiller privé actuel Alexandre Appolodorovitch von Evert-Kolokoltsev, et plus d'une fois on avait vu la délicieuse Elisabeth Alexandrovna dans les bals – elle avait débuté dans le monde un an auparavant –, raisons pour lesquelles l'objet essentiel de la curiosité générale était le fiancé, Eraste Pétrovitch Fandorine. Sur lui, on savait peu de choses : une fine mouche de la capitale, il ne faisait que de courts passages à Moscou pour des affaires importantes, un carriériste qui s'affairait dans les allées du pouvoir. Certes, son rang était encore peu élevé, mais il était très jeune et aurait vite fait de grimper les échelons. A son âge, arborer Saint-Vladimir à son revers, voilà qui n'était pas rien. Le prévoyant Alexandre Appolodorovitch voyait loin.

Les femmes s'attendrissaient surtout sur la jeunesse et la beauté des futurs époux. Le fiancé montrait une émotion touchante, tantôt rougissant, tantôt blêmissant, s'emmêlant dans les paroles du serment – en un mot, une merveille. Quant à la fiancée, Lisanka Evert-Kolokoltseva, elle semblait un être irréel, à sa seule vue le cœur vous manquait. Sa robe blanche tel un nuage, son voile aérien, sa couronne de roses de Saxe, tout était exactement comme cela devait être. Quand les nouveaux époux burent le vin rouge à la coupe et échangèrent le baiser, la mariée ne se troubla aucunement. Au contraire, elle sourit joyeusement et chuchota au marié quelque chose dont celui-ci sourit à son tour.

Et voici ce que Lisanka murmura à Eraste Pétrovitch :

— La pauvre Lisa a changé d'avis, au lieu de se noyer, elle s'est mariée.

Toute la journée, Eraste Pétrovitch avait affreusement souffert de l'attention générale dont il faisait l'objet et de sa totale dépendance à l'égard des autres. Un grand nombre de ses anciens condisciples s'étaient manifestés, ainsi que de « vieux camarades » de son père (des gens qui, durant la dernière année, avaient comme disparu sous terre et refaisaient brusquement surface). On avait tout d'abord emmené Eraste Pétrovitch enterrer sa vie de garçon au *Prague*, un restaurant chic de la rue Arbat, où avec force coups de coude et clins d'œil entendus, on lui avait, pour une obscure raison, exprimé ses condoléances. Puis on l'avait ramené à l'hôtel. Là était arrivé le coiffeur Pierre, qui lui avait tiré méchamment les cheveux, les frisant en un somptueux toupet. L'usage voulait qu'il ne vît pas Lisanka avant l'église, ce qui n'était pas moins cruel. Depuis trois jours qu'il était arrivé de Pétersbourg, où, désormais, il assurait ses fonctions, le fiancé n'avait pratiquement pas vu sa promise. Lisanka était sans cesse occupée par les préparatifs ô combien importants du mariage.

Puis, le visage cramoisi après le repas au *Prague*, Ksavéri Féofilaktovitch Grouchine, en frac barré du ruban blanc des garçons d'honneur, avait installé le futur marié dans un équipage ouvert et l'avait accompagné à l'église. Là, debout sur les marches du perron, Eraste Pétrovitch avait attendu sa fiancée. Dans la foule, on lui avait crié quelque chose, une demoiselle lui avait lancé une rose, qui lui avait égratigné la joue. Enfin, on avait amené Lisanka, à peine visible sous des flots de tissu vaporeux. Ils étaient restés longuement côte à côte, debout devant le lutrin, tandis que le chœur chantait ; le prêtre avait dit « Dieu, toi qui es plein de miséricorde et d'amour pour les hommes » et quelque chose d'autre encore, ils avaient échangé les anneaux, foulé aux pieds le tapis ainsi que le voulait la tradition, puis Lisanka avait fait sa remarque à propos de la pauvre Lisa, et Eraste Pétrovitch s'était calmé comme par magie. Il avait regardé autour de lui, vu les visages, vu la haute voûte de l'église, et il s'était senti bien.

Il se sentit bien aussi quand, un peu plus tard, tous les invités s'approchèrent pour féliciter chaleureusement et sincèrement les époux. Il fut particulièrement séduit par le général gouverneur Vladimir Andreiévitch Dolgorouki – un homme replet, affable, au visage rond et aux moustaches tombantes. Il dit qu'il avait entendu beaucoup de bien d'Eraste Pétrovitch et qu'il souhaitait de tout cœur aux époux une heureuse union.

On sortit sur le parvis, autour tout le monde criait, mais on voyait mal, car le soleil brillait très fort.

Les deux époux prirent place dans la voiture découverte, l'odeur des fleurs les saisit.

Lisanka ôta son long gant blanc et serra fortement la main d'Eraste Pétrovitch. Il avança furtivement son visage vers le voile de son épouse et huma à la hâte l'odeur de ses cheveux, de son parfum, de sa peau tiède. A cet instant (on venait de dépasser les portes de Nikitski), le regard de Fandorine tomba par hasard sur le parvis de l'église de l'Ascension, et ce fut comme si une main glacée lui étreignait le cœur.

Fandorine vit deux gamins de huit, dix ans, vêtus d'uniformes bleus en loques. Ils étaient assis, l'air perdu, au milieu des mendiants et, de leurs voix frêles, chantaient quelque chose de triste. Tournant la tête, les petits mendiants suivirent d'un regard curieux le fastueux cortège nuptial.

— Qu'as-tu, mon chéri ? s'alarma Lisanka, voyant le visage blême de son mari.

Fandorine ne répondit pas.

La fouille de la cave secrète de l'esthernat n'avait rien donné. La bombe, d'une conception inconnue, avait produit une explosion puissante et compacte qui n'avait pratiquement pas endommagé la maison, mais avait entièrement détruit le sous-sol. Des archives, il ne restait rien. De lady Esther non plus – si ce n'était un lambeau de sa robe de soie.

Privé de sa directrice et de sa source de financement, le système international des esthernats se désagrégea. Dans certains pays, les refuges passèrent sous le contrôle de l'Etat ou d'associations de bienfaisance, mais la plupart cessèrent purement et simplement d'exister. En tout cas, les deux esthernats russes fermèrent sur décret du ministère de l'Instruction publique, comme étant des foyers d'athéisme et d'idées nuisibles. Les enseignants se dispersèrent et les enfants s'enfuirent pour la plupart.

Grâce à la liste saisie chez Cunningham, il fut possible d'identifier dix-huit anciens élèves des esthernats, mais cela n'apporta pas grand-chose étant donné qu'il était impossible de savoir qui parmi eux appartenait ou non à l'organisation « Azazel ». Néanmoins, cinq hommes (dont le ministre portugais) furent contraints à la retraite, deux se suicidèrent, et un (le chef de la garde impériale du Brésil) fut même exécuté. Une vaste enquête internationale dévoila l'existence d'un grand nombre de personnalités en vue et respectables qui en leur temps étaient passées par les esthernats. Beaucoup d'entre elles ne le dissimulaient nullement et se vantaient de l'éducation qu'elles y avaient reçue. Certains des « enfants de lady Esther » préférèrent, il est vrai, se cacher, se soustraire à l'attention tenace de la police et des services secrets, mais la plupart restèrent à leur poste, vu qu'il n'y avait rien à leur reprocher. Toutefois, on leur ferma dorénavant l'accès aux plus hautes fonctions de l'Etat et, lors des nominations à des postes importants, on recommença, comme aux temps féodaux, à accorder une attention toute particulière à l'origine et à la généalogie – Dieu nous garde de voir un « enfant trouvé » (c'était par ce terme que, dans les milieux autorisés, on désignait les pupilles de lady Esther) se faufiler subrepticement vers le sommet. D'ailleurs, le grand public ne remarqua pas l'épuration accomplie, grâce aux mesures de précaution et de secret soigneusement mises au point entre les différents gouvernements. Pendant un temps, des bruits coururent concernant un complot international, attribué tantôt aux francs-maçons, tantôt aux juifs, tantôt aux deux à la fois, et l'on mentionnait monsieur Disraeli, puis les rumeurs se turent d'elles-mêmes, d'autant que, dans les Balkans, une crise sérieuse mûrissait, qui enfiévrait toute l'Europe.

Par devoir professionnel, Fandorine fut obligé de participer à l'enquête relative à l'« affaire Azazel ». Cependant, il y manifesta si peu de zèle que le général Mizinov jugea plus raisonnable de charger son jeune et talentueux collaborateur d'une autre mission, à laquelle Eraste Pétrovitch s'attela avec ô combien plus d'enthousiasme. Il sentait que, dans l'histoire d'Azazel, sa conscience n'était pas tout à fait nette et que son rôle était assez équivoque. Le serment fait à la baronne (et bien involontairement violé) lui avait passablement gâché les semaines de bonheur précédant son mariage.

Et voilà qu'il avait fallu que, le jour même de ses noces, le regard d'Eraste Pétrovitch tombât sur les victimes de « son abnégation, sa vaillance et son zèle méritoire » (tels étaient les termes du décret impérial annonçant sa distinction).

Fandorine s'assombrit, baissa la tête, si bien qu'en arrivant à la maison familiale, rue Malaïa Nikitskaïa, Lisanka prit résolument les choses en main : elle s'isola avec son taciturne époux dans la vaste garde-robe contiguë au vestibule et, avec la plus grande fermeté, interdit à quiconque d'entrer sans permission, d'autant que les domestiques avaient bien assez à faire avec les invités qui arrivaient et qu'il fallait occuper jusqu'au banquet. De la cuisine émanaient des effluves divins – des cuisiniers débauchés pour l'occasion d'un des restaurants les plus en vue de Moscou s'affairaient sans discontinuer depuis l'aube ; derrière les portes soigneusement fermées de la salle de bal, l'orchestre répétait une ultime fois des valses de Vienne – bref, tout suivait son cours normal. Il ne restait plus qu'à remettre en état le jeune marié démoralisé.

Après s'être assurée que la cause de cette soudaine mélancolie n'avait rien à voir avec quelque rupture sentimentale dont le souvenir aurait surgi au moment le plus inadéquat, la fiancée, tranquillisée, s'attela à la tâche. Aux questions directes qui lui étaient posées, Eraste Pétrovitch répondait par un grognement, doublé d'une fâcheuse tendance à détourner la tête. Aussi fut-il nécessaire de changer de tactique. Lisanka caressa la joue de son époux, l'embrassa d'abord sur le front puis sur la bouche et les yeux, tant et si bien qu'il se dérida, se dégela, redevint entièrement contrôlable. Pour autant, les jeunes mariés ne se hâtèrent pas de rejoindre les invités. A plusieurs reprises, le baron avait fait irruption dans le vestibule, s'était approché de la porte close et avait même délicatement toussoté, sans toutefois se décider à frapper.

Mais il fut tout de même obligé de s'y résoudre.

— Eraste ! appela Alexandre Apollodorovitch, commençant à partir de ce jour à tutoyer son gendre. Excuse-moi, mon ami, mais il y a ici pour toi un courrier venu de Pétersbourg. Pour affaire urgente !

Le baron se tourna vers le jeune officier en casque à plumet qui restait figé près de la porte. Sous le bras, le courrier tenait un paquet de forme carrée, enveloppé d'un papier officiel et fermé par des sceaux gravés de l'aigle à deux têtes.

Le jeune marié, rouge comme un coquelicot, passa la tête par la porte.

— C'est pour moi, lieutenant ?

— Monsieur Fandorine ? Eraste Pétrovitch ? interrogea le courrier d'une voix claire aux accents d'officier de la Garde.

— Oui, c'est moi.

— C'est un paquet urgent et confidentiel envoyé par la Troisième Section. Où dois-je le poser ?

— Vous n'avez qu'à le mettre ici, dit Eraste Pétrovitch en se mettant à l'écart. Veuillez m'excuser, Alexandre Appolodorovitch (il n'avait pas encore pris l'habitude de s'adresser à son beau-père comme à un parent).

— Je comprends. Le service est le service, répondit le beau-père avec un hochement de tête, puis il ferma la porte derrière le courrier et se posta lui-même à l'extérieur afin d'empêcher quiconque d'entrer.

Quant au lieutenant, il posa son paquet sur une chaise et tira une feuille de papier de la poche intérieure de son uniforme.

— Veuillez signer le reçu, je vous prie.

— Qu'y a-t-il là-dedans ? demanda Fandorine en apposant son paraphe.

Lisanka regardait le paquet avec curiosité, sans manifester la moindre intention de laisser son mari en tête à tête avec l'officier.

— Je ne suis pas au courant, répondit ce dernier en haussant les épaules. Le poids est d'environ quatre livres. Vous célébrez un événement heureux aujourd'hui, n'est-ce pas ? Peut-être est-ce en rapport. En tout cas, pour ma part, permettez-moi de vous présenter tous mes vœux de bonheur. Il y a aussi un pli qui sans doute vous éclairera.

De sous un parement de sa veste, il sortit une petite enveloppe ne portant aucune inscription.

— Je peux disposer ?

Eraste Pétrovitch acquiesça d'un signe de tête, non sans avoir vérifié le cachet qui fermait l'enveloppe.

Après un salut militaire, le courrier s'empressa de tourner les talons et de sortir.

Le soleil ne pénétrant pas dans la pièce, il faisait assez sombre. Aussi, tout en ouvrant l'enveloppe, Fandorine s'approcha de la fenêtre qui donnait directement sur la rue Malaïa Nikitskaïa.

Lisanka passa son bras autour des épaules de son mari et se mit chuchoter à son oreille.

— Alors, qu'est-ce que c'est ? Des félicitations ? demanda-t-elle, impatiente, puis, découvrant une petite carte en papier glacé, ornée de deux anneaux d'or, elle s'écria : Oui, tout juste ! Oh, comme c'est charmant !

Au même instant, attiré par un mouvement rapide derrière la fenêtre, Fandorine leva les yeux et vit le courrier, dont le comportement lui parut étrange. L'homme dévala les marches du perron et, sans cesser de courir, sauta dans la calèche qui l'attendait et cria au cocher :

— On y va ! Neuf ! Huit ! Sept !

Le cocher agita son fouet, se retourna fugitivement. Un cocher comme bien des cochers : chapeau haut de forme, barbe grise... seuls ses yeux étaient inhabituels – très clairs, presque blancs.

— Arrêtez ! hurla furieusement Eraste Pétrovitch.

Et, sans réfléchir plus longtemps, il franchit d'un bond l'appui de la fenêtre.

Le cocher fit claquer son fouet et la paire de chevaux moreaux partit au grand trot.

— Arrêtez ou je tire ! s'époumona Fandorine tout en courant, bien qu'il n'eût rien pour tirer – à l'occasion de son mariage, le fidèle Herstal était resté à l'hôtel.

— Eraste ! Où vas-tu ?

Fandorine se retourna sans s'arrêter. Lisanka était penchée à la fenêtre, son adorable minois exprimant la plus profonde perplexité. Une seconde plus tard, du feu et de la fumée jaillirent de la fenêtre, les vitres volèrent en éclats, et Eraste Pétrovitch fut projeté à terre.

Pendant quelques instants, tout fut calme, sombre et tranquille, puis la vive lumière du jour le frappa dans les yeux, ses oreilles se mirent à bourdonner atrocement, et Fandorine comprit qu'il était vivant. Il distinguait les pavés de la chaussée mais ne comprit pas pourquoi ils étaient là, juste devant ses yeux. La vue de la pierre grise avait quelque chose d'incongru, et il détourna son regard. Ce qu'il vit alors était bien pis – un peu plus loin, se trouvait un crottin de cheval et, à côté, quelque chose de désagréablement blanc où scintillaient deux petits cercles dorés. Eraste Pétrovitch se leva d'un bond et lut ces quelques mots, calligraphiés à l'ancienne, d'une écriture ample, avec des arabesques et des enjolivures :

My Sweet Boy, This is a Truly Glorious Day[1] !

Le sens des mots ne parvint pas à son esprit embrumé, d'autant que son attention venait d'être attirée par une chose qui gisait au beau milieu de la chaussée et d'où partait un petit faisceau de joyeuses étincelles.

Eraste Pétrovitch ne comprit tout d'abord pas de quoi il s'agissait. Il se dit seulement que *cela* n'avait rien à faire par terre. Puis, regardant mieux, il distingua la chose : un avant-bras de jeune fille, arraché à hauteur du coude et qui se terminait par une main fine à l'annulaire de laquelle brillait un anneau d'or.

1. Mon cher enfant, c'est véritablement un jour glorieux !

* * *

Le long du boulevard Tverskoï, à pas rapides et incertains, indifférent à tout ce qui l'entourait, marchait un jeune homme élégamment vêtu mais affreusement négligé : frac de grand prix mais froissé ; cravate blanche mais sale ; à la boutonnière, œillet blanc couvert de poussière. Les promeneurs s'écartaient à son passage et accompagnaient le curieux personnage de leurs regards interrogateurs. Or la cause de leur étonnement n'était pas tant la pâleur mortelle du dandy – dans le coin, les phtisiques ne manquaient pas – ni même le fait qu'il fût à n'en pas douter ivre mort (il titubait d'un côté et de l'autre) – en voilà une belle affaire ! Non, l'attention de ceux qui le croisaient, en particulier des dames, était attirée par une étonnante particularité de sa physionomie : en dépit de son évident jeune âge, le dandy avait les tempes entièrement blanches, comme saupoudrées de givre.

Table des rangs*

	Hiérarchie civile	Hiérarchie militaire	Titres
1.	Chancelier de l'Empire	Feld-maréchal	Votre Haute Excellence
2.	Conseiller privé actuel	Général d'infanterie Général de cavalerie Général d'artillerie	
3.	Conseiller privé	Lieutenant général	Votre Excellence
4.	Conseiller d'Etat actuel	Général-major	
5.	Conseiller d'Etat	Général de brigade	Votre Haute Origine
6.	Conseiller de collège	Colonel	Votre Haute Noblesse
7.	Conseiller aulique	Lieutenant-colonel	
8.	Assesseur de collège	Major	
9.	Conseiller titulaire	Capitaine	Votre Noblesse
10.	Secrétaire de collège	Capitaine en second	
11.	Supprimé		
12.	Secrétaire de gouvernement	Lieutenant	
13.	Registrateur du sénat ou du synode	Sous-lieutenant	
14.	Registrateur de collège	Enseigne ou cornette	

* Créée par Pierre le Grand en 1722, cette classification des fonctionnaires russes restera en vigueur jusqu'à la révolution bolchévique.

Impression réalisée sur Presse Offset par

BRODARD & TAUPIN

GROUPE CPI

La Flèche (Sarthe), 33683
N° d'édition : 3441
Dépôt légal : janvier 2003
Nouveau tirage : février 2006

Imprimé en France